文字咏我情

中国好文章书系

《好文章》书系组委会 主编

光明日报出版社

图书在版编目（CIP）数据

文字咏我情／《好文章》书系组委会主编 . -- 北京：
光明日报出版社，2022.9
ISBN 978 - 7 - 5194 - 6741 - 8

Ⅰ.①文… Ⅱ.①好… Ⅲ.①散文集—中国—当代
Ⅳ.①I267

中国版本图书馆 CIP 数据核字（2022）第 153340 号

文字咏我情
WENZI YONG WOQING

主　　编：《好文章》书系组委会

责任编辑：史　宁　　　　　　　　责任校对：陈永娟
封面设计：中联华文　　　　　　　责任印制：曹　净

出版发行：光明日报出版社
地　　址：北京市西城区永安路 106 号，100050
电　　话：010-63169890（咨询），010-63131930（邮购）
传　　真：010 - 63131930
网　　址：http://book.gmw.cn
E - mail：gmrbcbs@ gmw.cn
法律顾问：北京市兰台律师事务所龚柳方律师

印　　刷：三河市华东印刷有限公司
装　　订：三河市华东印刷有限公司
本书如有破损、缺页、装订错误，请与本社联系调换，电话：010 - 63131930

开　　本：170mm×240mm
字　　数：287 千字　　　　　　　印　　张：16
版　　次：2022 年 9 月第 1 版　　　印　　次：2022 年 9 月第 1 次印刷
书　　号：ISBN 978 - 7 - 5194 - 6741 - 8

定　　价：95.00 元

本书编委会

侯印伟	赵中川	张　鹤	温康明	宋长生	王定坤
王增昌	裴群枝	李世刚	潘礼志	杨佩克	肖仲水
杨　亮	向　斌	姚水叶	张　丽	张　立	柴士祥
孙蜀秋	高爱华	余炳光	刘发来	王喜荣	车玉昕
朱兴华	张向峰	关承胤	杨才恒	甘正云	耿其亮
黄艳艳	宋　敏	王桂萍	魏创杰	陈厚定	杨泽心
陈罗琼	徐太文	张梦雨	王英波	贾伟杰	杨　彬
吕　赛	段　玉	王善忠	黄　黎	梁女蚩	李发强

前　言

《淮南子·本经训》中记载："昔者仓颉作书，而天雨粟，鬼夜哭。"文字的力量，由此可见一斑。文字真是一种奇妙的东西，寥寥数字便在书写者与阅读者之间架起一座心灵之桥——娓娓道来的文字能够温暖人心，昂扬激越的文字让人心潮澎湃，蕴含哲理的文字能够明心见性，真情实感的文字催人泪下，让人心生感动。文字让我们的思绪插上了想象的翅膀，带我们飞入书写者用妙笔精心构建与编织的文字世界，让我们在知识与思想的天空中翱翔。

"中国好文章"大赛组委会从发出邀请至今，已收到数万名作者朋友们的踊跃投稿，让我们备感欣喜与珍惜。欣喜的是，你们看到了我们发出的征稿邀请，并勇于展示自己的才华；珍惜的是，你们将自己精心写就的文章托付给我们，是对我们的信任。身处此位，将心比心，每日与文字打交道的我们，更懂得作者对自己文章的用心与爱护。在与这些美文的不期而遇中，我们感受到你们对祖国大好河山的由衷赞美，对故乡故人的深深怀念，对青春往事的追忆释怀，对亲人朋友的真切情感……字字句句皆自肺腑流出，每一段文字、每一篇文章都承载着书写者的人生温度，讲述着书写者的奇妙故事，蕴藏着书写者的岁月感悟。

著名作家莫言曾在诺贝尔文学奖晚宴上的致辞中谈到自己对于坚持文学写作的看法："我深知世界上有许多作家有资格甚至比我更有资格获得这个奖项；我相信，只要他们坚持写下去，只要他们相信文学是人的光荣也是上帝赋予人的权利，那么，'他必将华冠加在你头上，把荣冕交给你'。"如今投稿的你们也是这样，不论年龄几何，不论身处何处，曾经，当你的脚步穿过那一排排放满书籍的书架，指尖抚过那一本本微微鼓起的书脊，听到那纸张翻阅的沙沙声，想必有一颗石子落入你如静水般的内心，激起了一圈圈淡淡涟漪，你便也想让自己的文字化为铅字，让每一个爱书之人感受到你笔下文字那鲜活的生命力。于是你们日复一日、年复一年保持着对文字、对写作的热爱，这在当下，是多么难能可贵的品质。我们发自内心地佩服书中各位作者对文学梦的坚守，因此有了我们在"中国好文章"的相遇，才有了这本凝结着你们心血结晶与智慧闪光的诚意之作。

一纸素笺，这卷承载着心语的墨香，是你们个人情怀与美德的人文积淀，是你们"文如其人"的最佳彰显，更是你们收获公众好评和认可的绝佳机会。或许今天热爱文学写作的你，明天就能在中国文坛拥有一席之地，成为反映美好新时代的一面旗帜，成为用文字影响他人的文化摆渡人！

"文明如水，润物无声。"书籍作为思想文化的载体、人类知识的殿堂，读罢方知心渠如许不彷徨，人间至爽在墨香。本书这些沉睡的文字，如时光与心灵的对白，诉说着少年五彩的梦，低唱着中年朴质的影，浅吟着老年夕阳的红，并赋予各时的震撼或感动、温暖或骄傲、火热或炽烈的瞬间以永恒……此刻，她正散发着墨香，静待有缘相会的读者来唤醒。

"中国好文章"大赛编委会

Contents

目　录

侯印伟作品 *

不随黄叶舞秋风

大概是 1973 年 9 月，我转业回到了学校。是从政，还是搞业务，又面临一个艰难的选择。

当时，我想起了一位在建院之始，就来到长春地院工作的老前辈孙瑛，20 世纪 60 年代我们相识相知，于是决定找他咨询一下。一个阳光明媚的午后，我来到了他家，把回来工作的去向问题向他请教。他的回答非常简单：你要下狠心把专业捡起来，将来还要考研究生，这才是金光大道。眼前来说，你对职位、待遇不必在乎，哪里有利于你业务知识的再学习、专业水平的再提高，你就去哪里。立足社会必须靠真才实学，靠本事，17 年的寒窗苦读不能白费。补回学业耽搁，夯实专业基础，这才是你现在必须考虑的事情！说着，顺手指着他家窗台摆放的几盆盛开的菊花和几盆泛黄的菊花，对我说道："你们年轻人做人要懂得欣赏菊花，读懂菊花。"

在回来的路上，他家窗台那一排盛开的菊花一直浮现在我的眼前。

菊花见过春花散场、夏花生凉，阅尽世故冷暖，造就了不张扬、不喧嚣、不妖艳的性格。

菊花一世都在积累自我、成全自我，不学山间竹笋腹中空，而是脚踏实地，修炼内功，磨砺了自己立世需要的绚丽与静美。

正是菊花金玉其内，才殷实而不肤浅，恬淡而不聒噪，理性而不盲从；才能淡在荣辱之外，淡在名利之外，淡在诱惑之外；才有自己的真正富有，才有资格"宁可抱香枝上老，不随黄叶舞秋风"。

我似乎懂了这位老前辈的意思，负责分配的学校领导让我到政工部门，我努力争取到了和教学科研有密切联系的教务系统。

当时学校正举办老五届留校学生回炉班。我如久旱禾苗逢甘露，如饥似渴地汲取知识的营养。久违的教室，久违的老师，我背上书包，又当起了学生。

---

* 作者简介：侯印伟，吉林大学教授，已退休。

回炉班的课程除了补回没有学完的专业基础课之外，还加修了学科发展需要的英语、计算机基础和时代色彩很浓的线性代数、离散数学等课程。

说实在的，毕业以后参加了工作，已经散去了读书之心，再把心收回来，收在教室里，收在黑板上，真需要一点毅力。

还记得，刚走进教室里的时候，身子虽然坐下了，但心早就飞出了窗外。教离散数学的杨老师和我比较熟悉，他是南方人，讲课时一口不标准的普通话，再加上离散数学讲求严谨，讲求推导逻辑，听课时如果思维跟不上老师，入不了境，就会感到枯燥无味，甚至是一种折磨。他看我听课精力不够集中，在板书一个离散公式时，用黑板擦用力敲了一下黑板，开始沉默了几秒，接着招呼我的名字，让我回答这个离散式子导出来的步骤和依据，我没有答出来，杨老师不得不把导出的思路又重新讲一遍……

下课后杨老师小声问我："我看你课堂上溜号了，听这课有困难吗？"我说："思路有点跟不上。"杨老师说："这可能是因为你缺乏微积分的基础，课后要把这部分内容尽快补上。"

于是我找来了大学时学的高等数学、微积分教程在课下认真钻研起来。另外，在听课之前，我对老师课堂上要讲的内容，坚持提前预习，把重点、难点和自己弄不明白的地方做到心中有数，带着目的、带着问题去听课。后来再听杨老师的课，思维就能够跟上讲课老师的节奏了，枯燥感没有了，相反倒觉得听杨老师的课是一种享受，特别是自己在预习中弄不明白的地方，经过杨老师精彩的讲解，谜团就解开了。我把书本里的东西消化了、理解了，真正地变成自己头脑中的知识，真有一种快乐的成就感。只有经历过寒窗苦读的人，才能理解这种感受。

那个时候，人们似乎对"老五届"这个"阶层"，有诸多微词，认为是没念几天书的次品"大学生"。从表面看来，人们的这种议论似乎有些道理。可是持这种看法的人们忽视了"老五届"的觉醒意识。据我所知，大部分老五届同学，一旦明白了自己的青春被耽误了，学业被耽误了，不是埋怨，不是悲观，而是抓紧时间，珍惜当下，采取各种方式和方法补上自己的短板。我之所以能够坚持读完回炉班，是身边学长学弟身上的钻劲、韧劲、拼劲影响了我。范继璋，现在应称他范博导，我俩不是一个系，但后来我们成了要好的朋友，就是在回炉班里培养出的感情。我们互相鼓励、克服困难，共同走过那一段同窗岁月，至今难忘。

转业回到学校，我爱人李生彩也从通化调到长春，先在一所中学教书，不久，又调进了地院。爱人进地院也费了一番周折，当时的一位领导虽然心里表示反对，但碍于情面，又不好直接干涉，就用考试来阻挡。还请来专家出了一堆难度很大的业务考核题，幸好我爱人有哈建工优质教育的基础，最终轻松通过。

调到地院后，她上进心很强，也进了回炉班，和我是同桌。

当时家安在过去的学生宿舍，我们俗称筒子楼。一家几口挤在不足 16 平方米的居室里，卧室、饭厅、厨房三合一，条件之差可想而知。

下班回来，爱人忙着洗菜做饭，我去接孩子。吃过晚饭，饭桌碗筷收拾干净，又当成了课桌，孩子趴在桌子上看书写作业，爱人打扫了晚饭战场之后又要给孩子洗洗涮涮，忙完了，孩子上床睡了，通常已过 9 点。这时候我们把桌上孩子的书和文具收拾起来，装好书包，接着桌上又摆满了我们的书。

微弱的灯光下，晃动着我俩忙碌的身影，我们都有自己的学习计划，还得完成老师留下的作业。深夜 12 点了，院内治安巡逻人员见我家的灯光还亮着，日久天长，和保安熟了，就好奇地问我："你们家怎么晚上睡得那么晚？"我们常常是全楼最后一个熄灯的。

我和李生彩在高中是同班同学，那时她是学霸，在回炉班，她又成了这里的学霸。有一次离散数学和线性代数阶段考试的卷子下来了，师培科的唐老师（我们习惯叫她老唐太太）走进教室，高高举起一沓卷子，高声问道："谁叫李生彩？"（因为我爱人是刚调进地院，许多老师对她不熟悉）李生彩腼腆地站了起来，小声答道："我是。"老唐太太提高了嗓门说道："李生彩这次考试，几科成绩都是最高分，你们男生，可要在学习上争口气呀，还有的人不及格，要加把劲儿啊！"

在筒子楼，李生彩一手拿着炒菜的铲子，一手握着书本，我怀里抱着孩子，嘴里嘟囔着外语，这是当时筒子楼好多住户都曾见到过的情景。

在筒子楼，我们较好地修完了回炉班规定的课程，还学了一门外语——英语，并结合科研工作的需要，公开出版了一本译著《地下水溶质运移模拟计算手册》。

在筒子楼我开始接触计算机，我校建立了计算站，引进了 BD200 计算机（那时微电脑还没有普及，这部 BD200 计算机当时在东北，在高校中算是很先进的设备）。李生彩熟练掌握了计算机应用的基本理论、操作系统、编程语言等在地学领域里的应用，为她以后参加各种项目的研究工作，打下了坚实基础。

在筒子楼，日子很苦、很累，但使我们有了走好未来之路的前行底气，我们只有经过刻苦努力得到的知识积累，靠本事干活，靠本事吃饭，靠本事才可以争取到我们该得到的一切。

回想起来，真的很欣赏我当时所秉持的心态：不图一时舒适，不图表面显赫，不学山间竹笋腹中空，不随黄叶舞秋风。

难忘恩师，张秋生老师

清楚记得，1988年1月9日清晨，长春气温是零下20多摄氏度。我和张秋生老师的弟子们，胸佩白花，迎着凛冽的北风，拉着"张秋生教授我们永远怀念您"的黑色横幅，肃立在长春火车站的站台上，迎接张秋生教授的英灵。

张秋生教授，是中华人民共和国培养的第一代著名地质学家，在国内外享有很高的声誉。1987年12月6日—18日只身赴坦桑尼亚阿鲁沙市，参加并主持国际前寒武纪矿床和构造学术讨论会，野外地质考察期间感染非洲"黄热病"。归国途中于1987年12月28日10时30分，不幸在新疆上空的客机上病逝，终年58岁。

张秋生教授在客机上临终时吃力地说出的最后一句话是："我太累了，我要休息。"他生前的最后几天，抱病在开罗国际机场的旅馆内，忍着病痛，完成了《东非纪行》和《关于参加坦桑尼亚阿鲁沙国际前寒武纪矿床与构造学术研讨会的总结报告》。生命最后时刻留下的文字是："非洲确实是一个神秘的大陆……关于前寒武纪地质及成矿作用研究的新动向……裂谷学说是当代大陆地质研究的走向。对为什么不是每个绿岩带都有金矿和金刚石产于金伯利岩最有利的部位有了明确认识。""非洲的地质及矿产资源的产出地质背景与我国华北陆台区颇为相似，今后还应继续考察，会有助于我国前寒武纪地质研究及金矿、金刚石矿床的找矿工作。这次本人事先只想为国家节省外汇，到非洲走沙迦—迪拜路线，现在看来是不妥的，因上述两个城市虽皆属阿联酋，但事实上它们类似两个国家，互不联运……造成极大不便和困难。今后类似这种在非洲召开的会议，我国派人员参加时，最好是两个人以上，以青壮年为宜，年纪大的同志不要参加，因为体力上是不符合这种条件的。"张老师在生命的最后时刻，想的不是个人的生命安危，而是一心想着事业和他人，这是何等高尚的精神品质和思想境界啊！

我认识张老师，是在我从部队转业回来不久，跟着领导下系蹲点，参加地质系教师的一个讨论会，认识了张老师。整整一个上午，每个教师都说了几句，就是张秋生老师一言不发，领导没办法，点名让他说几句，他说的几句话我至今还记得："学校是培养人的地方，老师是教书的，前一段我们做的仅仅是开始，今后还要继续做好，把耽误的时间抢回来，这并没有错。"

领导对我说，张老师的话，面上听起来挑不出毛病，可他的真实想法可能还不止这几句，领导让我私下里和他唠唠。

我真的和张老师唠了，是在他的办公室里。他开门见山地对我讲："应当说，咱俩早就认识了，因为我看过你在党委揭批摆会的发言，观点没啥错，只是我觉得没啥用，就像你们到系里听发言，有用吗？年纪轻轻的，做点实事，钻钻业务吧！"

张老师的话对我影响很大，于是私下我成了张老师办公室的常客，不久就参加了张老师领衔主导的辽东科研队。白天和张老师一块儿上山，晚间在招待所里，不是聆听张老师精彩的学术演讲，就是挤在一起讨论问题。有一天晚上张老师还给我讲起了大地质观。

张老师首先问我，你们系的刘国昌先生，不知你熟悉不。我说不熟悉，但是我知道他业务很厉害，传说长江大桥的选址是他坐在火车上确定的。

张老师对我说："这件事的准确性我没有详细了解过。不过从这里可以看出一个问题，刘老师之所以在工程地质界名气很大，为国家做出了很大贡献，得益于他地质学的底子好。刘老师也是学地质出身，跑过野外找过矿。那个年代学科没有像现在分得那么细，学的都是地质学的基本理论，毕业出来，可以找矿，也可以搞工程地质，也可以搞水文地质。学校学科分得那么细，这是跟苏联学的，人们以后会发现这里面的问题很大。"

说到刘老师坐在火车上可以选长江大桥的坝址，外行人听起来有点神奇，但作为学地质的人听来，并没有夸张的意思。首先刘老师对长江大桥的那个区域，其地质情况一定是非常了解的。那里地壳的变动情况，造山运动的形迹，甚至向斜、背斜及挤压带、破碎带的展布情况，刘老师一定事先查过文献，读过图，早就心中有数了。那么刘老师坐上火车，长江沿岸的地质景观尽收眼底，哪里是挤压带、哪里是破碎带，哪里是向斜、哪里是背斜，根据景观，刘老师肯定会有个大概判断。长江大桥总不能建在破碎带上吧，所以刘老师坐在火车上便能指出长江大桥修建的大致位置，这就是大地质观起了作用。

接着，张老师对我说："你现在跟着辽东队跑野外，表面看与你们的水文地质专业搭不上界，等以后你参加了水文地质项目的研究，就会体会到，这一段跟着我们跑野外，加强一些基础地质工作方法的训练，对你搞水文地质方面的研究是多么重要！"

"我参加过你们水文地质项目一些评审会，我就发现，要把地下水赋存情况搞清楚，最重要的事情还是地质工作。含水层在哪里？不是在天上，含水层和矿是一个概念，也在地下，也和地层有关系，和地质构造有关系，和地壳运动有关系。离开地质构造，离开地层，离开地质学的基本理论，能说清楚含水层吗？"

"所以说咱们学院的有些系，不管你是水工的还是物探的，地质基础课的训练一定得加强，而不是削弱。那天在辽宁局开会，听说一个新词叫大格局，我觉得这个大格局，对我们搞地质的人来说，就是大地质观。我甚至在想，那些搞建设规划的，包括建设部的部长，也应该懂地质，山体滑坡、泥石流等一些地质灾害，从根本上来说是受地质条件控制的，没有大地质观，考虑出来的规划肯定会留下遗憾和缺欠！"

张老师的大地质观，对我后来的科研实践影响很大，可以说我是受了张老师的大地质观的启发，才能够在后来的科研工作中，非常注意前人地质资料和自己一手资料的积累，注意基础地质的观察和研究，注意野外实际勘探工作量的布置，注意地质模型的精雕细刻。

林学钰老师领衔的石家庄地下水的科学管理项目一炮打响之后，一段时间国内兴起了水资源的管理热。看过许多文章，也参加过一些项目的评审会，感到有些项目的关注点，只集中在数学模型上，对地质模型关注得很不够。特别是一些模型计算，单单理解成"调参"。有一次参加一个学术讨论会，一位研究生在讨论中，提到上机运算过程中为了取得好的验证效果，"调参"一语成了口头禅，我实在忍不住了，直言问了一句："请问你说的调参，是调整哪几个参数？"那位研究生，非常坦率答道："也许是渗透系数，也许是边界条件。"我说："渗透系数也好，边界条件也好，原则说来这是地质模型界定的事情，不是不可以调整，但不能违背水文地质条件的客观实际，不能背离所建立的地质模型，如果不顾及这些，你那个运算结果不就成了游戏了吗？"

和张秋生老师讨论问题，有时候，还会把话题扯远，院内的、国内的、国际的，经常有所涉及。张老师把形势看得很透，不少经典句式很有前瞻性，令我耳目一新。比如，当时他很反感有人批判邓小平的整顿："这有错吗？老祖宗说民以食为天，国家不搞建设，百姓吃啥？穿啥？所以呀，咱们可不能跟随黄叶舞秋风，要实实在在钻研自己的业务，干好自己的活儿。历史将证明，做实事没有错！"

在整理张老师遗物的日记中我发现，老师这次非洲之行，会前和会后野外考察共6天，有9条地质路线，累计行程950千米，平均日行158多千米，天气酷热，饮水奇缺，一天只能吃一顿饭，最多也只两餐，旅馆内蚊子多，休息不好，确实万般艰难。

机场工作人员在清理张秋生教授遗物时，惊讶地发现他沉甸甸的小背包中竟是三袋矿石标本！机组乘务长含着热泪说："我见过许多出国人员，回国时带这带那都是些洋货，只有这位教授除了背三袋矿石，身上只有三根埃及火柴，太令人敬佩了！"

张老师出国不带洋货带矿石，这在外人眼里是奇迹，但了解他的人已经习以为常了。作为地质学家的张秋生老师，深知有重大影响的国外典型矿床标本的价值，所以出国参加学术会议只要有机会就往回带标本。1979 年他赴塞浦路斯参加国际蛇绿岩学术讨论会，带回了增生板块地球动力学环境的蛇绿岩套和塞岛型块状硫化物矿床的标本。1987 年他带回的是南非太古代绿岩带金矿和产于原生金刚石的金伯利岩标本。这些标本填补了我院乃至我国的空白，在教学和科研上发挥了重大作用。

但是有时候他也会给学生带点小礼物，目的是鼓励学生发奋学习，让中国的建设超过国外。一次出国，他回来时带了几个国外生产的打火机，也送给了我们几个。记得当时他对我说："小侯你看，人家打火机造得多精巧，不光耐用，还防风、防雨，但我们国内为什么造不了？是没有技术吗？不是，是我们的思想不解放！等我们解放了思想，这种打火机造得一定比国外还要好，因为我们聪明！"

敬爱的张老师，您走得太早了，您的学生永远怀念您！

有一种力量叫自信

来到上海的第三个年头，大环境是发生亚洲金融危机，小环境是正在做的项目建设的方老板突然病故，资金链出了问题。该付的工程款迟迟不能到位，材料商来单位催款，民工上门逼债，职工人心惶惶，我跌入了低谷，确切地说是绝境……

那是一个深秋的夜，我的心情糟透了，因为和甲方会谈，甲方正式告诉我，银行贷不来款，该付的款一两个月内无望解决。

几天来希望抓到的最后一根稻草落空了，我脑际出现了一连串的怎么办：

职工工资怎么办？民工劳务费怎么办？答应马上要付的材料款怎么办？这几百万的资金一时解决不了，一旦升值了怎么办？

深秋的傍晚，一轮橙黄色的冷月挂在空中，吹来的风冰冷地刺入肌骨，我一个寒战接一个寒战。片片枯叶迎风飘落，让人心酸。我的心情压抑着，不停地想着所面临的一个又一个难关！

我在街上漫无边际地走着，虽然看到了那幢熟悉的楼宇，我办公的地方，同事聚集的地方，但只能擦肩而过。因为我知道，同事们正等着与甲方商谈的结果，也不知道应如何面对那一双双期待的眼睛。

我电话的铃声在不停地响着，我想接听却又在犹豫：如果是单位打来的询问会谈的结果，如何回答？如果是催要钱款的电话，要求明确付款日期，如何回答？如果是家里打来的关心电话，如何回答？此时此刻，我感到任何回答都是废话！我只得无奈地关掉电话。

夜深了，四周一片寂静。只有天上的星星眨着眼睛，只有酒吧里的灯光来回晃动。都说酒精可以让神经兴奋，音乐可以撬开封闭的心灵，我走了进去。

这是一家著名饭店的顶层酒吧，我来过不少次，坐在酒吧靠窗的位子，可以看到上海的灯火阑珊。我用酒吧里的招牌葡萄酒接待过不少客人，这个项目的合同就是在这家酒吧里，在葡萄酒的碰杯声中签订的。也就是在这一次，我不仅领略了方老板的博学，还领略到这位老板喝葡萄酒的优雅：侍者拎来冰桶和酒瓶，老板让侍者念出酒的产地和年份，然后才允许开瓶斟酒，接着拿起酒杯在灯光下照一照、晃一晃、闻一闻，用舌尖浅浅地尝一尝。这还不算完，还要根据这酒的色度、温度，让侍者调整灯光的亮度和更换桌上台布的颜色。原来喝葡萄酒还有这么多的讲究，我心里不是在欣赏，而是在责怪，责怪这座城市一些角落里的浮华，责怪这里的男人怎么如此缺少阳刚！

如今老板已经谢世，也许就是因为老板的提前撤离，痛苦才降临到我头上，物是人非，世事难料，又多了些心绪，多了些感慨！

我照例要了那种葡萄酒，不过后来的事不是让侍者更换桌上的台布，而是让侍者找出音响里的一首乐曲，让贝多芬的《命运》像幽灵一样响起来——乐曲的开头，是"命运这样敲门"，深沉的旋律，铿锵的键音，倾诉着一种煎熬，诉说着一种无奈，时而阴暗凶险、欢愉神气，时而倔强紧张、悲戚低沉，还仿佛有一种惊心动魄的浪潮在催促着人们勇往直前。

第一段主题戛然而止，第二乐章接踵而来——柔情似水，如梦似影，充满幻想，令人陶醉。像是远方天际的呼唤，让我避开重重世俗的戒律；又像近旁有人在牵手，眼神里饱含缕缕的期冀……

我如梦中醒来回到现实，心底在一遍又一遍地荡起这沁人肺腑的旋律。告诫自己，人生不要自己折磨自己。人生的风景在游走，跌倒了爬起来还有梦！

我仿佛经历了一次灵魂的沐浴，把积压于心的阴霾和不快一扫而光：情在挥洒，血在沸腾，我一拳砸在茶几上，这一拳砸出了新意境，砸出了新天地——东方发白：我带上了笑脸和自信，直接赶到了北京。

一周后，我又回到了上海。

筹来的百万资金很快到账，在朋友的帮助、领导的支持以及自己坚韧不拔的努力之下，局面趋向好转。

哲人说，风里的尘埃遮不住湖水的眼睛，水里的泥沙阻挡不了波涛的行程，这个世界，没有春天化不开的冰，没有勇者达不到的彼岸，自信是生命里最美的歌。

我信。

有一种精彩是说"不"！

几个好朋友来到上海，我驱车带他们转了内环、中环高架，领略了这座城市的宏伟和大气，又乘了几条路线的地铁，感受上海轨道交通的便利。其中经过三号线上海火车站时，让朋友下了车，领着他们在地下通道里逛了一下。我向他们介绍，这地下广场的上面是高楼林立，旁边就是上海火车站，南来北往的旅客可以通过这里的地下通道，进行公交、地铁、火车的换乘，非常方便。

朋友惊叹工程规模之大、难度之高，我也会情不自禁地说出，这是我们公司做的项目，我任地下基础工程的项目经理。每当经过这里，我心里都涌动着一种自豪，涌动着在工程抢险时说"不"的场景。

那是一个雨夜，晚上10点前后，劳累了一天的我刚进家门，手机就响了起来，我按键接听，是"围护漏水了"。我当即发出指令：立即报告甲方，立即通知某总（是甲方的总经理，能力极强，我很佩服）和施工队队长马上赶到工地，我随后就到。

我到了工地，带领相关人员来到现场实地察看了险情之后，事不宜迟，在雨中开了一个短会，当即决定，迅速按照事先准备的预案，分头行动，组织人力和物资，进行抢险。

可能是凌晨 2 点，甲方的一位负责人（他算不上负责人，平常也不管工地，和我没有联系，那晚也许他在甲方值班）来到工地，他先召集一个事故分析会，据说有设计人员和什么专家参加，他们几次派人找我参与会议，因我忙于现场指挥，就派了一名技术人员应付。

负责人传来口令，让我必须参加，我让来人转告，现在我最关心的是现场事故的发展态势，所以不能赴会，会上议论的情况我们的技术人员会随时向我报告，有好建议、好措施我会及时采纳。

会议中间，我们的技术负责人出来过两次，向我汇报了会上的讨论情况。我一听他们提的建议都是纸上谈兵、隔靴搔痒，解决不了当务之急，尤其是那位专家提的建议，令人啼笑皆非，坐而论道而已，更加坚定了实施我们自己预案的信心。

到了凌晨 4 时前后，他们的会结束了，甲方那位负责人要求我们立刻组织人员落实刚才会上提出的抢险方案。

我听了，脸上强挤出点微笑，但口气却十分坚定："抢险是分秒必争，事故的发生，都过去两个多小时了，你们才拿出个抢险方案，依着你们，黄花菜都凉了！对不起，我们早有预案，已经写在施组设计当中，我们现在正在实施我们制订的预案。"

"这是专家提出来的，你必须执行！"负责人的口气是命令。

我一听，一扫平日对他们的客气，来了火气，厉声问道："什么专家？我才是专家！"我充满了自信。

"要明白，我是甲方！"

"这是抢险，只有对、错，没有甲、乙！"

"会上明确了，抢险得听我的！"

我一看，给我来横的，十分不冷静地说了一句工地语言，一句粗话："听你的？你算个（略去一个字）！"

他受不了当着这么多人的面遭到的尴尬，非常生气地走了，说是要向上反映，告我的状。

当时我也没在乎什么，只知道走了就好。抢险，过程并不重要，重要的是结果，胜利了，一俊遮百丑；失败了，还是我们的错，一个灾难性的错。火车站就在咫尺，涌出流沙，发生塌陷，火车停运，就是可怕的大事故、惊天的大新闻！

经过 11 小时紧张而有序的奋战，我们制订的预案得到了完全落实，有一个注浆孔水泥用了十几吨，险情解除了。第二天上午，雨过天晴，一群领导模样的人，来到了我们工地，当他们知道险情已经解除，非常高兴，从此我们公司在这里就名声大振了。

　　我们从事的工作是一项系统工程，各种风险控制必须烂熟于心，安全管理的秘诀则是古人所说的"预则立"。"发生事故，决不可自乱方寸、自乱阵脚，要相信自己的判断，要按照事先制订的预案淡定执行。这时，特别要警惕瞎指挥的领导和所谓的专家，因为他们不熟悉现场，不了解工程节点的具体细节，能够解决问题的还是我们自己，因为我们最了解现场情况，最明白一旦出现险情该怎样处理。"这是我在事后总结会上对我们的工程管理人员说的话。

赵中川作品*

人生出彩，要有四种能力

你知道人最后悔和最欣慰的是什么吗？临终老人两种相反的最后反响就是答案。

后悔不迭的老人：想要做的事，由于各种原因，结果没做，只有念想，没有行动，一事无成，后悔莫及，懊恼极了！

死而无憾的老人：实现了人生目标，学场、职场、情场、商场、社场、文场等，至少完成了阶段性初级愿望，做了自己想做的事，觉得这辈子值了！

为什么反差怎么大？这就是活没活出自我的区别，得到了这辈子活得值不值的终极感受。

这启示活着的人，特别是有大把时间的年轻人，思索人生路上，如何活出自我，实现价值。全球化能力本位时代，个体得增强几种能力，才能把愿望转化为现实，笔者称之为心商四种能力。

心商是维持精神健康，调适心理压力，保持良好承受力、进取心的人生发展能力的总和。

一、进取能力是个人生存发展的动能

什么是进取能力？

直白地说，就是你到这个世界走一遭，到底想要什么，怎么得到？

金钱？美色？名利？地位？爱情？友谊？荣誉？体面职业？幸福家庭？富裕生活？高峰体验？宁静心境？至善德行？自由身心？历史定位？……

丑话说在头里，你不可能照单全收，只能选择若干；取上得中，取中得下。你可想好了，要甲，就可能放弃乙；要丙，可能得的是丁。你能付出什么代价？

---

* 作者简介：作家，多场跨界资深媒体人，发表《心商人生》《心商》《百面人性心商学》等上百万字著作和网文。

路途少，有省心不费力的捷径，好东西谁不想要？不仅人的胃口有限，好货一多消化不良，它们有的相互冲抵，一闹腾起来，弄不好就鸡飞蛋打！所以，行事需谨慎，手莫伸得太长！

你选好的若干目标，如何实现？离不开进取能力！不管你要什么，选择什么方式、什么路径，都得以自己的资源条件、当下的生活状态为起点，去打拼、去竞争、去吃苦、去煎熬，过程艰辛而漫长。但只要不退缩、不放弃，你就会一步步接近目标。克服阻力，增大动力，最后变成惯性势能，得来全凭真功夫，这里的进取能力在起作用，不仅激励人努力奋斗，而且随着进取能力提升，主客观目标对接也变得清晰可见，拨开云雾见天日！

拿破仑说：有两个杠杆可以推动人们前进，一个是恐惧，一个是利益！

进取能力及人生动力的显现，是个人存活的源泉。

进取能力与心商要素之一人生发展大目标关联。进取能力又与心商动力功能相关，一体两面，如影随形，依存互动，相辅相成。进取能力让人不枯竭，是活出自己不可或缺的能力！

二、承受能力是个人抗压载重的底线

你能抗压 100 系数，却只抗了一半，人是轻松了，但事也做不了多少。贡献得小，得到的难以大。所以，人要走出舒适区。反过来，只背得动 100 斤，非要硬撑 200 斤，结果可想而知，不是压垮了，就是累趴下！网载，三四十岁的有为人士，甚至 20 多岁在青春年华的人，在正是大显身手的年纪，却长年累月因快节奏、高强度，忽视了承受能力的底线，累倒在岗位上，有的不幸英年早逝，有的不堪压力选择了不归路，殊为可惜可叹！所以，知道自己几斤几两、能承受多大的磨难、受得了多少福分相当重要，在这个边界内，能提升多少是多少，自我保护意识应与个人能力同步增长！

人的承受能力有多大，他发展的概率就有多大，一个人的成就，与他的承受能力成正比，是正相关关系。

人在社会环境中，要实现自己的人生目标，必须应对各种挑战，克服各类阻力。如外界的干扰，内心的怯懦，目标本身的艰难，时间的考验，人际的舆论，等等。理论上说，个体的目标有多大，承受力也应有多强，这是收付得失的对价，也是平时积淀、综合素质的反映。因为只有这样，才能顶住逆态、逆境、逆势，实现向好的方面转化。

实践中，因为每人情况条件等因素不同，所以不能等量齐观、机械套用照搬方式方法，要实事求是、具体对待。当一个人感觉实在有点抗不住时，就得按暂停键，一边休整，一边思索。不要吝啬磨刀的工夫，刀钝了，不要说割肉，连切豆腐也快不了。何况人这架世上最复杂的"机器"，最要呵护。我们大部分人没到日理万机、分分钟也耽误不得的地步，把自己逼得太紧，身体会抗议警告，你再不理会，它也没法救你！

承受能力与心商要素之一自我建设关联。它是一种保护功能，让你暂避锋芒，自我修复，积累能量，蓄势待发。切勿突破一个人承受能力的临界点，否则，要么事倍功半，功亏一篑；要么损兵折将，得不偿失；轻则受伤，重则崩盘，被自己所要反噬了！因此，承受能力既是人生发展的要件，也是避免过犹不及受累的保护机制，还是保护人们趋利避害，将人生风险降到可控的一个避险保护功能！

三、调适能力是个人掌控的灵活性

外部世界曲折多变，内在世界复杂敏感，两者时不时得对接，但脱轨失序、对不上号的现象常见，普通人没到改造外界、让环境适应你的份！明智的做法是改变自己，适应环境。那么，该怎么做呢？

调适能力的强弱，恐怕就决定了适应对接的效率和结果。以不变应万变，是原则性；以变应变是灵活性；原则性和灵活性相结合，才事半功倍，事与愿合，否则最后的结果会教训你。调适能力就是灵活性、空间度。

调适能力与心商要素之一韧性修炼关联，具有调控功能。社会宏观中观经常调控，因为情况发生了变化；那么微观的个人，有什么理由，不随环境、人事、心境的变化而调适、调整、调控呢？

一般说来，人们为人处世、成就事业，两项要件不可少，一是个人的精神状态，二是人际关系。当一个人处于旺盛昂扬的状态时，他的能力就会发挥得很好。然而诸事并不总是遂人意，人也毕竟是肉身凡胎，谁没个头疼脑热，两者叠加，常压得人喘不过气。此时此刻，就看个人的调适能力了。如果他善于调节自我情绪，放慢节奏，转移目标，暂时放下或放松，休整后再接着干，效果会大不一样。

古今中外都把处理人际关系视作大学问。没有人能孤立存世，鲁滨孙还有个星期五。网络时代，人际关系呈现了新特点，诸如快联系、广交谊，却是弱关系、常变调。但如何处理好周边关系，仍是不变的现实，可以做宅族，可以享孤独，但你不可能脱离人际，遗世独存，活着就要与人打交道，人际关系是不请自来的。

是否有这样的体验，当心情不爽时，对人态度冷漠，人家也不会热脸贴冷屁股，让你感觉荒芜一片，不好的心情雪上加霜。其实是你没调整好，用阴面视人，怎么指望别人阳光灿烂？如你适当调整试试，用阳面待人，人家会怎么回应？于是就产生了"1+1>2"的效应，奇怪自己仅有的那点不快，也不知跑哪儿去了。

笔者称之为正冠效应，不仅是正衣冠，更是正心态，你看出了调适能力的作用了吧！所谓适者生存，控者有能，韧而不脆，折而不断。维系良好人际关系如此，扩大人际网络同样如此。

专家提出了"六度分离"理论，实验也证实了，即地球上任意两人要相识，可以通过六个人辗转搭上关系，实现联络。试想，这个"搭讪"撩人的过程，就是调适能力的大考，能不能搭讪成，看你调适能力强不强了。

四、维持能力是人生持续发展的终极能力

通俗地说，就是长久过日子的能力，不断平衡的能力。人生百年，有多少坎坷曲折，多少平凡琐碎，有高潮，有低潮，有什么潮也没有的死水微澜；有顺境，有逆境，更多是非顺非逆的常境。日子都得一天天过，哪怕你急不可耐，哪怕你活得不耐烦。一年365天，你得按老天定的时序，过了今天才有明天。你大量的时间成本，维持的是常态，偶尔才会出彩，才会赢来出彩。人生各个时段，幼少青，壮中老，目标任务活法，各有特色内容约束，但维持是一定的，不是别人帮你维持，就是自个儿维持，而且主要是独自维持。物质、精神生活也有匮乏充裕的起伏波动，社会阶梯上也有上下起落，如何进退有据、张弛有度？要靠人的维持能力，不仅维持一时一事，而且要维持一生一世，任凭风浪起，稳坐钓鱼船，以柔克刚，发挥自己的软实力，来应对这刚性的变幻世界，让你行稳致远，安享一生！

这就是维持能力的弹性功能，与心商第四个要素内外平衡关联。牢骚太多防肠断，维持弹性不夭折。

如果说，进取能力是人生动力的外在显现，承受能力是人生内在力量的深藏。那么，调适能力、维持能力则是人生在世的智慧技巧，四者合一，构成了心商个人全球化智能生存的核心能力。简言之，就是自立、自强、自治、自和的"四自"能力，这也许是活出自我、增值自我的路径奥秘！

我们为什么要做个有趣的人？

你喜欢与有趣的人交往还是和无趣的人扎堆？答案应是前者！为什么？

《红楼梦》里，谁最有趣？无疑是刘姥姥！她的插科打诨、装疯卖傻、嬉皮笑脸、若智若愚，如一股清风，吹皱大观园等级森严、情场竞合、钩心斗角、由荣至衰的一池浑水，逗得上至权威贾母王熙凤，情痴黛玉宝玉，下至底层众丫头，个个笑得乐不可支，盼着她何时再来，一个个恢复了人的真性情！最无趣的，大概是王夫人了，她似可有可无的木偶，扮着温顺的儿媳、妻子、慈爱的母亲、有道的治者、虔诚的信徒，唯独没有自己，生活还有什么趣？

为什么女人喜欢有幽默感的男人？为什么男人喜欢可爱的女人？

谁会喜欢干巴巴、活得像机器人的干人，而非流光溢彩的趣人？再说现在的智能机器人，也在模仿有情趣的大活人。

有趣，就是懂人情世故，懂人性喜好，有智慧自信，心宽大度！

有趣，就是应景，融入场景，谈笑风生，嬉笑怒骂，皆成文章！有趣，多维度、多种类、多样性，建构了生活的五光十色、丰富多彩！

一生趣，就是生命的趣味，对生活感恩、积极、正向，生机勃勃，体验做人的美好，不会因挫折而失去对未来的追求！

二情趣，认知、理解、践行，人是情感物，情本体，无情未必真丈夫，有情才是有趣人。情感是保持人际关系的源流，说人话，做人事，懂人情。与人为善，知书达礼，有情有义，又有底线，和谐共生！

三兴趣，除了对专业专职有专劲，还要培养除此之外的一两项爱好，关注新事物，热爱生活，发展特长，润滑自己的人生！

四乐趣，就是发现生活的真善美，感受一草一木、一颦一笑，都是世界的欢爱，值得欣然、赏悦，乐趣在平淡中生成，却带来不可多得的回报！

五进趣，保持一颗年轻的心，社会一直在更新，我们的知行也得同步而随，让自己一辈子有交代，也给周围的人带来正能量！

六风趣，有趣的高境界，修炼成果，变成了开心果，这样的人，到处受欢迎，仿佛清风拂面，温暖沁人，由内而发，自然而然，自己活得潇洒，让别人也感受愉悦！

七性趣，人说没爱情不行，既能释放压力，也能维护家庭和谐。

七趣建构了有趣，有趣组合了七趣。有趣往浅里说，是性格特征；往深里说，是精神特质！

生活与有趣，什么关系？人生与有趣，有何关联？

人是因为有趣才来到这个世界的，不是因为无趣才活在这个世界的。

张鹤作品 *

胶囊小船

在浩瀚的海洋中，有一个小岛。小岛上住着一个老母亲，一个男孩，一个女孩，一只狗，两只猫。

有一天风云巨变，小岛在一波比一波更高更强的海浪的拍打中，面临着被吞没的危险。摆在这些生命面前的唯一出路就是逃难，再去寻觅一个世外桃源一般的家园。

可惜，留给他们的逃生工具不是挪亚方舟，而是一个只能容得下一个人的小船。每个生命都不想独自先行，情愿再赌一赌，也许海神突然又温顺了回来，他们就还可以在这一隅偏安。然而一天又一天，形势愈演愈烈，不安频袭，在动摇着大家的信念。

孩子们出奇地一致，最后决定把唯一可控的一线生机，也是最安全的方式留给母亲。那个小船不是一般的小船，而是精细的堪比宇宙飞船一般的"胶囊"船，不管经历怎样的沧海桑田，哪怕整个世界都再次陷入一片黑暗，在里面的人也能感到光明，而且会挣脱时空的束缚和限制，等待到达一个新世界或再次被创造出一个新世界。生命在这个小船里，也不会感到无聊，因为她虽然一直睡着，却会在梦境中把美好的生活一次次回看，所以当有朝一日，到达了安全地界，她苏醒过来，根本就感觉不出时间过了多久。会以为不过只是一夜一梦，然而以她为界的外面，也许早已过了成百上千年。

母亲睡着了，子女们看着小船慢慢飘远，它朝向西方，慢慢地变得越来越小，最后成了一个小点，最后完全看不见。女孩是剩下的生命中年纪最大的，她把大家都聚到身边，她用自己的意念画出了一个类似每次孙悟空要离开师父时，为了保护师父而用金箍棒画的那个伏魔圈。弟弟和猫狗都很听话，没有人畜之分，大家都紧紧挨着姐姐，听她讲很多的故事，从一千年以前，到一千年

---

* 作者简介：张鹤，女，满族，生于 1986 年，吉林省吉林市人。曾为商业书籍撰稿过创业人物传记，也为足球 APP 撰写球评。平时擅长写作类型：球评、影评、散文、小故事。

以后，故事都是天马行空，甚至很多还毫无逻辑可言，可他们还是很认真地听，姐姐就一直讲。偶尔看到小猫小狗有些瞌睡，姐姐会慈爱地摸摸它们的头，它们也顺势舒展一下身体，眯一会儿，听到响动又醒来，都是浅浅的睡眠。

它们无法回应，但它们听得懂姐姐讲的是什么。偶尔感觉到姐姐情绪不太对，也会跟着难过起来，然后用各自的小爪子或头，或轻拍一下，或是蹭蹭姐姐，这些就是它们沟通的方式和语言。

姐姐告诉他们，妈妈会先到达一个无灾无难的地方。在那里重新安排好一切等他们去找她。不过，若不能同行，姐姐会担忧他们彼此会迷路，或走错了路，怕再不能团圆。但是好像也是没有办法的事，所以不如想想还能做好的。姐姐教弟弟发愿，用信念为妈妈的胶囊小船助力，先让妈妈到达彼岸，重建家园！而后他们都要记住妈妈像是回信一样的描述，认准标记，哪怕会失散，只要每个生命都能"按图索骥"地去寻找路标，终还会聚到一块，只是或早或晚……

一些岁月后遗症

奶茶已经很甜，还是要多加糖。

我会觉得速溶咖啡比咖啡厅的咖啡好喝，喜欢焦糖玛奇朵，因为名字好听，喝着也甜。

明明很喜欢可乐，平日却不喝。只有在一些特别开心的日子才会喝。而且只选百事可乐。

我也爱美食，却不贪恋，而且与肉无关。我是个素食主义者，却不会把自己的一些观念去强加给任何人，不过我曾经真的在有交集的三年里无形中让一个顿顿吃肉、无肉不欢的人后来口味有了改变。但是我自己却不会被任何人改变去吃肉，父母和很多人都努力尝试过改变我但都没有成功，吃素就是打记事后无源可查的一个缘分。

有对情怀的追忆，却也有对新鲜事物的好奇心。既然只身远赴这一场人间惊鸿宴，就好好走走和看看。

下雨天，我会想起和爸爸的约定，他说过下雨天他就会回来，所以即便现在他已经彻底离开，每遇下雨天，我还是会感觉到特别开心，因为想起了一份约定。

和一个好朋友约定会随身携带类似火腿肠之类的东西，不是为了自己饿的时候吃，而是为了遇到流浪的小动物的时候，随时能够珍惜这一会儿，让它们感受到多一点的善意。

所有收到的礼物，都被自己看成加持过的吉祥物。在一些特别的关口会随身携带，为自己壮胆和祈福。

我把很多的社交媒介都变成了自己的盒子，存储自己喜欢的图文视频，也存储自己对过往的感悟、心情。最喜欢的还是 QQ 空间。

我有过一些知音，或是生活里的人，或是素未谋面的人。在不同的媒介里，我们彼此被定义为粉丝。那是生命的认同者和倾听者。因为一些事情，也会弄丢一些人，不过曾经某段时间，真正深入交流过思想的人都是我喜欢的朋友。

精简过很多次自己的各类圈子。能留下的即使难见面也都是自己不想错过消息的人。能在一起的时间虽然少之又少，但只要有自己存在的空间就已经很知足了。

我相信心念的力量，所以每个念头生，都会在源头处观察一下是好还是坏。我喜欢行动，起心动念就去实现，不要在后来才去因为什么都没做导致错过而留有遗憾。

我对别人的喜好和执迷也会有一些留意，真正能够吸引人的，一定有其独特之处。哪怕被很多人看来是不务正业的沉迷游戏的人，在那个虚拟的世界里，其实每个终端也都是一个真实的人，大家也在共同建造出一个国度，在以那里的秩序和法则生活。什么是真实，什么是虚幻？我曾幻想过一个人从降生后就陷入深度昏迷。在昏迷的梦里他也经历了自己一生的生老病死、爱恨情仇。有朝一日醒来，发现自己只是在一张床上过了一生而已。然后重新躺下离开。相信那个世界才是一种幸福和解脱，只是每个生命选择了自己的一种活法。

在我的观念里，这个世界上所有的情感都太过相似，无论是亲情、友情还是爱情。所以自己是不是身在其中，都还好。关于缘分，虽没有断绝，却也不会强求。人和人在生活习惯和思想层面都存在着巨大的差异，一起朝夕相处的生活，还是要契合点多一些才会安心自在，而不是感觉谁在委屈和迁就。我一个人也可以把每一天都过得很好，进而把一生过得很好。只是可能在一些人的观念里会显得古怪和孤独冷清，但不可怜。我从来没有觉得自己可怜过。

我信佛，不是走投无路时候的选择，而是因为从小到大我就一直在探索，通过哲学、传统经典、宗教等多方虽不成系统的寻找后，认定佛教里的很多观念都是我所认同和深信不疑的。每个人都有同样的心理吧，自己觉得好的东西，其实是希望更多的人能够了解和认同的。

相信人的一生很多事情都是有定数的。所以在竭尽全力依旧得不到想要的结果的时候，就会释然。看到别人的幸福，会觉得那是福报深厚，皆是自己积累的，会羡慕却不会嫉妒。从未想过和任何人去换，即使一路走来，很多都不是很顺遂，却依旧热爱生活。在无念无盼中也想认真且好好地、热气腾腾地，用了所有热情去活着。

对待苦难和死亡，也曾一度困惑想不开，可后来也慢慢转了念头。如果这个世界上有哪一份苦难是只有我自己经历或承受，我可能会觉得不幸，但反观大千世界，太多的生命经历承受更多，我们随意看到的任意一则新闻消息，都可能是一个生命、一个家庭甚至一个更大群体的悲剧和巨大打击，而不单单只是数字而已。

30 多年的所遇，不是没有见过生活的艰辛和苦难，但我却在更多的人间百态中越发觉得阳光、温暖、善良的重要。自己想要做一个能够有力量不仅自助也能帮助到其他生命的人，而不是消极失落等待被怜悯和救赎的人。

最好的人设就是本色

喜欢一个人，可能只需要第一印象不错就产生了，可要是想长久地喜欢，那一定是被他最真实的一面，而恰好又是你欣赏的一些特质所吸引。当然也不乏一些盲目的喜欢，因为喜欢而去包容或者说是一再妥协纵容对方缺点的人群。

没有人能有本事让所有的人都喜欢，但往往一些趋势会让流行前沿去推出或者打造出一些符合大多数人喜欢的个体出现。可有时候，不免好奇，被包装和设定的形象，跟被包装者本人到底有怎样的差距。只有真的能够契合自己，才会感到自在，如果与最本真的自己根本不符，大相径庭，那将会是很累的，因为任何时候都不能摘下假面，要一直在演。

我也喜欢过好多人，年少的时候，大多也都是源于看脸。伴随着自己慢慢长大，在感觉自己肤浅的同时，也过滤了很多的人，只有真金才能不怕火炼，只有真本事才能让一些人敌得过时间的检验。我们会看到一些大器晚成的人，其实他们一直都存在，只是用了更多的时间在扎根，厚积薄发，等到爆发的一刻，就能参天。我们也看到过很多昙花一现，短时间的热闹，仿佛出来就到达了巅峰，而后能够慢慢消失都是上天的眷顾，有很多则是突然就消失了，而且消失了也就消失了，很快又有新的、差不多的人涌现出来。

我会喜欢一些人，更多是因为他们诠释的角色，那是剧情里的人，而非他们自己本身。而有时候我们往往会把剧情中的美好形象和性格全套地安到表演的人身上，或者说是一种希望，希望扮演者本人也是这样的人，有能力还专一，或人狠话不多，或温暖阳光，或外冷内热，而这些如果没有机会去近距离接触和了解，都是不会轻易展示给别人的。

其实无论是明星还是普通人，只要看看每天的相遇就会发现，谁出门不是精心收拾了一番，对镜自照的时候，其实就是在用外界的眼光审视和打量自己。出门的自己和在家的自己，肯定也有很大的差异。当然我也听过一些略显极端的情况，即某些女孩因为太在意妆后的自己，为了让自己的美好形象永远吸引住另一半，每天都会选择晚于他睡、早于他起，让他见到的永远是精致的自己，看不到素颜的自己。

我相信我们断然不会因为一个人只是好看，却什么都没做就莫名其妙地喜欢到不行。我们都懂得以色取悦他人与色衰而爱弛的道理。所以要想让别人喜欢自己，不妨扪心自问，自己能够让别人喜欢的性格、特长或者优点到底有哪些？我们有没有做到自己喜欢的自己。

很多的词语都很对立，比如，内向外向、安静活泼、冷淡热情，甚至民谣摇滚也可以算是对立。而我相信每个定义、标签的身后都会有自己拥护的人群，只有本就是同一路的人才能够一直相看不厌，没准还会越看越喜欢。

而所谓的人设崩塌，很多时候不过是因为有些人明明不是一种形象却为了迎合大众的喜欢一直在扮演，当有一天，恢复了原本的自己之后，会给大众带来一种犹如被骗的感受。

我想做一个童叟无欺的人，一个无论置身人群还是独处时都表里如一的人，你呢？

回到你身边

因为太了解你和你的生活状态，所以我要回到你身边。哪怕不能以我本来的面貌出现，哪怕我已经与掌管生死的判官约定好了，不能以任何方式告诉你我是我，不过只要能回到你身边，让我放弃人身，我也甘愿。

也有一些担忧，你会记得我多久，是思念还是埋怨，会不会随着时间的冲淡，渐渐你的生活里再没有我的一席之地，那样我会不会有失落和失望呢？呸呸呸，我不该这么想，也不该过早地杞人忧天，我知道自己现在唯一的心愿就是快点回到你的身边，近距离参与你生命的余程。

眼睛一闭一睁，我如愿了，哈哈。还真的是没法告诉你我是我了，因为你是人，而我成了一只猫。不论我变换怎样的语气、语调去说，你都不会明白我在说什么了。你也会耐心地停下来，逗逗我玩，同时检查好我的猫粮、猫砂、水是不是充足。往往你会一个人忙这忙那，家务真的好像永远也做不完，你总有活干。我也想帮你干活，可有时候却适得其反，反而添乱了！你倒不会大声地责骂我，也不会责骂和我一样的小猫小狗，只当我们是调皮捣蛋加好奇，无奈地叹口气后，你便又会继续去收拾残局。

你的生活跟以前并没有太大的变化，每天固定的时间出门，固定的时间回来。你回来之后家里就会从一天的沉寂中，突然变得热闹。其实我也有疑问，我看着其他的猫狗，在猜想它们是不是也都和我有同样的秘密，也因为跟你有什么样的渊源才出现在你的身边。不过我也不想去问去探，虽然我们之间有可以互相通晓的语言。不过保守自己的秘密，给予你陪伴，这是我得以重新回到你身边的条件，如果我违约了，万一被召回，要再一次离开你，那样的结果是我不愿意看到的。

昨天你休息，除了下午出门，一天都在家。你跟我们说话，谢谢我们出现在你的身边，你说你愿意把自己的生命匀出来给我们几个都均摊均摊，我们可以一块儿互相陪伴着多活几年。你还是那么善良，从来都不觉得人和动物，尤其是小猫小狗有什么差别。你这样说话的时候，我们都会很难过，因为能感觉出你话语中的失落，那是有点孤独却努力表现出没事的硬挺，这样的你，以前我就一次次见到。你问我们，为什么你感觉我们的眼圈也红红的像是要哭了一样，你还真不是错觉，我们就是要哭了，因为心疼和可怜你的要强。

你习惯性地半夜清醒一会儿，循着电脑的光摸索到屋里屋外，去把我们几个都找寻一遍。只要听到你的声响和呼唤，我们都会做出回应。有时候你要是不戴眼镜，害怕你磕碰到，我们几个也会默契得像是站点一般，一岗一哨地分工，直到你走到安全的地带，或者是把灯打开。

有一天你摸着我的背出神，竟然叫出了我的名字。我吃了一惊，以为自己暴露了，一方面有点高兴，一方面又有点害怕，高兴的是你对我的想念，害怕的是暴露后是不是就不能继续在你身边陪伴了。还好，虚惊一场，你继续抚摸着我的背，告诉我，你想我了，虽然你并不知道你想的我，就在你的身边。

怎么能让你快乐起来？想起以前我们在一起，你就总会不自觉地叹气，会在我提及有朝一日我们会分开的时候，瞬间眼泪就落下，那种悲从中来是我能切身感受却无法阻止和宽慰的。看到别人的不幸会想到自己，看到自己的不幸也会想到别人，你那骨子里的悲和哀，似乎没有什么能真的把它们取代。

壳

人不知道自己为什么成为人，猫和狗也不知道自己怎么就成了猫和狗。生而为人，总归是一种幸运吧，哪怕有的人不比一些宠物过得好，可至少从自主选择性和主观能动性的角度看，还是多了很多自由。

比如，可以自己给自己收拾得干干净净，比如，可以为了办一件事、见一个人就去到很远的地方，然后再回来。当然也有一些灵性更强的猫狗可以不远千里万里地去寻找主人，可毕竟还是少数！猫会洗脸，它们也会急匆匆地好像突然想起了什么事需要马上去处理，可往往跑了一小段路，又会突然停下来，不知道是突然忘了自己要干什么，还是突然觉得事情没那么重要了。

我曾经见过一只流浪的小狗，在川流不息的人群中。那是一只见过世面，也许更多的是见过世态炎凉、不怕人的狗。人群的脚步匆匆，它一开始也跟着人流走得很快，可到了一个十字路口，它突然停了下来。那不是因为害怕过马路而停下，而是四顾茫然，不知道自己要去哪。天大地大，何处是它的家？何处又是我的家呢？

昨天我在梦里，梦到家里的大猫又生小猫了。不过这一次它生的猫中有两只病猫，一只是生下来就要活不下去了，另一只是皮肤和眼睛都有问题。生命和生命为什么会有如此大的差别，有些生命像是在期待和幸福中来，有些生命却像是被诅咒和为受苦而来。梦里心力交瘁，醒来我发现是一场梦，这才缓过来一口气。

我的猫病好了，小鼻子湿润润的。可能因为前阵子它病的时候，我总是用自己的手背去拭它的鼻子，它学会了，所以现在它会在我每次靠近它的时候，故意拿它的小鼻子来触碰我的手背。像是在说，姐姐，你看我好了。而我也会跟它打趣，你不能用姐姐的手背擦鼻涕哦！

我的心里充满了感激，感激这个已经被医生宣判无望的生命，因为还不想离开我，凭借着意志力缓了过来。病得最严重的时候，它只剩三斤多了，只有一身毛皮包着骨头，可现在长肉了，每天抱起它都会感受到又增加了一点重量，它也会在我晚回家的时候，坐在门边看我脱掉大衣围巾，而后开始略带责备地催促，它饿了。昨天在一篇文章里看到一句话，说一个人只要还有想吃的，就还是热爱生活的。只要还知道饿，就还能够继续活下去。那么小动物是不是也一样？

小福也会悄悄地来到我的身边，坐在我的腿上，陪着我看电影，或者是在我要睡觉的时候，走到我的被子旁边，示意我给它也留一点空间。它还是同样的习惯，喜欢把它的一双犹如穿了白皮靴的前爪整齐地压在我的胳膊上，然后响起毫无防备的呼噜声。据说，猫的呼噜声是有治愈功效的声音，在多少个夜晚，它真的就是用它安心的呼噜声安慰和陪伴着我。

我和它们，它们和我，都有一个壳，这个壳会长大，会变旧变老，唯一使我们不同于其他生命的，就是壳里藏着的思想和灵魂，那些深刻的交集，不是所有的生命都会有幸运互通的。

温康明作品 *

难忘"月月粮"

进入 20 世纪 70 年代，为备战备荒，大队开始修建粮仓的时候，我还在读小学。那时大队粮仓一共修建了两处，一处在学校的外操场对面，一处在村史教育室、图书室和村面条加工厂后面。十余个粮仓呈"一"字形排列，如要晒粮就使用学校操场，粮仓后面顺着"丫"字形大队机耕道依次是大队的理发店、供销社代销点、大队医疗点等。

那时整个大队布局非常简单，就像阿拉伯数字中的"7"字形，7 个生产队从底部依次排列，大队部和学校就在 7 个生产队的中部 3 队与 4 队的交界地，另外，在 1 队和 5 队分别建有两个砖瓦厂，使大队在那个年代就有了一定的财力。

一条无岔路的机耕主路也似"7"字形贯通大队。路两旁的桉树高大健壮，枝叶蓬起遮住了路的上空，我们每年都要在桉树的根部刷上一次白石灰浆。紧靠路的侧边，一条两三米宽的河渠，河水沿"7"字头顺流而下，河渠的尽头有一个四五米的落差，然后汇入另一条较宽的河中，落差处就是大队的水电房及稻米加工房，白天加工房用电，晚上供社员家用。

沿渠的一边竖立着一排电线杆子，每根电线杆子上都挂有一块大约高四尺宽二尺的镶边长方形木板，每块木板的两面都用红漆写着毛主席经典语录。真是"沟端路直树成行，欣欣向荣新曙光"，"曙光"是当时大队名，在这之前叫状元大队，是因为大队境内曾有一座杨慎状元坟而得名。

当年曾经有一位摄影记者，在一队也就是"7"字的底部位置，站在用树木搭起的简易高架上用照相机将全大队尽收机内，照了一张非常漂亮的照片，照片内那笔直的机耕路上，还有一辆小型手扶拖拉机和一辆四轮东方红拖拉机，都是大队农机站的。照片没有摆拍的成分，真实反映了那个年代典型的农村现

---

* 作者简介：温康明，男，1962 年 9 月出生于四川成都。1985 年 1 月参加工作，1988 年 12 月加入中国共产党。本科学历，经济师，现供职于成都某商业银行。年轻时喜爱文学，做过文学梦，当过文学青年，后忙于工作，文学却一事无成。值得庆幸的是，自己永远在阅读。

象，为此，照片还被放大，挂在了省城展览馆。当时，全国各地到展览馆参观的人都看到过这张照片。

在大队部修建粮仓的同时，另外一个生产队晒场也修建了七八个粮仓，粮仓都是呈"仓"字形，与大队部的粮仓一样，主要材料由黄泥、水、寸长的稻草节混合而成，然后拌上手臂粗的稻草绳，呈圆形垒成仓墙，仓顶也是用相同的材料，只是多了用树木做的仓顶架。记得每个粮仓上写有一个大字，用白石灰浆写成，组合成那个年代的标语："深挖洞、广积粮""备战备荒为人民"。

从此，全大队的粮食除上交国家外，全部放进粮仓，统一由大队派专人保管，统一分配，家家户户开始像城里人一样，吃起了月月粮，每人每月30斤，未成年人少一点，农忙季节有所增加，主要是稻谷或小麦，不包括生产队自主分配的其他农作物如土豆、红苕、萝卜等。月月粮每月分配，一年12次，每月分粮时，是我们最高兴的日子，早早和大人一起，担着箩筐或推着鸡公车，拿着装粮的口袋，到粮仓旁排队，分粮时按各生产小队不同时间进行分粮，避免人多拥挤。

这样按月分粮，加上其他杂粮，每家每户只要合理计划，基本上不会出现缺粮和饿肚皮的情况，如确实有计划不周或家里长时间有客人等原因，出现断粮的情况，可以向大队申请暂时先借点，以解燃眉之急，下月分粮时扣掉，然后好好计划就行了。

月月粮一直到分田到户实行家庭联产承包责任制后结束，粮仓完成了它的使命，拆除后的场地另作他用。许多年后都还有外村人称我们大队，也就是后来的村为"月月粮"大队。

吃月月粮的往事至今记忆犹新，许多年过去，每次想起月月粮的岁月，仿佛又看到在放学的路上，和同学们三五成群，经过大队粮仓时，看到大人们还站在粮仓旁等着分粮时，便齐声唱起也不知道是谁编的那几句顺口溜：

月月粮，

月月粮，

社员生活赛蜜糖；

月月粮，

月月粮，

幸福生活万年长。

2022年2月

写写我的母亲（一）

　　母亲活着的时候，就想写写母亲，特别是我们几姊妹长大以后，母亲也上了一定年纪，听母亲讲到一些她童年时的往事和在大时代中个人命运的无常时，心有千言万语，成文却只有寥寥几行。

　　现在想来，母亲一生经历了城里、乡下、城里又乡下的生活，在城里的时间不长，几乎在农村当了一辈子的农民，直到离开我们。

　　有时想想，母亲的出生日和去世日还真是有点意思，出生于 9 月 13 日，去世于 1 月 8 日，享年 83 岁。母亲在 50 多岁的时候，身体不是很好，她总在我们面前说，我们外婆就是在 50 多岁走的，所以她总担心自己也不会长寿。

　　那时候，只知道母亲的老家在成都龙泉客家乡下，小时候随母亲和父亲去看外公外婆，先要坐公共汽车到成都梁家巷下车，然后走路，沿八里庄过二仙桥经原地质学院，再走很远的黄泥土路才能到达。

　　对于母亲在龙泉乡下的童年、少年及青年时期的生活，从母亲口中知道了一些。外公弟兄三人，都是客家人，虽然种了十几亩庄稼，但只有外公成了家。外公平时节俭得很，家里有点余粮，闲时也种菜卖钱，母亲说外公用钱抠门得很，比如，有次外婆说家里没有油了，外公便把家里的油壶挂在担菜的扁担上，回来时菜卖完了，油壶却仍是空的，然后对外婆说下回再打吧！

　　在那个年代，比起其他人，母亲还是有点文化的。母亲说她读小学时成绩非常好，那个校长姓张，非常喜欢她，小学毕业后，外公认为女孩家读那么多书没什么用，不要母亲继续读书了，为此校长还专门到家做外公思想工作，并答应不收母亲读书的学费和书本费，但在外公的坚持下，母亲的书终是没有读成。许多年以后，我好像才明白外公为什么不再让母亲读书了。母亲还说小时候有一个剧团想让母亲去学唱戏，外公外婆守旧，认为唱戏名声不好听，也断然阻止了，那时中华人民共和国刚刚成立不久，母亲只有十二三岁。

　　那时的母亲接受新思想、新事物较快，追求进步，十五六岁就积极参加青年团的活动和帮助村妇女会工作，当时正值抗美援朝，便与其他妇女一道做军鞋，捐粮捐物。母亲说，有一次她为了报复抠门的外公，背着外公在村上认捐了 10 担谷子，把外公气得不行，用广东腔大骂母亲"死女子"。

　　母亲进步很快，小小年纪便担任村上的团支部书记，后积极要求入党，18岁时与父亲结婚，20岁时已是共产党员了。

　　后来有一次，母亲告诉我，她小时候不是现在的姓，龙泉客家乡下的外公，不是我们的亲外公，母亲说她最早出生在城里，第一个外公家里曾经是有钱人家，长相帅气，是在国外留学学医的，回来后在成都当过医生。

　　原来母亲是城里人，只是后来命途多舛，才随外婆嫁给节俭忠厚的乡下外公的。

写写我的母亲（二）

　　日本对成都大轰炸的那几年，母亲3岁左右，她的妹妹，也就是我们的二姨，也才刚出生不久。许多年来，二姨成了母亲最亲近、最挂念的人。

　　大轰炸每次都造成人员死伤，有些还是邻居熟人，住在城里的外婆非常担心自己和家人的安全，特别是两个可爱的孩子。外婆便与自己的妹妹，也就是母亲的小姨，和母亲及二姨四人去城外一个亲戚家里住下躲炸弹。

　　这一住的时间较长，母亲后来听外婆说，可能住了两三个月，虽说是亲戚家，时间一长，亲戚也就不高兴了。外婆也觉得长住在亲戚家不是办法，加之躲这么长时间，日本飞机也没有来过成都，那天确实很巧，亲戚家村里有个推鸡公车的人，要进城去办事，"解放脚"的外婆便顺路坐在鸡公车上，抱着年幼的二姨，母亲的小姨抱着母亲随车走路，回到了城里自己的家。

　　有时事情就真的那么巧，人是无法控制的。回城到家的当天晚上，母亲的小姨由于与隔壁邻居大姐久未见面，好像有摆不完的龙门阵、说不完的话，当晚便睡在邻居家。谁也没有想到，可恶的日本飞机在当晚又对成都进行了一次大轰炸，恰恰又炸到了母亲家那片区域，飞机来时，在警报声中，小小年纪的母亲，躲在桌子下面。后来母亲对我们说，她是从桌子下面被救出来的，真是奇迹，身上没有一点伤，只是被炸翻起来的泥土盖住了全身，当时外婆还以为她不在了呢！母亲说，这次大轰炸，住在隔壁的小姨和邻家姐被炸死了，炸弹正落在邻居家的位置。母亲到了晚年，有时看到日本人的电影或电视剧时，非常恨日本人，特别是说到她小姨的死，总是感叹道，假如那晚不住到邻居家，假如炸弹不落在邻居家位置，假如当天外婆不决定回城里家，假如那天又没有那顺路进城的鸡公车，漂亮聪明的小姨就不会死了，要知道那年小姨还不到20 岁。

母亲后来的命运，就像一片树叶，远离大树，被大风吹到一个很远的角落。其实母亲在城里有许多亲戚，主要是外婆家这边的，有时听母亲说起，某某过去应该是搞地下工作吧，解放后又在部队任职，后又派往苏联留学深造，等等。

20 世纪 70 年代，远在青海石油部门工作的二姨父，每年回川探家，都要到我们家住几天，看看母亲和父亲。那时，物资匮乏，姨父有工资收入，每次来家总要买些东西，还给父亲买好的衣服布料，他自己却穿得非常俭朴，后来家里修房子，姨父还寄过来 400 元钱，在那个年代足可以修两大间房了。从这也可看出母亲与二姨姊妹间的亲厚。

有一次二姨父在我们家谈到，二姨父和二姨组成家庭，是由母亲的另一姓表哥介绍的。这位表哥和二姨父在同一个部队当兵，转业后，城里的这位表哥在城里某单位工作，而二姨父家在农村，便到青海当了石油工人，当初非常艰苦，但对于从农村出来的二姨父说，就权当再当一次兵。

这次二姨父和母亲不知从何处说起的，母亲还有一位参加革命多年的表哥，只是众多表哥表弟中的一位，1936 年参加中华民族解放先锋队，1938 年加入中国共产党，1940 年川大还未毕业便奔赴延安，入青年干部学校学习，1943 年参加八路军，其间曾加入抗敌演剧队，多次赴农村进行抗日救国宣传。原来母亲的这位表哥就是我们后来看过的老电影《董存瑞》《抓壮丁》和《雷锋》的剧作家丁洪先生。二姨父与母亲说起这事时还笑着说，当初丁洪写《董存瑞》时稿费是多少，母亲的姨妈为此买了许多礼物送给一条街的左邻右舍等高兴的事。母亲对二姨父说："几十年了，我还记得他，那时汤表哥对我这个小女子还是很关爱的。"说这话时，母亲转头用手抹了抹泪水。在那个时代，由于各种变故，尽管是亲人，有时分别了，也许就永世难见。

在 20 世纪 90 年代初期，已 50 多岁的母亲带着我和刚结婚不久的妻子，到城里看望了她的一个表哥，也就是二姨父的战友及家人。一见面，表叔向母亲说了一句话："小女子，你是从台湾回来的吧？"这次距他们分别有二三十年时间。母亲这次在她表哥家里，翻看了几本相册，看到了许多她小时候还记得的一些表哥表弟、姨父姨妈的照片。母亲还叫到表婶的名字说，还是那么漂亮，就像演员王晓棠。

这次进城，由二姨父带路，母亲又带我们去了川大，在一栋教职工宿舍的一楼，去看望了她许多年未见的舅舅、舅妈，这一次母亲像个受了很大委屈的孩子，当面哭了。在母亲和舅爷回忆摆谈着分别多年往事的时候，我和当小学教师的妻子二人，在川大校园里围着校园路走了一个整圈。

有一次因工作进城办事，办完事后，走在街上，突然记起母亲说过的她们原来城里家的位置就在附近，于是走了几十米远，拐过一个弯，便看到了一幢高高的西式楼房，这个城市的邮电管理大楼青砖砌的墙面及装饰，古朴典雅，该建筑修建于 20 世纪 30 年代末期，一直是这个城市的地标性建筑。母亲说听外婆说过她家最早的位置就在这里，大概有 17 间铺面，后毁于一场大火，那时由于外公不上进，家道已开始衰败，无力恢复被烧毁的房屋，便自动放弃了。站在此地，仿佛看到幼小的母亲，随外婆一道，拉着外婆的手，从大街上、从我的身边慢慢走过去。

记得那次母亲说起她出生时，我们原本当医生、长相帅气的外公，在那个旧时代，不知怎么的，抽上了大烟，戒不了，抽空了原本殷实的家产，最后医生也当不了了。某一天离家出走，这一走，就像从这个世界上消失了，再也没有回来，只留下她们孤儿寡母。

母亲每每说到这些，眼里总会有闪光的东西流出来。

写写我的母亲（三）

母亲又成为城里人，是在与父亲结婚以后。之前，十七八岁的母亲因工作积极、思想进步，在村上已担任起妇女工作。

母亲与父亲的相识，源于我的大姑，也就是父亲的大姐。大姑十五六岁时，那时是旧社会，到了可以嫁人的年纪，一个熟人对奶奶说要给大姑介绍人家，就把大姑带走了，后大姑无意中知道了此人是个人贩子，胆大聪明的大姑想方设法逃离了这个人贩子。后有好心人看大姑虽还是个小姑娘，但个子高高的，人也还漂亮，便介绍她嫁到了母亲所在的村子里，那时年轻的姑父在一个药铺当学徒（后来大姑先后送了三个儿子到部队当兵）。都在一个院子里，相互之间只隔着两三家人，大姑虽说比母亲大几岁，但两人间亲如姐妹，两人经常在一起，为了生活，一起打草链、织布带（绳），然后走十多里路，上集市卖掉，积攒点零花钱。

20 世纪 50 年代，有次父亲去看望大姑，大姑便把母亲介绍给了年轻帅气并有点文化的父亲，父亲那时在一个粮食部门工作，后来他们结了婚。再后来父亲因工作需要，先调到地区油脂公司工作，后又调到专署某部门工作，在此期间，有点文化的母亲，也离开了农村参加了工作，与父亲虽不在一个部门，但同在一个专署，也算一起工作、一起生活了。母亲算是又回到了城里，成了城里人。

可没过两年，到了三年困难时期，国家经济建设停滞。母亲常说那时是困难时期，不然怎么结婚6年了，都没能怀上孩子。后来生活好转了，才怀上了我，母亲常开玩笑说如果再没有，都打算抱养一个亲戚家的孩子了。

正是因为这次困难时期，母亲又一次从城里回到了农村，这一次就再也没有真正回到城里了。

母亲说，那时单位天天学习动员，动员干部职工在国家困难时期，自愿回乡务农，减轻国家负担。天天动员学习，又都是共产党员，当时还是干部职务的父亲便对母亲说，那就回吧！本来按照相关规定，夫妻可以只回去一个，但父亲觉得，娇小的母亲回到他的老家，又怎么劳动生活呢？于是他们夫妻二人同时向组织写了自愿回乡务农的申请，组织批准后，双双回到了父亲的老家。

母亲告诉我们，刚回到农村时，原来住的房子都没有了，只能暂时住在房子较宽裕的李姓人家家里，但那只是一个过道式的房子，早晨人家起来煮饭干啥的，特别是担粪水，都要从床头边过来过去，并且那床也是在板凳上面放上两个门板搭的。后来，用两人的回乡安家费，修了两间土墙草顶的房子，才算又有了一个家。

母亲说，他们后来在农村的劳动情况，至今仍历历在目，那个年代，在农村当干部，除了得到荣誉，就是奉献，要想分粮，还是得挣工分，仍要与其他社员一道，参加各种劳动。母亲说有一年他们由于其他工作，工分还差一节，为了弥补工分，两人单独锄了几亩稻田的杂草。

母亲和父亲，他们都属于那个时代，那是个讲奉献的时代，为此，他们把好不容易得到的城市工作、户口放弃了，回到农村，重新成为农民。后来，他们就一直扎根农村，直到终老。回首人生往事，他们从无抱怨，他们是从旧社会过来的人，他们总是感恩新的时代。

在此期间，母亲因为有点文化，做过大队幼儿园工作，后又较长时间做回她的老本行，担任大队（村）妇女主任工作。20世纪70年代末期，母亲又被派去中学贫下中农管理学校，那时我还在读初中，母亲和学校领导、教师关系都很好。

20世纪90年代中期，妹妹大学毕业后分配在成都工作，户口也落在成都，为此母亲非常高兴，就像我于20世纪80年代参加了工作一样。2010年前后，

70 多岁的母亲在成都妹妹家住了几年，算是回到了她从小生活过的地方。

母亲是农村户口，不是失地农民，也不是拆迁户，晚年没有退休金拿。按照政策，我的妹妹便为母亲买了养老保险，这样母亲便有了她自己的养老金存折本，每月有 700 多元。后来政府对过去担任过村干部的人员也有了点补助费用，虽然很少，母亲仍然非常高兴。

母亲这一生，仅仅靠几个零星片段的记述，是写不完的，她一生经历的苦难、艰辛、劳累太多太多。如我们城里当医生的外公，抽大烟后离家出走，抛下孤儿寡母，外婆为抚养两个孩子，不得不到纱厂做工，时间一长，又无法照顾好两个年幼的孩子，最后只得离开城里，经人介绍嫁给了乡下的外公。

写写我的母亲（四）

20 世纪 60 年代，在国家"三年困难时期"，父母响应号召，为减轻国家负担，自愿申请回乡务农。他们回到了父亲的老家，开始了他们的农村生活。

他们是从城里的单位回到农村的，又都是党员干部，且有一些文化底子，在那个激情燃烧的年代，农村工作同样也需要他们。在生活住房等都安排好以后，年轻的父母便投入了火热的农村工作中。

母亲经常对我说，在那些困难的日子里，她经常外出开会、学习和参观。那时还正怀着我，挺着个肚子，后来生下我，亦是如此。刚满月，母亲就用背带背上我去参加党校学习和开会。因为那时父亲不在家，他被派到临近外县，在当时"四清"工作小组工作。年迈的婆婆因身体不适，住在大娘家里，也无法照看我。况且，那么小的孩子又怎么离得开母亲呢！母亲说过，她比父亲小 6 岁，结婚 6 年后才有了我，后来才依次有了弟弟和妹妹，当时疼爱我的程度可想而知。

母亲有时也笑着说起当年的一些趣事。一是开会学习的时候，到吃饭时，第一碗饭不能盛满，只盛半碗，快速吃完，盛第二碗饭时盛满冒尖，这样才能吃饱。母亲那时的胃口较小，她说自己吃不了那么多，有时，就悄悄地用口袋类的东西装了，给婆婆带回来，婆婆那时人胖，胃口好。母亲每次说到这里，总要说，你们爸爸的身材跟你们婆婆一样，他年轻时在单位上就是有名的胖子，体重 160 斤，还爱打篮球。

二是带着我去开会学习，住在招待所，大家都知道有一个带着孩子来开会的女同志。有时，开会的领导和其他女同志知道后都会过来看一看，关心关心。大家都说你这个孩子白天不哭，晚上不闹，真讨人喜欢。母亲偶尔忙不过来时，同室的女同志还会帮忙带带我。

其实母亲是个非常正直、非常讲原则的人，并且一生都在坚持。她说那个时候去开会，有时悄悄给婆婆带吃的回来，多半都是馒头之类的，是属于她自己的那份。那时人人都需要，哪里还有多余的呢！

后来母亲70多岁了，到市场上去买菜时，偶遇那些向她宣传邪教的人问她是不是党员，她就会反问那些人，你领养老金、退休金没有，你每个月领着养老金和退休金，还给我宣传这些，走开。母亲跟我们说起这事儿时，我们都笑她，都这么大岁数了，还这样认真。

母亲除了有坚强的性格外，还有一颗与人为善的心。有一天上午，她在买菜回家途中，被一辆摩托车撞倒了，骑摩托车的是个中年人。万幸的是母亲没有骨折，只是腿上有团小淤血。母亲坐在地上休息了一会儿，被那人扶起来后母亲对他说："你走吧，我没事。"然后拿着买的东西，忍住隐痛，独自回了家。

母亲不认识那个中年人，那人却晓得母亲，知道大家都喊我母亲为何婆婆。当天下午，那人打听到母亲的住处后，来到我们家，母亲热情地接待了他。那人询问母亲身体有没有什么不适，并且带来了一瓶治疗淤血的药酒。母亲说没事，过两天就好了。那人对母亲说："没事就好，上午撞了您，您让我走了，您这么大年纪了，我不放心，您是个好人。"母亲也笑着对那人说："你也是个好人。"然后两人开心地笑了。

我们参加工作之后，母亲更加严格地要求我们，要认真做事、清白做人。20世纪90年代中期，我单位分了住房，便把母亲接过来住。社会上的各种诱惑，母亲还是清楚的，母亲告诫我，千万不能收别人的红包和金钱等礼物。要注意保护自己，我们这个家庭，不能出现不光彩的事情。

母亲对我如此要求，对在银行工作的妹妹亦如此要求。现在我们又把这份要求延续到我们的孩子们身上。正因为这样，一种固执的坚守，也许是为了纪念父亲母亲，家里的微信群一直叫"红色人家"，因为母亲在世时常开玩笑说："我们家里，完全可以成立一个党支部了。"

母亲到了80岁，身体就越来越差了，她常常对我说，比起早走的外婆和父亲，她已经非常满足、非常享福了。活到这个岁数，飞机也坐过了，也到杭州旅游过了。还有，在村里的时候，大人、小娃娃都认识她，见到她时，都非常亲热，都笑着招呼她，喊她"何孃孃""何婆婆"，这辈子活得受人尊敬，也值得了。

一次我单独陪伴她时，她又说起以上的话题，说起早逝的外婆，母亲重重地叹息了一声，又想起了她那因抽大烟离家出走，最后不知死于何处的父亲，我们的第一个外公。这次母亲告诉了我亲外公的情况，外公姓黄，出身于书香门第。成都门坎坡黄家大户，五弟兄，外公排行老五，叫黄郁文，一个充满书生气的名字。早年在日本留学，回来后在成都行医。

有时，我们会谈起早已过世的父亲，父亲也是个正直的人。关于父亲，在这里不过多叙述，只写写他去世后，村上为他召开的追悼会。20世纪90年代初，刚过花甲之年的父亲便得病去世了。

那时，在云南当了4年兵的弟弟，刚退伍回家不久。远在西安读大学的妹妹，收到电报，匆忙赶回。那时，我的女儿冬妮才刚满周岁。

父亲的人品，得到了大家的尊敬。为此，父亲的丧事，也不只是我们的家事了。村党支部和村委会研究决定要为父亲开一个追悼会，并成立了治丧领导小组。

村上干部征求母亲的意见，母亲同意了。于是，村广播站的工作人员在我家院子外的晒场边的围墙上安装了扩音大喇叭，用于播放哀乐和讲话。

父亲的追悼会是在晒场上举行的，村上广播站提前一天通知了举行追悼会的时间。正式举行时，在晒场正中的一张方桌上放着父亲火化后的骨灰盒和遗像，并把晒谷子的晒席卷成柱子状，立在桌子两边。柱子之间顶部是写有父亲名字的追悼会横幅。立起的柱子上面，从上到下分别贴着10张裁剪成菱形的白纸，一张纸一个字，写着"数十载服务解除群众难，全村人悲伤恸泣同志苦"的挽联，挽联上的字，是曾教过父亲几天私塾的老先生写的，大部分的字是繁体字。

参加追悼会的有几百人，除了我们家的亲戚朋友，就是村里的人，村团支部、村两委全体人员都参加了。追悼会由村委会主任主持，村党支部书记致悼词，书记用沉痛的语气，对父亲的一生进行了追思和评价。追悼会上，许多人都流下了悲伤的眼泪。

父亲离开我们已经30多年了，在我们村里，故去的人，由村上组织召开追悼会进行悼念的，父亲是唯一一个，在他之前没有，在他之后也没有。父亲人生的最后时刻，也算是非常完美了。

母亲去世时，我们都守在她的病床前，看着她慢慢地、安详地闭上了眼睛。我想，母亲此生还是带着遗憾走的，因为她活着的时候，非常爱她的孙女们，一直盼着她的孙女恋爱、结婚、生子，四代同堂。

高兴的是，现在可以告慰母亲，没有遗憾了。2021 年 9 月 9 日，大孙女成了妈妈，生了个非常可爱的女儿，小名"九九"。二孙女梦婕也快要做妈妈了。小孙女思艺现正在英国读研究生。

母亲生前告诉过我们，有一天，她去世了，丧事要从简。后来，母亲去世，出殡时便少了家祭等丧仪事项。为此，这几篇《写写我的母亲》的短文，就权当是母亲的家祭吧！

节近清明怀母亲，谁怜泪眼尽含悲。

2022 年 3 月

宋长生作品*

岁月如酒

岁月匆匆，一转眼便是人到中年。冬日我喜欢临窗而坐，透着窗外蒙蒙的细雨，我在细细地咀嚼着岁月的过往。三十年前，自己刚出校门，一次偶然的机会，进了当地的一家酒企，这家酒企在江苏乃至全国都很有名气，著名的"三沟一河"，就是其中之一。进了汤沟酒厂，自然天天离不开酒了。和朋友聚在一起时，谈得最多的就是酒，每顿也能喝上二三两。

我的祖、父辈们大多与酒无缘。我的爷爷、父亲都不善饮酒。唯有奶奶还能饮上两小杯酒。在那泛黄的记忆中，村东边的小爹对酒却非常偏爱，可以说喝了一辈子的酒。每天我上学路过他家时，都会看见他一人坐在桌边，一碟小菜边上放一壶酒，一个人啧啧地喝了起来，有酒不谈菜，才是真正的饮酒之人。小爹他就是这样，一盘萝卜干，二两酒照样喝下去。条件允许的情况下，一天能达到两顿。有时早上也会喝一点，特别是遇到有人陪他喝时，他喝得更加酣畅淋漓。

买酒的活儿印象中都是三叔干的，他去汤沟街上买，小爹从穿在里面的口袋中，从裹了几层的方手巾中，掏出几角钱交给了三叔，他拎着一个酒壶，就去街上买酒了。卖酒的店名叫吴家小店，店面不大，但店的位置较好，处在街中心。走进小店马上就能闻到酱菜的味道。小店里有针线百货，还有馋人的饼干、条酥，所以小时候我最大的愿望是当个小店掌柜的。小店的柜台下有三个酒坛。厚厚的酒枕头盖住坛口，拿开的一瞬间，满屋酒香。盛酒的酒端子伸进坛中，一酒端子盛上酒再倒进酒壶中，不多不少，刚好三两，比秤称还精准。那时候我们还很好奇，头伸到坛口会向里面望望，那强烈的酒气直冲向你的鼻腔。没想到这神奇的酒竟陪伴我三十年。

* 作者简介：宋长生，男，1966年8月出生，中共党员，现供职于江苏汤沟两相和酒业有限公司，有300余篇新闻作品发表于各类报刊。2009年开始散文、小小说创作，散见于报端及"现代作家文学""心香文艺""乡土作家"等文学网。多篇散文结集于《湖北作家文丛》。

刚进酒厂上班被分配到酿酒车间工作，整天接触到酒了。那时我记得很清楚，每当上班空闲的时候，我会约上几个处得要好的同事，然后到酒厂大门对面的小饭馆里喝上几杯。那时一个月的工资才七十多，所以吃上一顿也感到很心疼的。饭店老板姓周，脖子上挂着毛巾，一边擦着汗一边炒着菜，散养的肥猪哼哼叽叽地拱到炒菜的炉子旁，周老板很熟练地拿起炒菜的铲子，使劲地在猪头上拍了两下，猪号叫着跑向远处，把酒香和菜香搅得在不大的饭馆上空萦绕着，久久不能散去。后来我在酒厂从事销售工作，接触的人更多了，应酬也多了起来。那时候，我也禁不住酒香的诱惑，开始尝试喝点。但总是点到为止，不敢酗醉。记忆中有几次醉酒的经历，那时总想把对方喝趴下，但终究敌不过人家，只能落荒而逃。三十年来遇到许多真性情的，但喝来喝去酒中滋味到现在也说不清楚。酒席场就是一个生活大舞台，和朋友在一起喝，酒就是浓烈醇厚的，和爱人喝是绵长的，和家人喝是快乐的。所以让你给酒做一个总的概括，很难说清楚，其中味道只有身临其境的人才有更深刻的体会。

三十年，弹指一挥间。我从开始的喝不了，到现在的能喝一点，从中也品尝了许多人生的滋味，收获了许多人生的感悟。酒的形成要孕育发酵，酒的提炼要掐头去尾，酒的成熟要储存窖藏，再到饮入，饮酒里面还要谈诗词歌赋，还要讲风花雪月，还要赞侠肝义胆，这个复杂的过程，就像岁月长河里五彩斑斓的浪花。有时浓烈，有时绵柔，有时和风细雨，有时刚烈不驯。有人说岁月如酒，那真是恰如其分的表达。

汤沟岁月

秋阳西坠，天空逐渐泛起红晕。秋天的风微微吹送，凉爽地刮在身上，空气中不时地会飘来酒的醇香。随着天气渐凉，古镇汤沟开始酿酒了。沉寂几个月的美酒小镇又开始忙碌，按捺不住的酒分子，又开始蠢蠢欲动，在酒镇的空气中弥漫着，味是甜的、风是香的，整个小镇沸腾了。这时候镇上开酒馆的、开旅馆的、炸油条的、炕烧饼的也跟着喧嚣起来。光着膀子的、剃着光头的、上街赶集的、街头杂耍的，形形色色的人围坐在酒馆的桌子旁，吆喝着酒令、耍着酒拳，赢得阵阵满堂喝彩，人人喝得面红耳赤。一碟花生米、一盘猪头肉，一瓶汤沟大曲醉了人间，也醉了岁月。谈起喝酒，酒镇的人更喜欢喝的是原浆酒，原浆酒性烈、味足，喝起来更酣畅淋漓。古镇汤沟向来以民风淳朴、热情好客而广受赞誉。浓浓的酒味，蔓延在人的胸腔，也吸引着南来北往的外乡客。杭州的、福建的、内蒙古的商贾接踵而至，把汤沟酒带到全国各地去，让汤沟美酒香飘万里神州，因此汤沟也成为许多酒客心驰神往的地方。据说今年美酒小镇还要举办首届汤沟开坛节，用情和爱诠释酿酒人的梦，用歌和舞去演绎开坛的瞬间，这给小镇岁月又添了浓墨重彩的一笔，让漂泊在外的故乡人又多了一份期待。我是个土生土长的汤沟人，所以对这个酒镇太熟悉了。年复一年，算起来我在汤沟工作的年头已有三十多年了。人生漫漫，或沧海、或桑田，如流水、如云烟，过眼的人和事经常浮现在脑际。想当年镇上四傻子的狗肉冻做得满街飘香，两块烧饼中间夹块狗肉冻，一口咬下去，满嘴流油，让看的人都嘴馋。以致多年后，还想回到小镇上去尝上一口，所以那时经常有人到四傻子的狗肉摊上买上三两，再打上半斤原浆，两三个人往地下一坐，能喝上半晌。这些镇上的人和事，就像花丛中的片片花絮飘散在岁月的长河里。

在酒厂的日子里，除了上班就是喝酒。那时在厂区内喝酒是被容许的，只要你不喝醉、不影响上班就行。有句俗话，叫"靠山吃山，靠海吃海"，虽然是笑谈，但也有几分道理。在酒厂喝得最多的就是酒了。有时在厂里面嫌食堂的菜单一，大家还会拿上几瓶到外边喝。就像鲁迅笔下孔乙己说的那样"窃书不能算偷"。因此大家也不便多说，只要你是喝下肚的，但不能有其他的非分之想，真是历历往事不堪回首。

我上班的地方前面正好有一个小酒馆，地方不大，坐落于桥头。这个酒馆位置绝佳，是上下班人员必经之路。酒馆也没有个招牌，大家心目中就叫它"桥头酒馆"。酒馆的掌柜姓周，长得白白胖胖的，说起话来满脸堆笑，十分讨人喜欢。开的是夫妻店，掌柜负责锅上，妻子负责打下手，生意做得红红火火。

酒馆的结构是土墙盖瓦，墙体厚实，夏天坐在里面很凉快，冬天坐在里面很暖和。两张八仙桌摆在里面，使狭小的空间很拥挤。一条大黄狗趴在桌底下，一口接一口地喘着粗气。一台"长城"牌吊扇挂在房梁上，在半空慢慢地晃悠着，把打开的汤沟大曲晃得满屋酒香，还丝丝缕缕飘出屋外，引来过路的赶集人驻足垂涎。周掌柜不光人缘好，还有一手好厨艺。特别是"汤沟小杂鱼"烧得远近出了名，再加上锅贴饼，锅贴饼浸在浓浓的鱼汤里，吃起来真让你口齿生香。"汤沟小杂鱼"的烧法十分讲究，鱼不能大，须是河里的野生杂鱼。故乡的柴米河和六塘河清澈见底，河水清甜爽口。小时候都是喝着河里的水长大的，前些年酒厂还把它引到厂里用来酿酒，可想而知河里面的鱼有多鲜美。烧杂鱼要求鱼要杂，即品种多。家乡的河流里长着各种野生小鱼，有小肉狗，有鸡毛靠，还有河虾等。特别是鸡毛靠形似长江刀鱼，肉嫩味鲜，可烧可炸，风味各不相同，堪称鱼中上品。这道菜对水质要求特别高。鱼须生长于家乡的河流中，这也与家乡众多的原生态河流密切相关。后来去过洪泽，朋友邀请去吃当地有名的特色小鱼锅贴，但总感觉没有家乡的味浓，这多少还有些故乡的情愫掺杂其中。

一瓶汤沟大曲，再加上烧杂鱼、烧杂烩、炒肉丝、油炸花生米几个菜要花费二十多元钱，那时工资又低，有时还拿不出钱来付账，周掌柜也好说话，等到下月发工资再补上。因此上街赶集的都喜欢到他店里坐下来歇歇脚，唠会儿家常再走。前些年每每回老家，路过那个地方时，还十分怀念。原先开饭馆的两间土房已经被拆掉，后来听说周掌柜也离开了自己一生所熟悉的地方。人生就是这样，一番喧嚣之后，定会让你复于静谧，最终让你归于尘土。

在酒厂大门的东边有一排坐北朝南的门面房，那就是原来酒厂澡堂的旧址。靠东是女澡堂，靠西的是男澡堂，过去的年代那是供酒厂职工免费洗澡的地方。那是 20 世纪 80 年代建的，原先是在厂区老水塔旁边，那时是靠炉子烧的热水。后来搬到大门口，就是用酒厂送过来的蒸汽烧水了。

看澡堂的是位老者，周围十里八村的人都称他为柴二爷。柴二爷为人和善，一生从不欺负人。上班也很准时，早早地烧好茶水，把自己的菜杯倒满，也不知是谁给的茶叶，会抓上一点放在杯子里，然后把杯盖拧紧，让它多泡一会。洗澡的人口渴了，也会过来喝一口，他也乐此不疲地给大家倒着水。

澡堂分里外两大间，外面是供大家脱衣服的地方，专门有柜子，遇到柜子不够放的时候，有人会放在脱衣服的台子上，这时候柴二爷就会过来把衣服拢一下，并吩咐大家各自看好衣服。这时候老顾客就会跑过来，递一支烟给柴二爷，他边吐着烟雾，边照看着大家的衣物。在屋中间还有一台烧煤的茶水炉，在炉子的中间用白铁皮，接了一根长长的管子，一直通到屋外边，这样使屋内少了煤烟。这台炉子既能烧水，又能取暖，给偌大的房间增加了烟火气。大家洗完澡后就坐在台子上唠着家长里短。这时的柴二爷就会吃了一口茶水，打开话匣子，滔滔不绝讲起过去汤沟周边发生的一切。

当然讲得最多的，还是八路军团长汤曙红投身抗日的故事。汤曙红是汤沟人士，是著名的八路军山东纵队南进支队第三团团长。1937 年就热血投身抗日救亡，著名的五里槐伏击战，打得日军闻风丧胆。后被土匪头子周法乾残忍杀害，24 岁就血洒汤沟。悲壮的故事只听得澡客们热血沸腾，天到晌午还不晓得回家。

澡堂的里间就是供人洗澡的地方。雾气、热气、杂音形成了一个特别的环境，人少的时候，我会在那练一嗓子，因为空气的阻隔，音效特别好，没有这种环境就没有老澡堂的味道。在老澡堂洗澡，关键还看澡堂搓背的，这是一门看家老手艺，他不光帮你搓得干净，而且让你全身得到放松。很多澡客洗澡都是冲着搓背的去的。在酒厂澡堂的赵师傅就有多年的老手艺。搓背的价格也很地道，开始是一元钱一次，后来是两元钱一次。有钱没钱都可以搓，记得下次带上就行。赵师傅的搓背巾不是那种细纹的，是那种粗纹的，这对于中老年澡客特别舒服，都有一种重生的感觉。经常找老赵搓澡，时间长了便相互熟悉起来，一边搓还一边和你聊天，不知不觉中就帮你搓完了。后来随着年龄大了，这项工作也干不了了。于是后来好多澡客还经常问起他，知道他每天能喝上二两汤沟酒，身体还很硬朗，这还真是人生之福气。

因为老家在那里，我也经常回到原来的地方。看着眼前的一切，我想了很多。人的一生，擦肩而过的人有无数，但真正走进你心灵的少之又少。我很幸运，在汤沟的岁月里遇到这些美丽的人和事。邂逅是一种缘分，这种缘分会根植于我的生命里。如果不曾相遇，也不可能剪下这段记叙岁月的文字。三十年过去了，还是这块地，可岁月变了，人也变了，唯独心灵深处的记忆没有变。

8 月的古镇上空，秋天的晚霞落下了最后的一抹余晖，熙熙攘攘的小镇又恢复一天的平静。这时候家家户户的炊烟升起，到处都是灯火。有道是一蓑烟雨，淹没了世间多少富贵荣华；几杯薄酒，饮进人间多少酸甜苦辣。桥下的柴米河水在缓缓地流淌着，也在轻轻地诉说它的前世今生。越发妖娆的汤沟美酒小镇，慢慢融进渐浓的夜色中，也融进悠悠的岁月里。

眷恋的地方

我的故乡是个四周环水的地方，清澈的六塘河和柴米河在它的身旁流淌。年少时，我就是喝着河里的水长大的。每年的 5 月，河岸上的槐花缀满枝头，吐着幽幽的清香，一阵微风拂过，丝丝缕缕浸润人的心房。驻足弥望，悠悠荡漾，槐花深处有一个小村庄，那就是我的故乡。从古至今，故乡之美，不在乎它的大小，而在于它的过往。在故乡的胸腔里，早已注满岁月的沧桑，使我心驰神往。它是我一生眷恋的地方，朝朝暮暮，燕语莺啼，浅浅夕阳，生在水中央。

记得我的村庄东边有一个很大的石磨，也不知哪年哪月搬到这里的，年龄大的都不知道。岁月的风雪洗礼，已经把它雕刻成斑斑驳驳的艺术品。从我记事起这石磨就立于此。一到傍晚时分，村庄里的老少就围在这里，孩子们在石磨周围嬉笑玩耍，大人们坐在石凳上拉着家常。村庄里的李二婶是个热心肠，自家的活忙完了，还要给人家帮忙。古老的石磨在悄悄地听着乡亲们的诉说，他们也在那吱吱的磨声中收获着希望。回家的路上笑声爽朗，天空涂抹着晚霞的盛妆，小鸟在树的枝头不停地欢唱，袅袅的炊烟升起。不一会儿家家户户飘出饭香，不时使你回头慢慢地张望，多想吃上两碗，填饱空空的肚囊。

再次踏上故乡，在故乡的小街上，会偶遇理发的赵师傅。他已年过七十，在街上粮管所门前的一个角落里搭起一个小房，还干他的老本行，可到他那里的都是些上了年岁的老人。生意还不错，有四五个老人喝着茶、聊着天等在那里，好多都是他多年的老顾客，在他手里理了几十年了。不管客人有多少，赵师傅还是不紧不慢，一个一个地帮他们把头发理好。现在青年人都不愿去他那里，他们更愿意选择一些高档的发廊。此情此景使我一下子回到旧时光，那是四十年前，赵师傅带着他的理发工具一个小木箱，挂在自行车上，走村串户替村里的人理发。在家里就能听到赵师傅的自行车铃响，这时大人就会拿两角钱给孩子，催着孩子去村头理发。村东头的老槐树下，就是我们经常理发的地方。这时的赵师傅就会把他的刮刀布挂在树枝上，刮刀布油光发亮，刮胡刀刮得嚯嚯响。好多村上的大人不图别的，来理发就是想享受赵师傅的刀功，眯着眼睛等他刮胡子。热毛巾敷在脸上，一会儿一刀刮下去，那舒服劲就别提了。现在的理发店的青年师傅，大多不会这项手艺了，有的直接不刮，有的刮也用电动的，那和过去的老手艺相比逊色多了。随着时代的发展，好多的老手艺都失去了传承。有时回故乡，村头的老槐树还在，可没有了旧时的模样，乡亲们有的搬进了城，住进了县城的商品房。有的安置到镇里的小区，村庄里只留下三三两两的老人。吐着清香的老槐树下，再也没有昔日乡亲们的欢笑声，也少了以前喧闹的景象，心头不觉升起一股莫名的惆怅。只是村口老槐树上的槐花年年绽放、岁岁芬芳。曾记得年少，故乡的羊肠小道，伙伴们在你追我跑，躲进麦田里还让你到处寻找。现在回想起来，那麦苗的清香还在记忆深处缠绵，任你怎么也抹不掉。

离开故乡多年，多想再次回到故乡的怀抱，多想亲吻多情的土地，闻闻泥土的味道。每逢春节，归乡的心早已躁动，又可以看到村庄里的喧嚣了。儿时的伙伴已把美酒酿好，就等团聚的时刻来到。还想听听昔日故乡的铃声，清晨孩子们还在甜甜的梦里酣睡，村口老槐树上的铃声清脆地响起，大人们拿起农具在乡间地头，已开始一天的辛劳。盼着秋天有个好收成，来年有个好光景。天到晌午，父辈们吃了两口孩子们送来的酒，消除了干活的疲惫，既辛苦又感到快乐，这些故乡的场景时常在我脑海中浮现。故乡啊！我唱不够你的歌谣，无论你怎么变迁，我的心底还是你的腔调。这些年，生生不息，常在心头萦绕。

再望故乡

再望故乡，你是否别来无恙。再望故乡，父老乡亲是否安康。昨天晚上，我又做了一个梦。梦中依旧是故乡旧时的模样。没有江南的烟雨柔情，没有青石小巷，没有粉砖黛瓦，没有波光丽影，没有塔影夕阳。只有袅袅的炊烟和那低矮的草房，还有泥泞的乡间小路和抽着袋烟裹着棉袄的老人，在晒着太阳。张大爹、李二叔在屋檐下你一句、我一句地拉着家常。大黄狗趴在主人旁耷拉着脑袋，一副温顺的模样。我就像一叶小舟，搁浅在旧日的时光。

无论故乡离我多么遥远和漫长，但故乡的情思始终在我的心中滚烫，我分明闻到了村西头王小奶家的豆花香，还有汤沟酒坊里飘出的阵阵醇香。我分明看到了村南边的池塘里芦花飘荡，还有听到早出晚归犁地的老汉那鞭子脆响。早晨的第一抹阳光，多情地洒在故乡的每一寸土地上，我多想捧起一把泥土闻闻故乡泥土的芳香。多少年来，无论走到何处何方，见过多少高楼大厦，见过多少亭台楼阁，也无论外面的世界多么精彩风光，但故乡依然是你最牵挂的地方。无论岁月怎么流逝，故乡的风仍然在你心田吹荡，故乡的雨仍然在你的心头溅起点点涟漪，打湿你的情思，使你的思乡梦总在飞扬。

我的故乡是个不大的地方，这是块醉了几百年的土地，抓一把泥土都能闻到酒香。在漫长的历史长河中，留下了许多动人的传说和把酒临风的故事。我的故乡汤沟，这个名不见经传的小镇，随着汤沟酒的芳名而声名远扬。朋友，当你驱车沿着宁连高速，驶过绵长的沂河淌，离故乡汤沟就近了。路旁边整齐的杨树在肥沃的土壤里茁壮成长着。过了孟兴庄离故乡汤沟还有十多里地，就能闻到浓浓的酒香，马上让你涌起品尝美酒的冲动。我的故乡民风淳朴，多年的酒文化熏陶，养成了家乡人热情好客的习惯。据说到这里来的客人都会不醉不归，让你有"白日放歌须纵酒，青春作伴好还乡"的畅意。俗话说得好，"不来汤沟，算你没来过江苏"。一批又一批的文人墨客醉倒在这片土地上，留下了许多赞美汤沟、流传千古的诗篇。著名书法家启功大师在喝了汤沟酒后，挥毫写下了"一啜汤沟酿，千秋骨尚香。遥知东海客，日夜醉斯乡"，便醉了。

在酒厂的后面，就是我的老家。依稀地记得那里有个书场，一到放学回家那是必经的地方。书包朝屁股底下一放，就会在那听上半晌。《野火春风斗古城》，还有《隋唐演义》等故事听得如痴如醉。饿着肚子还沉浸在故事中，还惦念着张飞、关云长。那时候心里多想有个一两毛钱买两根油条，填下肚子继续在故事中徜徉，可惜只有空空的行囊。直到肚子饿得咕咕响，才知道回家。走到村口就闻到王小奶家豆饭香。从小时候一直到现在就喜欢吃它。王小奶家的豆沫饭和别人家做得不一样，晚上她就把大豆浸泡好，早上再把浸好的豆子，放在手工的石磨上慢慢地磨碎，里面还要放入田园里长的各种野菜，做出的菜饭满屋飘香，吃个两三碗不在话下。我放学路过她家门口时，她都会喊我到她家吃。王小奶是个记性特别好的人，我们家兄妹几个的生日都能记住。每到生日，她都会提前告诉我们。老人家一生勤劳善良、健康长寿，一直活到90多岁，才离开人间。

再踏上故乡，使你既惊喜又惆怅。美丽乡村建设蒸蒸日上，到处都是现代化的工厂，宽阔的水泥路四面畅通，现代的农民已经住进别墅和楼房。姑娘们穿起了鲜艳的五彩裙，穿梭在故乡的大街小巷。文化广场上，大爷大妈随着欢快的音乐节拍，荡起幸福的双桨。再望故乡，再也找不到年少时故乡的模样，再也回不到那旧时光，多少父老乡亲也离开他们一生所熟悉的地方。别离的愁绪在我心中慢慢生长，也许一生再也回不到那个地方。

王定坤作品 *

一张结婚证

男大当婚，女大当嫁。我从江川建厂回来，第一件事就是办理结婚。这里，展示一下我 1974 年与徐膺的结婚证。

这张 20 世纪 70 年代的结婚证，样式简单，却内容丰富。你可能要问有什么内容，主要是那些小条章里含有的内容。这些条章内容分别是："平背床已供""桌子已供""椅子已供""瓜子已供"。这些条章真实地反映了"文化大革命"期间昆明的市场供应状况。

桌子、椅子、床、柜子等家具，只有凭结婚证才能买到。而且规定只能买三件，不能多买。我挑选了餐桌、靠背椅和床这三样最基本的家具：花 46 元买了一张可以拆分组装、运输方便的平背床；14 元买了一张长宽高各 75 厘米的中餐桌；13.6 元买了两把靠背椅（两把椅子算一件家具）。三件家具共花费 73.6 元。你一定会认为很便宜，实际不然，因为那是我当时近两个月的工资。我现在若用两个月的退休金，可买的家具，比这三大件多得多，也高级得多，而且不需要结婚证。四十多年过去了，结婚时买的那些家具，现在只有一把靠背椅还在用。

---

* 作者简介：王定坤，男，昆明人，现年 75 岁。中共党员，高级工程师职称。退休前在云南省石油化工厅工作，现任云南省化工行业协会监事。

　　单凭政府供应的这几件家具，建立一个小家庭，未免过于寒酸。好在我在江川化肥厂工作期间，厂领导特殊照顾，批准卖给我 2 丈（0.2 立方米）木板。我用这些木材请我表弟做了三件家具：一个矮衣柜，一张写字桌，两个床头柜。有了这六件家具，我的小家庭也就有点规模了。

　　除家具要凭结婚证特供外，水果糖、瓜子也要特供。为了避免多买，故在结婚证上盖上"瓜子已供"的条章。

　　至于猪肉、鸡蛋、牛奶这样的营养品，只有用生孩子的出生证才能供应（可惜我两个小孩的出生证均已丢失了），用结婚证是买不到的。

　　结婚是人生大事。我和徐膺商量，还是要宴请一次宾客，少不了要买几斤肉。我们只好用一年的肉票（每人每月供应肉食 5 两，全年共 3 千克）与别人换成 5 月份当月的，再请双方家里支持一些，总共凑到了 10 千克左右的肉票，到租赁门市租了些碗碟，又请几个亲戚帮忙做菜，在我的老家分两批一共宴请了 6 桌客。请客吃饭共花费的 200 元，则来自我在江川县化肥厂工作期间，厂里按每天 0.4 元的出差津贴发给我，近两年时间共领到约 200 元，结果一次婚宴就全部花光。我终于完成了结婚大事。

　　接下来的半年里，我和徐膺都不能吃肉了。

　　你看到结婚证可能奇怪，这么重要的证件，怎么会撕成几半？实不相瞒，那是结婚后我出差太多，夫人一怒之下，把它撕了。好在我抢救及时，才能保存至今。

乌镇的早晨

　　我曾经到过很多地方旅游，但都没有想写游记的欲望。来到乌镇后，却有一种非写不可的感觉。

　　我们一行六人从嘉兴来到乌镇车站，预订的私人客栈老板徐姐就安排车子到车站来接我们。买好景区门票后，就跟着徐姐，沿着崎岖的石板路，拖着行李箱艰难地前行。因道路狭窄，一路上只好与游客互相拥挤，擦肩而过。好不容易到达客栈，客房却狭小得连行李箱都放不下。好在房间外面有一临河的阳台，可以欣赏河中来往的游船和对岸熙熙攘攘的游客。

　　乌镇老街的路是古老的石板路，房屋是古老的木板房，头顶的天是江南常见的灰白色的云板天。整块天就是一种单调的灰白色，一丝色差都没有，既看不到一丝裂缝，也见不到一丝阳光，更碰不到一丝雨。

　　然而，在这片单调的风景中，却呈现出中国古代经济文化的真实写照。手工纺纱、手工织布、手工染布、手工缝衣、手工纳鞋、手工酿酒……总之，古代人们生活中所需要的一切食品、用品，均可以在这里生产出来。为了满足需要，乌镇还有当铺。我们可以说，乌镇就是一个中国古代经济社会的缩影，一个自然保留下来的有活力的博物馆。随着时代的进步，那些手工作坊，由于生产效率低，早已被淘汰。当年的作坊工匠和手工艺人，其后代变成了今天的导游、博物馆讲解员、游船主人、客栈老板和餐厅老板，或者成为经销纪念品的小生意人。毫不夸张地说，现今留在乌镇的当地人，所从事的职业百分之八十都与旅游业有关。全国四面八方的游客来乌镇，一方面是为了满足好奇心，更主要的是想通过乌镇来了解我们的祖先是怎样生产、生活的。这就是乌镇与其他名山大川不同的地方。

　　经过了一天的喧嚣，乌镇开始进入夜晚。嘈杂的人声消失了，舟楫划水的声音也消失了，乌镇终于回到了历朝历代传统的静寂。江南的天亮得早。我早起之后，冲了一杯咖啡，一边品尝香气扑鼻的咖啡，一边在阳台上欣赏乌镇的早晨。我不由得想起20世纪80年代苏联一篇著名的小说——《这里的黎明静悄悄》。天还是昨天那种灰白色的云板天，空中连一丝风都没有。地面既听不到汽车的马达声，也听不到游客的呼叫声，甚至连鸡鸣狗吠声也没有。河水因夜间无人搅动，水面平静得像镜子一样，没有一丝涟漪，对岸房屋及小桥的倒影清晰得纹丝不动。我忽然感觉到，这才是乌镇的本来面目，我喜欢乌镇静悄悄的早晨。

　　看着，欣赏着，想着。忽然，第一只游船驶过来了，打碎了河水的镜面效果。乌镇醒了，喧嚣的一天又开始了。

王增昌作品 *

春燕与蟾蜍

一对燕儿夫妻，衔泥做窝累了，在池塘边歇息。这燕儿啊，也跟人儿似的，不能得闲，一得闲就扯起了闲话。

这边燕儿公，说完东家鸡鸭如何如何笨拙，舌尖一挑，婉转流利地数出一串数儿："一二三四五。"

那边燕儿母，说完西家猪狗怎样怎样愚钝，舌尖一挑，婉转流利地数出一串数儿："六七八九十。"

一只蟾蜍，趴在池塘边上晒太阳。正瞌睡，听见呢喃，睁眼一看，见是燕儿夫妻，连忙招呼："燕弟燕妹儿，你们好啊？"说完，不小心，嗓子眼里滚出"呱儿"一声叫。

燕儿夫妻听见声音，回头，发现是蟾蜍，齐声喊："懒虫懒虫，还睡觉呢，快醒醒，春天来了！"

蟾蜍回答："我知道了。"

燕儿公问："春天燕儿门一开，我们第一个归来，会有哪个报你春讯？"

蟾蜍说："开春第一声响雷滚过，我第一个从蛰伏中醒来，我第一个'呱儿，呱儿'把我的同伴一个一个唤醒。然后，我们呼应着'呱儿，呱儿'地叫，你叫，我叫，把春讯报与大家。于是，蛰伏的虫豸纷纷出洞，草木竞相萌发，就有了今天的花红柳绿……"

没等蟾蜍说完，燕儿母早已听得不耐烦，打断蟾蜍的话说："这么说，你是报春的使者？我才不信呢！就凭你首颈不分的长相？就凭你一咧到耳的嘴巴？刚才还见你在睡觉呢！"

燕儿公见妻子说话唐突，连忙小声对燕儿母说："这事应该是有的。那时，

* 作者简介：王增昌，男，高中学历。1955年12月30日出生于潍坊市坊子区工业发展区（原眉村镇）南眉村。1981年8月，在当地农村信用社（现农村商业银行前身）工作，2015年12月，从潍坊市坊子区农村商业银行退休。现居住在坊子新区。

我们还在南方度蜜月呢！"

见它们这般说话，蟾蜍就不再接燕儿夫妻的话茬。

燕儿公觉得无趣，就又撺弄说："蟾蜍公公，要不我们一起唱歌吧？你们的蛙歌还是很气派的。"

蟾蜍说："不唱。俺比不得你们，你们喙尖舌巧，俺拙嘴笨腮的唱不好。"

燕儿母又说："要不，我们比赛数数如何？这可是蟾蜍公公你的强项。"

蟾蜍说："不比。俺嘴拙，肚里有，说不出来。"

燕儿公也劝说："蟾蜍公公，就来比一比吧，你也好练一练你的口技，来年春讯，你一定会报得更加流利。"

燕儿母也撺弄着说："来吧，就这样了，我们比一比。"

蟾蜍拗不过，只好答应："那好吧！"

然后议定：燕儿公和蟾蜍做选手，燕儿母做裁判；比赛项目，数数；规则，从"一"数起，一口气数到"十"，看谁数得又对又快；三局两胜，负者甘拜下风。

燕儿夫妻自恃口齿伶俐，自然不把蟾蜍放在眼里。

蟾蜍也不慌不忙，似是胸有成竹。

准备就绪，燕儿母"预备！开始！"的口令一出，只见：

燕儿公深吸一口气，数："一二三四五六七……"

蟾蜍有顿有挫地，数："一五、得五；二五、一十。"

蟾蜍停顿有时，燕儿公始终哽在一个"七"字上，到底也没能数出那个"八"字来。

燕儿母心有不甘，白了丈夫一眼："你就笨！下局你做裁判，看我怎么赢它。"

蟾蜍同意了燕儿夫妻的提议。

第二局，燕儿母早早深吸了一口气，燕儿公"开始"的口令一出，只见：

燕儿母脱口就数："一二三四五六七……"

蟾蜍依然不慌不忙，有顿有挫地数："一五、得五；二五、一十。"

再看燕儿母，涨红着脸，跟刚才燕儿公一样，硬是哽在这个"七"字上，还是没能数出那个"八"字来。

至此，燕儿夫妻再也没有了话说，看了一眼又去晒太阳的蟾蜍公公，夫妻互相使了个眼色，悄悄地飞走了。

墨线纬燕赵　戥盘称清苑

假如有人要问：我们伟大祖国的陆地国土面积是多少？我想，除了牙牙学语的少儿都知道：960万平方千米。

假如再问：这个960万平方千米是如何计算出来的呢？我想，就未必是随便谁都能说得清了。

也许有人会说：不就是根据图形按照面积公式计算出来的吗？答案看似不错，其实真没有这么简单。

不信，请找出我国的版图，看那蜿蜒迂回的国界线和海岸线共同勾勒的酷似一头雄鸡模样的图案，还有台湾岛、海南岛、三沙市的南海诸岛，是方？是圆？还是其他什么几何图形？要求得它们的面积，是不是有些尴尬？

事情看似走投无路，换下思路，也许会是峰回路转。

还别说，真有这么一个人轻松破解了这道当年难倒无数人的数学难题。这个人就是河北保定清苑县青年农民于振善。

1937年3月，河北省区划17个行政都察区。按政令，第一都察区的清苑县，要剥离一片政区划归第十都察区的安国县管辖。现任清苑县长的心里是一百个不情愿。县长是行伍出身，是一个武人。他明白，上峰的命令不可违，但他始终纠结：在我的任上，从我的治下划走我的地盘，这岂不是割了我的肉，贴到别人的身上！他心有不甘，但又无可奈何。也是他个人意志膨胀，他突发奇想：必须理清现在的清苑到底多大地界，他要比一比失去土地的清苑和得到土地的安国到底哪个更大，哪个更小。

于是，县长责令手下僚属，诸事缓办，丈量清苑县。面积精确到平方里，时间限定十天。

要知道，那时的县长十分了得，一县之长，凡事生杀予夺，全凭一人做主；话一出口，便是钉砸入木，没的商量。

这下，可忙坏了县府的师爷和账房先生：人力组织，经费筹集，使费用度，量具算具……真可谓千头万绪。很快，他们发现了问题，丈量清苑县，工程浩繁复杂，十天期限远远不够；还有，这是一项严谨细致的工作，像这样情急之下，兴师动众，多方向分头行动，即便拿出一个数据，也必然是七拼八凑、漏洞百出，禁不起日后推敲。

到底有人聪明，提议："按照清苑政区地图计算岂不捷便！"大家一听，齐呼："高！"领班也觉得有道理，连忙报与县长知道。县长只说："我只想知道清苑到底多大地界，你们是量、是算，我不管。"这就算是答应了。

大家刚一轻松，等清苑政区图摆到大家眼前，新的问题又来了，大家盯着地图，你看我、我看你，要算平方里，就是无从下手。有那机敏的，这里取直，那里就圆，粗略计算一下，拿了得数面呈县长。县长看了，细问计算过程，知是敷衍塞责，当面就是一顿呵斥。吓得其余僚属，谁也不敢吱声。

眼见平时精明强干的账房先生，一个个无计可施，领班灵机一动，连忙请了当地知识界精于算法的学人帮忙，几班人马下来，也是无果而终，还被县长当面奚落挖苦，冷嘲热讽。从此再也没有人能够接手这宗棘手的官差。

就在这山穷水尽的时候，有人冷不丁说了一句："何不让于振善来试试看！"

大家不知谁是于振善，领班向说话人询问了于振善的简况，思想再三，想到，工作陷入停顿，县长责问起来怎么办？于是，领班人嘱咐这人连夜去请于振善。

经过前后几番折腾，离县长的期限只剩了最后三天。

于振善（1909—1971），清苑县西南乡武安村人，时年 28 岁。少年时家境十分贫苦，13 岁入小学，17 岁辍学，18 岁下关东谋生。1931 年，"九一八"事变后回乡务农。颠沛流离的谋生经历，使他学会了一门精细的木工手艺。他为人勤快和善，邻里乡亲往往乐于请他帮忙打造一些家具，做些木料加工的杂活。他头脑灵便，精于算账记数，打得一手好算盘，许多复杂疑难的账目都难不倒他。他还有一套非常独特的运算方法，往往借助尺子、墨斗等看似与算账无关的物件，点点儿、划线儿，比量来，比量去，反正别人看不懂，但计算得非常快捷，得出的得数非常准确，人称"神算子"，在武安村一带小有名气。

于振善像平日讨生活一样，拎了木工箱、锛、锯等木工用具来到清苑县。领班不敢耽搁，递给他一张清苑县政区地图，交代他算出图上清苑县的精准面积，单位：平方里；限期三天，不容拖延。嘱其有什么要求，随时提出，自有下人全力协助。

于振善的要求倒也简单，只要一处单独的工作室。县府许多现成的房子，几案桌椅样样不缺，挑了一间房，稍事调整，就住了进去。这一进去，到天黑谁也没有见他从里面出来过。

第二天，一早有人给于振善打水洗脸，敲门进屋，见桌上摊放着地图，灯还亮着。他怕有打扰，只说了一句："洗脸了，准备吃饭。"送水人就退了出来。

见他出来，早有那好事的人上前跟他打探于振善的情况，送水人只说："昨晚好像一夜未睡，要不怎么天明了灯还亮着？"早饭后，一如昨日，工作室里没有传出一点动静。

中午，吃饭时，于振善告诉送饭人，需一见方的薄板，再有一把戥子秤。不多时，有人送来，工作室里就响起了"沙——沙——"刨木的声音。听着这阵阵刨木声，有人就沮丧地说："清苑县的里数是能刨出来？还是能称出来？期限明天就到，到时等吃县长大老爷的'醋熘大餐'好了！"

第三天，领班着急，一早来到于振善的工作室。进屋，瞥见桌上有一方刨得又薄又匀、边角裁得又端又直的木板儿，板儿上粘贴了"清苑县政区图"，才得上手拿看，一动，"清苑县政区"活脱脱整个儿滑落下来。细看才知，整个政区部分连同底板儿沿蜿蜒曲折的界线分毫不差地被镂离了方板儿。领班还没说话，于振善说："成了。"领班连忙问："什么成了？"于振善递给他一张纸条儿，他低头细看，纸上写了几行字：

"取图上比例尺，1：1；

薄板：$40 \times 25 = 1000$ 平方里；

板重：10 两 $= 1000$ 平方里；

称得政区部分：7 两 5 钱 3 分；

得：清苑县面积 753 平方里。"

领班看了又看，连看几遍，猛一拍大腿，连喊："无懈可击，绝了！绝了，无懈可击！"大家围拢来看，一个个竖了拇指称绝称奇，大家这才放下心来，长舒了一口气。

接着，领班命人取来安国县域图，让于振善如法炮制，称出平方里数，拿了镂离政区的两方板儿，带了于振善去面见县长。县长见了领班和于振善，领班递上两方板儿和纸条儿，县长将两方板儿并纸条儿交给师爷仔细察审。一会儿师爷出来，与县长一番耳语，县长越听越开心，脱口而出："真是奇人！不枉为'神算子'！"师爷又告诉他："安国县地面比清苑县还是小了许多。"县长听了，一反连日的懊恼和不平，连说："今天我踏实了。他安国得了我清苑的地方咋了？还不依然是我清苑的小弟！"说完，"哈哈哈哈……"一阵开怀大笑。大家也跟着苦笑，谁也没有言语。

清苑县长的恣意妄为，无意中成就了于振善，这自然是歪打正着。

于振善，称量不规则图形面积，前无古人，堪称天下第一。

从此，便有了"巧木匠称地图"的脍口佳话。至于后来于振善发明"尺算法""数块计算法""划线计算法"，成为农民数学家，那就都是后话了。

回头，我们再看文章开头提出的问题。我国 960 万平方千米国土面积，是如何计算出来的呢？我们知道，在 20 世纪50—60 年代，课本和老师就这样教导我们。至于当时是如何计算的，是不是也像青年于振善一样上秤称量，已是无可查证，自然也不好妄加猜测。相信，当年科学技术的进步，各学科科学家、专家、工程技术人员的努力，得出的这个数据一定比上秤称量要更准确、更精密、更科学。这是毋庸置疑的。

裴群枝作品[*]

故乡的二月二

提起故乡的习俗，真可谓举不胜举。别的不说，就说二月二蒸花馍、撒灰圈、摊煎饼和逛庙会等，就够诱人的。

在我的记忆里，每逢农历二月初二，家家户户都把提前蒸好的形似猪、马、牛、羊、装粮的口袋和织布的线团等花馍放入麦囤里，或摆在供桌上，预示着五谷丰登、六畜兴旺，当年有个好年景。小时候，奶奶曾说，男孩子这天要吃口袋馍，吃了它，不仅个子长得高，身体壮，还力气大，能干农活。女孩子要吃线团馍，吃了它，人不仅长得漂亮，还心灵手巧，能绣花织布，做针线活儿。记得有一年，不懂事的我，哭闹着硬要吃姐姐的线团馍，任凭奶奶怎么说，就是不听，为此，她用小棍"狠狠"地打了我。打那以后，我再也没有闹过吃线团馍。

按照习俗，二月二清晨是要撒灰圈的。要么爷爷、奶奶，要么爸爸、妈妈，他们早早地起床，用柴灰在自家院子里撒上几个大小不一的圆圈，象征着粮囤、钱囤等，而后在里面放点小麦、玉米、大豆等籽粒，用砖块盖住，预示着农家当年有个好收成。钱囤呢，自然要放点钱，虽然都是些一分、二分、五分的硬币，但也要用砖块盖住，预示着当年经济富足、生活美好。吃过早饭，人们打开鸡舍、鸭棚，任凭鸡鸭哄抢、啄食"粮囤"里的籽粒。可"钱囤"里的硬币呢，是要捡起来的，一般来说，这些硬币大人们是不会要的，都分给了孩子们。在我家，除幼小的妹妹外，数我小，自然分得多些。至于"囤"里的籽粒和硬币为什么用砖块盖住，至今我也没有搞明白。大概是怕鸟儿啄食或把它当成"囤"的盖子吧？我想，囤是有盖子的，当成盖子似乎更合理些。

二月二摊煎饼也是故乡的习俗。这天早晨，家家户户用面粉、鸡蛋、大葱、生姜末等原料掺水搅成糊状，而后在锅里用清油煎制。这样做出来的煎饼吃起

---

* 作者简介：裴群枝，男，1963 年 9 月出生，河南省鄢陵县南坞镇人。中学语文高级教师，许昌市作家协会会员。曾在省市报纸、杂志发表文学作品及文章多篇。

来不仅松软可口，还香味十足，让人百吃不厌。大街小巷无不弥漫着煎饼的香味。曾记得，奶奶摊的第一个煎饼是不让吃的，她把煎饼叠好，放入事先准备好的碗或碟里，恭恭敬敬地端在院中的小桌上，说是敬龙王，祈求风调雨顺，而后郑重地跪下，嘴里咕哝着，面南背北地磕几个头。这时，我总好奇地站在一旁看着，有时竟忍不住地学着奶奶的模样磕起头来，惹得家人哄笑。看到这些，自己也不识趣地跟着大家"咯咯"地笑起来。事后，我曾问奶奶，磕头时嘴里咕哝的是什么？可她总是说，小孩子家，大人的事，甭打听！

二月二龙抬头，大人小孩庙会走。每年农历二月初二，是镇上古老的庙会。从初一至初三，方圆十多里的乡亲从四面八方聚拢来，看大戏、逛庙会、品小吃、买物品，一派热闹景象。初一、初三如果有事可以不去，但到了初二即便有事一般也要缓一缓，因为这天是中会，人更多，会更大，不去将会留遗憾。从东到西，从南到北，大街、小巷各种摊位应有尽有。嘈杂声、叫卖声此起彼伏。什么布摊、调料、玩具、小百货，还有水煎包、油条、胡辣汤、丸子汤等，一街两行，排得满满的，让人应接不暇。

除买卖外，东西街头两台大戏也格外吸引人。他们相对而演，由于都是知名剧团，虽然剧种相同，但各具特色，在演出上很难分出输赢。南北街头的说唱团、马戏班也音乐高奏，扣人心弦。还有耍龙队、舞狮团走街串巷，锣鼓喧天。踩高跷、扭秧歌、跑旱船等民间活动也精彩纷呈，引得众人齐声喝彩，掌声不断。就连远方的耍猴人、魔术师也前来助阵。

那年月，每逢二月二到来前夕，我总默默地盘算一番。最想做的莫过于到会上吃包子、捏糖人、买口哨和购糖块，然后看景致。记得有一年，全家人早早地吃过饭，在我的催促下，父亲套上牛车，甩开鞭子上了路。妹妹坐在母亲怀里，我依偎在奶奶身边，那个兴奋劲就甭提了。

镇上距我家大约有五里路，不多时就到了。父亲把牛车赶到亲戚门上，安顿好，扛起板凳带着我们来到会上。路过包子摊前，他掏出钱来买了两盘水煎包，说是晌里怕我们饿着。人家把包子包好，刚递给奶奶，我就哼唧着饿。无奈，奶奶只好从纸包里掏出两个包子给我吃。

戏开演不久，奶奶、母亲就被台上的演唱感动得直抹眼泪。只见一个头戴圆帽、身穿短袍、挂着拐杖，凶神恶煞般的人，带着几个随从，不知为什么将人家姑娘拖走。一个衣衫褴褛的老人，前去阻拦，却被那人打翻在地……奶奶、母亲看到这些，止不住哭得稀里哗啦。我对这些并不上心，等吃了几个包子后，感觉无聊，就哼唧着要水喝。奶奶看透了我的心思，怕再被打扰，便吩咐父亲带我到会上转转。

离开了戏台，我们直奔街中，因为那里有我喜爱的东西。大约过了两小时，我和父亲转遍了整个庙会，除购了自己喜爱的捏糖人、泥口哨和糖块外，还品尝了小吃，看了景致，实乃一举多得。那情那景，至今还深深地留在我的记忆里！

……

随着时代的变迁，故乡的习俗也悄然变化。有的虽世代相传，但化繁为简；有的已不复存在。唯有二月二这些习俗，至今还延续着、传承着。但愿它青春常在，永久相传。

怀念老屋

打我记事起，家里的老屋不知什么时候就站立起来了。它坐北朝南，是三间用麦秸修缮的土坯房，其根基是大小不一的砖块，约有半尺高，上面铺有一层一指厚的谷草，听奶奶讲，它是用来隔潮气的，生怕土坯受潮不坚固。虽然老屋距今已有几十年了，但我记忆犹新。

老屋位于小村的最西头，没有院落。东边是低矮破旧的邻居房屋，西边是绿树成荫的繁茂桑园，北边是一望无际的碧绿原野，南边是凸凹不平的泥土街道。老屋前面靠西是用六根粗细不一的木桩支撑起来，且用玉米秸围起来的茅屋，算作厨房。

老屋里住着我们祖孙三代，爷爷下世早，奶奶和我住在东间，父母同弟弟、妹妹住在西间。那年月，全靠挣工分吃饭。因为我们家里只有父母两个劳动力，由于人口多，工分自然平分得少，常常吃照顾粮，生活十分困苦。可有奶奶的陪伴，我依然感到快乐。白天父母下地干活，奶奶就抱着妹妹在院里带着我们玩，有时也会到外边挖野菜，补给全家口粮。不过那是在春天，是趁妹妹睡觉时才挖的。当时，妹妹还不到1岁，一睡就是大半晌，奶奶自然有工夫带我们出去。我们去得最多的地方是西边的桑园，那里野菜茂盛、种类繁多，毛妮菜、老鹳菜、野辣菜等应有尽有。挖得最多的是毛妮菜，它菜质细腻、叶面光滑，无论是凉拌、面蒸或者煮面条做菜叶均是全家的最爱。挖菜的间隙，我常缠着奶奶学童谣，有时晚上睡觉前也让她教，像《小老鼠爬灯台》《小白鸡挠墙根》《板凳撺撺》……为此，我学会了不少童谣。其中，我最喜爱"小老鼠爬灯台，偷油喝下不来，叫毛妮抱猫来，滋溜跑了"，至今还滚瓜烂熟。

随着年岁的增长，后来我上学了。那是一年秋天，奶奶领着我去村小学，用五角钱报了名，随后领了两本书，一本《语文》，一本《算术》。在回家的路上，她牵着我的小手，郑重地说："小斐，你已经是学生了，在学校里一定要听老师的话，好好学习。等以后有了出息，咱也住大瓦房。"说着，她松开我的手，指了一下前面人家新盖的瓦房。我不住地点头，奶奶见此，脸上露出了欣慰的笑容……

以后的日子里，奶奶不止一次地重复上面的话。每每听到我在学校里的良好表现，或语文、算术取得优异成绩时，总忘记身患疾病，依然笑容可掬。记得我上小学二年级的那年秋天，一天下午放学回家，我东呼西唤却不见奶奶的踪影。不一会儿，母亲抱着妹妹，扯着弟弟从外边回来了，说是奶奶腹痛难忍，住进了医院。听后，我落下了泪水。

一个星期过去了。奶奶从医院里回来，身盖一床旧棉被，独自躺在床上，咳嗽不止。我急忙跑到她的跟前，透过昏暗的煤油灯，看到她嘴唇煞白、脸色蜡黄、眼窝深陷、止不住地哭了起来。奶奶赶忙用她那颤巍巍且干瘪的手给我拭去了眼泪，安慰我说："小斐，甭哭，奶奶不是什么大病，过几天就会好的。"当时，不懂事的我还信以为真。

又过了十多天，我看到奶奶的饭量大增，精神矍铄，心情格外舒畅。不知是对奶奶的亲近，还是依恋，我竟缠着她再次教我耳熟能详的《小老鼠爬灯台》童谣。奶奶拗不过我，只得答应。当她吃力地刚说出"小老鼠爬灯台"几个字时，谁料，头一歪，眼睛一闭，竟再也说不出话来。见此，我赶忙用小手使劲地摇晃着奶奶的头，且撕心裂肺地哭喊着："奶奶——奶奶——"可她再也没有醒过来。

事后，听父亲讲，奶奶得的是肺癌，已经到了晚期。父亲怕奶奶遭罪，执意不让她出院。不知是奶奶心疼钱，还是思念老屋，说什么都要回来。在家的日子里，奶奶历尽了痛苦，有时疼得大汗淋漓，可她强咬牙关，始终没有叫一声。

时过境迁，当年的老屋早已不复存在，后来父母建起的砖砌大瓦房也荡然无存，而今矗立在院中的是钢筋、水泥、砖瓦为一体的二层小楼。面对此景，我颇为感慨，常对着奶奶的遗像念叨："奶奶，您在天堂还好吗？您若在天有灵，经常来家一坐，瞧一瞧孙儿为您建造的新家园！"

老屋距今已有几十年了，老屋的影子总浮现在脑海，让我无法释怀。如今，我怀念老屋，更怀念关心疼爱我的奶奶。

李世刚作品 *

18 岁的家国情怀

　　随着社会的智能化发展，人体循着用进废退的规则不断进化……

　　当一个竞胜精子，与卵结合并着床，一个新生命就开始孕育了。

　　当胚胎发育 280 天后脱离母体，一个新生命就诞生了。

　　当一个孩子在监护人的哺育、陪伴、管理和学校的培养及社会的作用下成长 18 年，就成为一个依法享有权利和承担义务的独立自由的成人。

　　一个新生命在孕育和成长的过程中，对脚下的土地，对依赖的家国，在物质、精神、情感上的索取是不胜枚举、不用质疑的，那么，一个公民对家国的回报就是理所当然的责任，这是一个做人最基本的标准；那么，一个公民对家国的爱恋就是理所当然的感情，这是一个灵性动物的基本情怀。

　　如何才能成为一个回报大于索取的贵人呢？先要确立一个引领自己行为的道理信念，进而树立一个格局求实高远的人生理想，既起于现实，又遥遥在望，满怀热情地致力于生活美化、民族兴盛、人类进步的伟大事业。有明确目标，才能驾驭动向；有坚定信念，才有坚韧毅力；志存高远才激发潜能、不辞艰辛；大展宏图才不怕嘲讽、不言放弃；目标坚定才大处落墨、心无旁骛；并力一向才轻装前进、全力以赴，无愧无悔于人生。

　　路漫漫其修远兮，吾将上下而求索。只有理想的激励、实力的保障才能抵御艰难、风雨和苦难。正确地认识自己，审慎地发掘潜质，扬长避短地寻找适己专业，继往开来地前去深造自己，为大树培根，为大成奠基。

　　海纳百川，有容乃大；壁立千仞，无欲则刚。读书虽苦，却有悟道的快乐，更有获得智慧实力的喜悦。学会专注宁静地品味寂寞，学会权衡取舍地避诱寡欲，学会坦诚避嫌地信任合作，学会不计眼前得失而放眼未来世界，确保自己

---

　　* 作者简介：李世刚，男，汉，笔名青源，生于 1970 年，祖籍四川泸县，四川文匾艺品厂投资人。
　　自勉一词《活着》：阅典应变，开来启新；生命不止，感悟不尽。融通归一，简略精准；创作不息，艺历不定。

一直在高效用时做要事，让自己不断享受接近成功的喜悦，也让自己不断经历困难失败的磨砺。

且赋一诗《贵人》：信念引领树理想，起于现实遥在望。心无旁骛全力赴，有容寡欲灵美强。

修身齐家治国平天下。虚怀若谷、谋定而动、惜时守时、先苦后乐是成功者的标志。小成功需要朋友，大成功需要敌人。持着圣洁的人性，挟着青春的激情，飞着灵动的思绪，舞着怒放的生命，走向美好的未来。

祖母千古致辞

各位尊敬的高亲、贵友、睦邻：

大家下午好！

云气迷蒙，烟岚浩渺，寒潮侵袭，鸟雀尽默。春雷低鸣，惠风呜咽，雨泪飘洒，兽虫皆蛰。我亲爱的奶奶于 2018 年农历二月二十七日 12 时 58 分辞世，享年九十寿。值此千古之夜，大家八方来祭，本人深感荣幸，在此一叩首、再叩首、三叩首，以表谢意。

静守柩前，思绪萦绕心头。我奶奶生于 1928 年军阀割据的时代，她走过战争的峥嵘岁月；走过建国伊始的激情岁月；走过探索时期的饥饿岁月。她是命苦的。

她迎来独立自主的崭新中国的成立；迎来土改运动的挺直脊梁的尊严；迎来承包土地新建瓦房的温饱；迎来改革开放新建小楼的小康；迎来后裔全力修筑富裕路的欣慰。她是有福的。

纵观她近一个世纪的漫漫一生，不是社会的主流，更不是社会的上流；虽无渊博的知识，也无专业的本事，只是清贫卑微的一生，但也是无不良嗜好、勤劳、善良、博爱的一生。她曾经伴着黎明的清风踏露而作，曾经顶着当午的烈日挥汗而劳，曾经披着星月的朦胧负重而归；她善待儿孙乃至一草一木，一猫一狗，善待他人乃至一病一灾，一疯一丐；她的爱是对所有生物的怜惜，对人世生活的眷恋。

谨赋一诗《善行》：腾岭曲溪执念随，山依水恋走向西。谁家翁婆成正果？德泽流长玄孙倚。

人生就是活着的经历！不必文武兼备，不必富贵著名，不必杰出伟大，不必轰轰烈烈，只需勤劳善良，也能清福绵长……

鹤驾已随云影杳，鹃声犹带月光寒。别了，奶奶，再也不见您慈爱的容颜；别了，奶奶，再也不见您浑浊的目光；别了，奶奶，再也不见您蹒跚的身影；别了，奶奶，再也不闻您柔和的声音……从今以后长眠黄土，怎能温暖您冰冷的身体？

薄酒一杯，难酬大家的哀悼情、送别意，但愿老人一路走好！也愿各位高亲、贵友、睦邻，健康长寿！更愿祖国民主富强，复兴盛世万年长！

曲成礼成，让世界对中华民族充满敬畏！

协同进化的婚姻

心起才言出，语言是心灵的折射。配偶之间交流沟通的谈话是必需的理解渠道，是艺术的幽默外现，也是重要的灵魂修养，更是意识认知的进化。

现代婚姻不是成年后的第一件事，也不是立业后的第一件事，更不是物质条件的交易、互补和凑合，而是最大获益的方式——协同进化发出的邀约，请和我一起变成更好的自己；而是盟友联行缔结的契约，请双方遵守契约精神，坦诚避嫌，延时冷静，约束某些本能冲动；更是心智成熟后爱的结伴做出的承诺，请双方终身经营伴侣之间的时间、默契、习惯和信任，不离不弃不冷落，有情有趣有关爱。

谨献一诗《家》：耦合独联姻，协同进化紧。一脉相承爱，五代和堂亲。

任何物种欲获最大的进化利益，关键是找到合适的伙伴，识己识人而求共赢之路。随时互相在线，设计生存环境，确定人生方向和主要选项，确定行动正好中道，确定具体底线并明示越界代价；追求长期的累积效应，着眼大局和长远利益，拆细大目标并着手去做，形成激情、合作、利共体关系；以臻共同决策，同步成长，同频共率，和谐统一，穿透时空。

且赋一诗《防孤》：实力成就引联行，净灵遇合起共鸣。同声同频同呼应，同志同步同盟情。避嫌释疑预尊敬，示诚增信习并进。身心互伴儿孙兴，清明延展定双赢。

每人的需求非常多元，只能求同存异。人生微率遇合，若要建设性推动合作，先是尊重认可重视接纳，不否定对方的现状，不成为对方想象创造力的阻碍，并且假想描绘终局而设校当下，构建将来在一起的情景样态，继而添加自己的创造力，提出解决方案，再求推进情节发展变化，从而获得一个你我参与的共有未来。

仁就是人与人的妥善关系。试拟一诗《仁》：遇合敬纳不否定，投身推进情节动。人间关系妥善者，内心宁静外成功。

一段时间的成就才是活着的价值。彼此共同投入一段时间，结成一种亲密关系，从此对方在自己的生命中都是唯一的存在，从此生命的意义截然不同。一段好的亲密关系，对人生的滋养是任何其他关系无法替代的，做出选择，勇敢行动是人生一切奇妙经历的起点，不因择偶条件模糊繁杂而犹豫，不因配偶承诺尚未笃信而犹豫，以致最终失去较多机会。

恭奉一诗《幸福》：安康物需满，尊贵灵求圆。群居情感依，美好生活全。

纵横广袤的时空，秉持双赢的选择，种下纯粹的善因，回归不变的真情。重复简单的累积，掷出勇毅的行动，投向无限的求索，推进生命的延展……

祭母亲

雨霁风和绿漫天，云行鹤去鹃声寒。作别西往离红尘，怎舍六亲永不见？亲爱的母亲啊！您轻轻地走了，不带走一只畜禽；您静静地走了，却留下昔日余音；您悄悄地走了，慈容宛在投映；您慢慢地走了，离绪荡漾儿心……

亲爱的母亲，您出生在一个缺衣少食、教育缺乏的时代，一个幼年丧父、兄弟姐妹六人的单亲贫农家庭，您怎能不是纯粹的体力劳动者？

时值 1960 年，您 9 岁，外婆不舍再弃，丢于宋观场几天后独自回家的 4 岁五妹，艰难地选择抱养您于我奶奶家，求一条生路。您怎能成为自己命运的决策者？

所幸粗粮野菜也养就您壮体铁骨，不让须眉。车水抗旱薅草，栽秧打谷挑红苕，挑粮挑氨水抢工分，蛮沟水库打夯挑石块，人工修筑福石路……您奉献了青壮年最原始的体力。在方圆几十里的土地上洒下您艰辛的汗水，留下您不灭的足迹。厚大的手掌也证实您是一个平凡的、不屈的、真正的体力劳动者！您是共和国第一代建设者！

在社会环境尚未净化，不够文明的年代，不溜须拍马、阿谀奉承，不拉帮结派、欺瞒行贿，怎能不清贫？虽有铮铮傲骨、勤劳体力，而无一技之长、纵横阅历，怎能不卑微？

1970 年，您啃着苕片软草窝窝头生下我，从此生命露出一线曙光。1973 年，弟弟横位临盆，由于医技的落后和家人的蒙昧，两天后才在泸医剖腹，只保了大人。儿在您的哺育陪伴下渐渐长大求学，您望儿有出息，又不舍儿远行，母以子贵怎不成泡影？

没啥别没本事，有啥别有疾病。您的青壮年期都在以原始体力，为生存温饱而战，虽得温饱，身体却违背自然律，透支生命，不曾养护洁净，规避病害而慢病潜伏。刚步入老年就罹患高糖高脂高血压病，并发青光眼摘去右眼球。儿虽从医，却不知如何让您长寿？

儿的平庸，未给您挣来晚年的荣光，儿深感愧疚；儿的倔强，未给您招来邻里的顺意，儿深感愧疚；但儿坚信，文化比经济更有后劲，只有灵魂高贵，才能永续富强。

一般人小有所成，少数人出类拔萃，多数人庸碌平凡。您的人生是平凡的，但您的生命是圣洁的；您的地位是卑微的，但您的灵魂是高贵的；您虽辞世，但您的生命在生生不息地延展；您虽苦难，但您的灵魂在历难重塑中升华；您虽从未读书而摆脱蒙昧，却保持正念避诱寡欲，让心灵趋于理智与安宁；您虽辞世，但您的一生处在变革的时代，却享受了改革开放四十年的成果……

您来源于泥土，生活于泥土，奋斗在泥土，又回归于泥土，您安息吧！

枝秀觉敏循律曲成物，灵贵行笃顺势坚持文。寿延福展的方向正确就不怕路远，让爱心世代承续，让正直世代承续，让文化世代承续；因兼容而聚强，随律变而曲成，以协同而进化……

时光在求索中消逝。亲爱的母亲啊，您瞑目以待后证吧！

潘礼志作品 *

老百姓眼中的我们

　　我有幸参加了为期两年的省委组织部组织的"万名干部下基层"活动，在东庄镇"乡村振兴"服务队工作。今天算来已离开这个岗位有半年之久，可2019年7月第一天去东庄镇"乡村振兴"服务队上班的情景，至今令我难以忘记。

　　记得，我开车到东庄镇政府院后下车，进入院子，满目翠绿，浓荫蔽日。提着包准备上楼，遇到在院里打扫卫生的两个中年妇女，我说："你好！"她们说："你是刚来这里的吧，我们这个地方不错，空气好，你们在公家上班的人真好，我的一个侄子也是和你一样开车上班。"又说："一个驻村挂职的书记，待了两年前两天刚走，他说不愿走，待得有感情了。"

　　一段简单的对话，触动了我的思绪，老百姓对我们在公家上班的人，从内心底里羡慕和敬重。

　　是啊！不要小看我们每个人小小的工作岗位，在老百姓的眼里，我们都是一个了不起的人。为此，在公家上班的我们，应该读懂老百姓眼里的我们，倍加珍惜自己的岗位，勤勉工作，多为老百姓干点实事，为"乡村振兴"做点贡献，这样才对得起他们对我们的羡慕和敬重。

　　尔后，我快步走向办公楼，抬头望见大楼门口的一大簇凌霄花开得那么红艳，心想，多么好的一个地方啊！

---

　　* 作者简介：潘礼志，1981—2000年在部队服役，2000年至今任职于宁阳县公安局。

国庆期间的 "家乡田野"

国庆期间，我抽时间到家乡的田间走了走。家乡的田野是那么的熟悉和亲切，田间、地头、小路、田埂，都曾经有过自己的身影，现在年龄大了，可对这片田野的感情没有淡化。

是啊！家乡是亲的。

忘不了春天里，跟着父母去翻早春的泥土。夏天里，和小伙伴们结伴去"大坑"池塘里洗澡，在清澈的赵王河里摸鱼、打水仗。秋天里，跟着大人们去掰玉米、收玉米秆，还有最累人、烦人的刨玉米渣子！冬天里，大晚上，顶着月亮，用生产队的公用地排车，把坡里的玉米秆拉回家，做饭用。

是啊！家乡是美的。

过了清明之后，麦苗开始猛长，绿油油的麦浪，随风起舞。然后，麦子慢慢地变成金黄色的麦穗，等待收割。秋天里，一丛丛绿海似的玉米，宛如亭亭玉立的少女，把田野装扮得煞是好看，让人忍不住在田野的小路上奔跑。

这就是我的家乡，祝福它在新时代焕发出勃勃生机，越来越好！

我爱乡饮的这片田野

我有机会到了乡饮这片田野上工作，走在这片充满希望和温馨的田野中，备感亲切和美好。

乡饮地处县城的东南部，西部与文庙街道办事处、泗店镇，北部与葛石镇，东部与孔子故里曲阜，南部与兖州市接壤，是宁阳县、曲阜市、兖州市三县市交界处。乡饮总面积 68 平方千米，人口 3.7 万人。因古代鲁国最盛行西周礼制——"乡饮酒礼"而得名，"乡饮酒礼"又叫"饮酒乡礼"。学习敬让、明礼诚信、团结友善，是乡饮人民的传统美德。

这里的特色，名气很大。这里传统的"四八"筵席，做工讲究，风味独特。

西云村"四八"筵席的第四代传承人于朝民做的"四八"远近闻名,吸引了大批的宾客前来品尝和传扬,"四八"筵席,是民间招待贵客和喜事庆祝之时的礼俗。崇化的"小凉席",远近闻名,1954年获得山东省地方产品博览会大奖。曾经在宋代,宋真宗东封泰山,仪式结束后,车辇行至该村,购得十领带回宫中,成为朝廷贡品。在20世纪七八十年代,这里的"小凉席"工艺,备受青睐。如今,随着时代的发展、商品的大流通,人们的生活日益丰富多彩,这种手工制品,渐渐地只能留在人们的记忆中了。但人们一谈起"小凉席",还是感情满满,赞不绝口,引以为豪。

遍布于田野中的"速生丰产林",点缀在村庄的周围和原野中,宛如绿海。春天来了,翠绿碧眼,春风十里,吹动着树叶哗哗作响,演奏着春天的乐曲,走在树林里,呼喊着、奔跑着,享受着新鲜的空气和春天的美景。

平坦、笔直的乡村公路,连接着村与村,穿插在田野间,彰显村村通公路给人们带来的便利及福祉。夏天里,骑行在阡陌纵横的公路上,别有一番感受,尽享夏季的凉意和风情。

发源于骆驼山的汉马河,从乡境的东部流过,给乡饮带来了21平方千米的膏腴土地。秋天里的汉马河两岸,瓜果飘香,果实累累,一望无际,碧海波涛,待收获的玉米,个大饱满,处处呈现出丰收在望、一片春华秋实的美丽画卷。

田野中,20世纪六七十年代建的水塔,矗立在冬天的麦田里,显眼、独特,水塔上白色的"农业学大寨""毛主席永远活在我们心中"的时代印记,若隐若现,折射出那个年代的人们的热情、豪情。现在,这已经成了田野中的风景线和对过去时光的回忆。

新时代、新征程下的这片田野,正以崭新的面貌,走在实现"中国梦"的康庄大道上。祝福这片田野,愿这片田野给乡饮人民,创造更加富裕和美好的生活。

说不尽的美丽东庄

新时代下的东庄,传承着过去,承接着近代的红色基因,阔步奋斗在为建设美丽、富裕东庄的征程上。

东庄镇,因居"成城故城址"(今南故城、北故城、西故城之间,西邻故城河）东而称东庄，位于宁阳县城东部，距离县城 50 千米，南依凤仙山，北临柴汶河、石崮河、北鄙河，故城河横贯南北，面积 100 平方千米，人口 6.2 万人。

东庄，这是一片美丽的热土，也是一片红色的土地，情侣山地质奇特，玉女湖令人神往，凤仙山景点众多，水木天然，是宁阳的最高点。

据记载，唐代诗人李白在龙门山（今泗水县中册镇）学艺时，曾多次到访岱云庙。凤仙山上的"穆寨顶""跑马岭"，据说穆桂英曾在此安营扎寨。穆寨顶西面紧连跑马岭，是穆桂英当年骑马射箭的训练场。

现存明清时期的"山陕会馆"（东庄村西南隅）为殿宇式清代木结构建筑，会馆内的石雕、木雕、砖雕和绘画都是建筑艺术的精品。"南酒店"（东庄村中部，南北大街路西）为三开间、砖石结构、干搓瓦、扣花脊、硬山顶建筑。这是当时山西人和陕北人，来东庄做生意时会客、谈生意、吃饭住宿的地方。当时东庄的人员来往频繁，商业发达。据当地老百姓讲，2015 年时，山西商人的后代来会馆看过，了解当时先人们生活过的地方，可见，此会馆在山西的名气。

抗日战争时期，西谷堆村王文绪家的地下医院，隐蔽抢救和转移了许多伤病员。老庄子村的陈成乾家的地下交通站，成为八路军部队人员来往和物资运输的重要枢纽，罗荣桓元帅两次途经，徐向前元帅在此宿营，山东党政领导陈光、肖华等人经常在村里住宿。弃教从戎朱赏阶，钢铁女战士陈秀英，孤胆英雄钟兰坡，肉搏英雄钟志宽等，众多仁人志士在这里参加战斗。依托"泰泗宁边区自治会"，当地群众积极支持抗日和参加抗日。

2020 年 7 月开通的 24 千米长的盘山"观光大道"为游人们提供了安全、便捷、舒适的通道，人们在车上就可以游览，观赏凤仙山的风光。

"观光大道"串起了"岱云庙""栲栳山埠山风景区""抗日英雄墓""老庄子地下交通站""周泉村的槐花峪景区""刘屋村的葛山口景区""老庄子村的槐花谷景区""孔家庄凤仙山水库""孔家庄处山泉水母子泉"、龙门石峡、玉皇庙、宫母石等景点。

"钟庄的豆腐皮"远近闻名，凤仙山上的柴鸡"鸡咯咯"是四大特色美食之一，王家庄苹果、西谷堆黄金梨、南陈村粉皮、南故城豆腐、南山阴煎饼、周家泉烧鸡等特色美食，给当地带来了发展和富裕。

美丽东庄、红色东庄，这里不仅有美丽的传说故事，有革命先烈的热血，有优美的自然风光，更有现代人为了梦想奋斗的足迹和建设美好家园的拼搏历程。

这就是美丽东庄！

杨佩克作品[*]

背　影

　　临近毕业，我又来到食堂，希望看见她的背影。干干净净的地面，没有嘈杂的嬉闹声和脚步轻踏的脆响。从窗户那边吹来温热的风，我怅然若失地坐了下来，桌子还是擦得很明净，我把手放在桌面上，好似抚摸她的脸，光润丝滑。

　　环顾四周，再看看屋顶，耳畔回荡着钢琴曲《致爱丽丝》。人生，就是一边拥有，一边失去；一边选择，一边放弃。哪有事事如意，哪有天遂人愿，所以，不和别人较真，因为不值得；不和自己较真，因为伤不起；不和往事较真，因为回不去。任何关系走到最后，不过是相识一场，若不伤，岁月无恙。其实真正能治愈你的不是时间，是释怀。

　　沉默是金，四年来，我慢慢习惯了沉默。读书不是为了拿文凭或者发财，而是成为一个会思考、有温度、懂情趣的人。读书使人不惑，赚钱使人不屈。我要不困于世，不流于俗。养一盆花，日子就有了香气；读一本书，岁月就有了诗意。

　　每到周末，这里醉心的舞曲，扰乱了多少少年的心情，我也沉醉其中。舞池里，我和她的节奏行云流水，仿佛听到花开的声音，嗅着芬芳如痴如醉。那是我们对生活的解读，快乐并痛着。每分钟都贴在一起，享受着难得的温存。

　　白天，下课了，我们在食堂相遇，敲打着饭盆，说着傻乎乎的心得体会。她喜欢吃醋熘土豆丝，便宜省钱。我囊中羞涩，但还是打肿脸充胖子，买个荤菜和她一起用餐。开始她不肯吃我的菜，说揩油不好。我笑了笑说："揩油便宜你了。""什么意思？"问完她又不好意思低下头，抿着嘴巴，我告诉她："随了我在烟火间得清欢。"她猛地抬起胳膊，用拳头捶我的肩，我反手一把擒住，她愣住几秒，迅速离开。我微微一笑，吃完剩下的饭菜，思考结婚的意义是什么。

———————

　　* 作者简介：杨佩克，男，汉族，1999 年 12 月 14 日出生，籍贯北京。2021 年 6 月毕业于北京石油化工学院经济管理学院信息管理与信息系统专业，于 2021 年 9 月成为中央财经大学管理科学与工程学院与美国史蒂文斯理工学院合作的理学硕士，研究方向为企业项目管理。

就是为了有个相知相伴的人，在生活中能给对方勇气，遇事能有个商量的人。一起下厨房，一起逛街，一起猜谜语，一起打扫卫生，我开车你坐副驾。

几年间的相处，我想知道她的想法，她说她要挣很多钱，过舒服的日子。我说："生活趣味在于一饭一蔬，三两朋友，四时风物，还有悠然见南山的情调。"她噘起嘴，不情愿地瞟着我。

"小伙子，还是鱼香肉丝？"到饭点了，我摆摆手，"不，糖醋排骨，外加蒜蓉菠菜，四两米饭。"师傅很快端来，见我一个人，笑着说："那个姑娘呢，怎么今天开牙啦？"以前，肉丝我是不吃的，都给她，而我吃菜。从此，我要厚待我自己。大口吃着排骨肉，甜酸可口，可泪水就是不听话，滑落下来。师傅拍了拍我的肩，我更加委屈，师傅嘱咐我："你可以回头看，但别忘了前行。"对，活得一定要像自己，才是对生命最好的报答。

住校四年间，一个人走过的日子，有些凌乱，有些麻醉，有些遗憾，有些难堪，但是经历了之后是沉淀了自己、升华了阅历，让许多往事变得风轻云淡。世界上没有什么奇迹和捷径，只能靠自己的努力和坚持的勇气。

花开花谢，春去春又来。期待，一切皆是，来日方长。我要背起行囊，继续前行，风景依然。

让生命充满绿色

绿色，像涓涓细流，流入我的心田。我对它的渴望那么强烈，就像恋爱中的小伙子，脉脉含情。如果情人眼里出西施，那么令我心驰神往的就是绿色。

在绿意朦胧的柔波里，隐约有动听的、柔美的箫声。绵绵不绝的余韵缭绕着，拨动我的心弦，醉意里搂你入怀，感受着你的片片深情，轻轻地陶醉在你的清香中。

绿色，在春寒料峭的日子里，悄悄地向我投来秋波，我发现绿的小心思，腼腆地和它捉着迷藏，一会儿在这里，一会儿藏起来躲在树干后面伸着懒腰，团在一起。为了让我欣喜，展露着嫩嫩的春光。它就这样引着我漫步，欣赏着，快乐着。蹦蹦跳跳，孩子气地唱歌、抒发着情怀。竹外桃花三两枝，春江水暖鸭先知，倒影里的绿色和淡淡的花瓣比美。我是坚定的，多好的花儿都夺不走绿色在我心中的位置。雨天，你哭得泪涟涟，珠儿晶莹闪着光，如你的眸子，蒌蒿满地芦芽短，正是河豚欲上时。不为口的满足，就为接近你找个理由，竹筷的碰撞声掩盖怦怦的心跳声，眯起眼仔细打量你，品味你的美。你的绿色浸透在池中，荡漾着，曾经沧海难为水，除却巫山不是云。取次花丛懒回顾，半缘修道半缘君。

为报今年春色好，花光月影宜相照。随意杯盘虽草草。酒美梅酸，恰称人怀抱。

绿色，在炽热的夏季，恼人的风儿，吹着我的脸。火辣辣，似热恋的伴侣，为了保护你，盼着白云朵朵，盼着带你穿过小溪，上岗，我一低头处就会和你眉目传情。你的坚毅震撼了我，无处不在的清香，不是香水味，却迷倒了心扉。散步，深呼吸，没有杂色的绿啊，被你俘虏夺走。你的纯，你的好，风雨过后，依然美丽的你，被我小心收藏。

舌尖上的乡愁

爸爸的乡愁在眉间，我的乡愁在舌尖。时光匆匆走过 2020 年，岁月的荏苒与思念，记挂着我最爱的美食——甑糕。

暗红的大枣和雪白的糯米混合后，装在器皿里面，经过蒸煮后，如同仙女飘飘然下凡人间出现在你的面前。那一刻，让你心动的是扑鼻而来的枣香和米香融合的味道，舌尖开始划过那股甜丝丝的感动，就像远处的风景触动的乡愁。

21 岁刚刚经过，年少的我已经开始懂得人生的路口有诗和远方，也有"似曾相识燕归来"的思绪。轻轻微笑着用筷子或者餐叉把甑糕挑起，嘴里吹过一股仙气。瞬间，它的温度降了下来，乖乖地被我送进口里面。舌尖触碰的一瞬间，柔软香甜的感觉，就像初恋时与女孩子的牵手，血液流过全身既兴奋又感动，不知所以然地闭上眼睛，不忍睁开。爱甑糕就像对待爱情，怀念那一份纯真，那一份温暖。

偶然间我知道了高中同桌的她，祖籍西安，她喜欢白色的服饰，红红的嘴唇像点缀在糯米上的大红枣。满眼的爱意，满心的愿意。或许她还不知道吧，我喜欢她。一天，她从书包里拿出甑糕向我炫耀它多么好吃。我歪着脑袋不看她，假装生气。等我回过头来，我的碗里有一款美食，她故意说让我多吃点含糖量高一点的食物，否则低血糖该头晕了，会耽误学习。我吃过后才晓得那叫甑糕,是西安美食。孔子说音乐的最高境界是余音绕梁三日不绝于耳。我的最高境界是甑糕,那是爱的味道,激励着青春,如同雄鹰展翅高高翱翔在蓝天峭壁间。

制作甑糕需要时间,需要耐心。我们都考上了心仪的大学,我留在北京,她去了西安。而我们的爱情没有毁灭在过往的光阴里,没有毁灭我们的相见时难别亦难,只会让我俩在岁月的流逝中学会坚强。每次的微信交流,话语和图片交织着彼此的思念,如同甑糕,米和枣已经交融在一起了。彼此传递着温度和甜蜜,初心和梦想一刻也没有忘记,奋力前行,了不起的我们,了不起的祖国,未来只会更好。

与她重逢品尝甑糕,是我追求幸福的愿望。只有经历了离别,才体会到生活不易,也重新认识了生命、社会、责任和自我。我和她远隔千里,我要用责任和创新让世界变得更美好。彼此的思念化作力量,舌尖的乡愁停留在那一缕白色的雾里面,飘呀飘,带着蜜汁缠绕,带着香浓的气息,那一定是很幸福的事。

心中的雨季

雨随着微风,漂浮着尘埃落在地面,洗刷着树叶与大地。如期而至的雨落在我的脸上。我漫步在散落的树叶子上面,它是柔软的,我欣欣然。匆匆从我身边走过打伞的路人,有的去街边买小吃,还有的和女朋友躲在一把伞下面,搂着走着,女孩依偎在男子的怀里,他们的背影感动得我湿了眼睛。

雨落下的滴答声,在我的青春岁月里,勾起我的回忆。相遇的甬道那样悠长,金黄的银杏叶伴着雨滴。我抬起头来,看见他没有带伞,淅沥沥的细雨落在他的肩上,很多珠儿晶莹剔透。他湿了头发,脸上是薄薄的雾气,恰似出水的鸟儿。他摸了一把脸,甩甩掌心的水。那丝笑意写在脸上,淡淡的。路边的野草里开着黄色的小花,自由自在地散发香气。只有安静,与世无争,如此的景致,似音乐飞起的音符,跳跃着,呼之欲出。太多日子的期盼,心心念念,柔情的笔调都写不出的是"随意春芳歇,王孙自可留"。

悄悄地将心安放在淡淡的烟雨之中,体会着秋日私语的缠绵。我的伞举了过去,用"喜欢"二字静听爱的信念。湿了衣醉了雨滴,那一幅心中的画卷慢慢展开，与秋色同赏。生命的旅途中细雨润物，一份简单，一份淡然。时光里的角色只有你和我，美滋滋的。告诉你的话，隐藏多少密码需要解开。我只确定他对我说：跟我来，无论你飘落到哪儿。这时，他把手摊开接着雨，雨随后滴落在我的掌心，凉凉的，可是心头流过一股暖流，仿佛抓住了幸福，微笑着，继续迈着脚步，张开双臂，跟着雨丝跑着跳着。突然回身用手一弹，看看他会不会生气。

雾气照着他那白皙的脸，突然他牵着我的手，奔跑不停歇。累了我们的速度就慢了下来。我们喘着气，他的眼睛有着温柔的光，像个淘气的孩子，咧着嘴笑，有液体从他眯成缝的双眼落下，不知道是雨滴还是泪滴，滑落在他的腮边。我把手绢递过去，他没有去接，反而屈身看着我，我抿着嘴巴轻轻擦拭着，不知是过去的任意一抹记忆里的淡淡哀愁还是未来的随风而逝的远行。

风无情地击打着我俩的头，雨默默哭泣。前行的路，地平线在远方，我们风雨兼程。他的诺言我能读懂，在合适的时间里，合适的人被阻隔在旅途默默的等待中。一场温柔的爱恋，一梦就是八年。无论我哭泣还是微笑，这个陷阱总是出不来。任那雨丝滑落眉间，似未开的花蕾上的露珠，滚落后满是爱情的芳香，触摸银杏叶片，心儿解开的结随风而逝。

心中的雨季，需要自己走过。时常看着天空的丝丝白云，与他邂逅，欣赏之余，轻轻放下对他的感情。自古仙台天上有，何故流落到人间。风无情，不让雨伤心。留下浪漫的回忆，回味雨的味道，执着明天的美好，在月朦胧鸟朦胧的夜里，远去的故事，依然动听。

肖仲水作品[*]

我是春天的小雨滴

我是春天的小雨滴。我们吹着希望的号角，唤醒万物，我们和（huò）着甜蜜的乳汁，滋润大地。我们是画家笔下彩色的墨汁，春姑娘用我们描绘万紫千红的春色。我们是诗人笔下最美的词句，春姑娘用我们写出最美的诗篇。我们喜欢在漆黑的夜里，当人们沉浸在睡梦中时，乘着风，驾着云，悄悄地来到人间，均匀地洒向大地。

我和我的小伙伴们，变成了银针，化成了银丝，连成了银线，在天地间织成了一张张纱帘儿，一张张丝网儿……我们哼着曲、欢笑着、嬉闹着、追赶着，兴奋地、飞快地扑向大地。

我来到树梢上，轻轻地冲去芽苞上的灰尘，拂开那惺忪的睡眼，告诉它们："别怕冷了，冬天走了，春天到了，该起床了。"于是，树枝伸伸懒腰，在风中摇着手臂，互相招呼着："该发芽了，该开花了！""快发芽吧，快开花吧！"

我来到屋顶上，冲刷着积存了一冬的尘土。我落到地面上，把地面洗刷得干干净净，于是，地面上的水流动起来了，像一股股从地底下涌出来的清泉，高兴地唱着："叮咚叮咚，哗啦哗啦……"你推我挤地，跳跃着，翻滚着，奔腾着，歌唱着……

我来到大地上，钻进泥土里。我告诉种子："别睡觉了，春天来了，小朋友们在等着你们发了芽，好在绿草地上打滚、踢球呢！"于是种子们喝足了水，涨开了肚皮，弯起腰，使劲向上拱着，还咧着嘴，喊着号子："我要发芽，我要长大！"

听了他们的话，我们小雨滴下得更欢了。听，淅淅沥沥，我们拍打着树梢枝头；叮叮咚咚，我们敲打着房屋棚顶；哗啦哗啦，我们翻滚着河水浪花。我

---

[*] 作者简介：肖仲水，泰安市三里学校一名从教 30 年的小学语文教师。一直坚持青年时期的写作梦想，不断写作散文、诗歌。坚持为孩子写示范作文若干年。善用比喻、拟人、排比修辞，语言欢快活泼，内容清新自然，人文精神丰富。

们唱着歌，弹着琴，打着小鼓，奏响了春天的大合唱。我们总是越下越起劲，往往从夜晚一直下到天亮。余兴难消时，一撒欢，我们又从白天下到夜幕降临。

白天，人们喜欢打着各色的雨伞在雨雾中穿行。大街小巷，总有千万朵伞花涌动。最喜人的是小朋友们，他们干脆扔下雨伞，在雨中奔跑着、嬉闹着，伸出胖胖的小手，仰着笑眯眯的小脸，任我们抚摸，任我们亲吻。

晚上，老人们喜欢端起酒杯，喝一口小酒说："春雨贵如油！""今年准是大丰收。"诗人们则喜欢捋着胡须吟诵："好雨知时节，当春乃发生，随风潜入夜，润物细无声……"

听了人们的夸赞，我们下得更起劲了。唰唰唰，唰唰唰，我们在天地间密密地编织着，编织着希望，编织着惊喜，编织着生机，编织着美丽！

美丽的泰山温州商业步行街

在我的家乡泰安，有许许多多值得推荐的好地方：有举世闻名的泰山，有历史悠久的岱庙，有新晋网红的泰山西湖，有各具特色的数不清的旅游景点，它们像是一块块璀璨夺目的宝石，镶嵌在泰安大地上，吸引着络绎不绝的中外游客。但是我今天要推荐的地方，是在这些宝石当中不太起眼的一条集旅游购物于一体的泰山温州商业步行街。

泰山温州商业步行街就在我们三里小学门口，处在三里社区的中心，东西长约一千米，宽约五十米。宽阔平坦的大理石街道两旁，挤满了一幢幢装修精美的豪华商厦。放眼望去，千米长厦犹如两条晶莹多彩的宝石项链，又像峰峦起伏的两条巨龙，吸引着来来往往的游客。无论走进哪家店铺，都像走进商品的海洋，各种品牌、各种颜色、各种造型的服装、鞋帽、箱包、文具，以及厨房用品、洗化用品、娱乐用品应有尽有，让人眼花缭乱、目不暇接，真不愧是购物的天堂！当你购物累了，可以在街上树荫下乘凉，也可以走进饮料店喝一杯可口的奶茶或者冷饮。如果饿了，还可以品尝到很多种可口的名吃。每年一届的美食节最解馋了，到那时候整条街上人山人海，音乐声、欢笑声、叫卖声、人声鼎沸；甜味、香味、辣味、美味缭绕。看得见的快乐和幸福满大街流淌着、荡漾着、翻滚着……

每当夜幕降临，家家店铺张灯结彩，店内日光灯熠熠生辉，门上霓虹字灯靓丽夺目，墙幕上的装饰灯更是异彩纷呈，成千上万盏灯如同星河，让步行街一下子就变成了灯光的河流、彩虹的河流、梦幻的河流。

在街的东西两头分别有两个小广场，那里是中老年人跳广场舞的地方。爷爷奶奶们跟着音乐的节奏，舒展腰肢，翩翩起舞。他们越跳越带劲，越跳越健康，越跳越年轻。时间长了，在这里跳广场舞成了他们老年生活的一部分。步行街真是中老年人健康快乐的加油站。

从街东头往西，一直到中间喷泉这段路上，常常是上幼儿园的孩子们追逐嬉闹的地方。他们有的滑滑板车，有的追逐撒欢，有的在东头大雕塑上爬上爬下做游戏……喷泉到中间演出场这段却是大孩子的天地。成群的孩子有的在这里玩充气欢乐堡，有的踢足球，有的乘小火车、踢毽子、跳绳，每晚都是一场别开生面、内容丰富的运动会。再往西，则是恰恰舞、街舞、跆拳道等业余学员训练和表演的地方。几乎每晚都会看到他们精彩的演出。步行街，真是孩子们成长的摇篮、快乐的摇篮、幸福的摇篮！

泰山温州商业步行街在我们三里社区的生活中，有着举足轻重的地位。我们天天在这里走，在这里玩，在这里长大。假如没有了这条步行街，我们三里社区就失去了一半的美丽、一半的繁荣和一半的欢乐。我们都爱这条步行街，就像爱我们的家一样。

杨亮作品 *

麦黄时节

灰白色的天闷热得要发疯了一般，大地上一片死寂，似乎这世界上的生物一时间都消失了，只剩下这闷热的天和炙热的地。

正是 6 月收麦的日子，小辉从天还没有大亮就到地里割麦了，直到中午才回到家里，吃了饭，稍微歇息了一会儿，就匆忙地往地里奔，因为他觉得天热得有些怪。

一路上，除了偶尔从草里惊起的几只麻雀，从他头顶惶恐地飞过，落到地头那棵唯一的柳树上，发出叽叽喳喳的叫声外，就只有小辉的脚步声。小辉眼前的山上，黄土已被晒得发白，上面缀着几棵杨槐树，已半死不活，有气无力地挺着。但这至少让人看上去舒服多了，这些小辉无暇顾及，他只迈着农人的步子朝麦地走去。

麦子和往年一样，齐膝长，只是要饱满许多，小辉看着这麦穗，脸上的表情欣慰地舒展了。天更加闷热了，让人心里发慌，仿佛一举手便会大汗淋漓，小辉却完全没有这种感觉，只用手挥了挥额头的汗，就弯下瘦腰，挥舞起镰刀。于是田野里，响起麦穗碰麦穗、镰刀割断麦秆的声音，这正是一首丰收之歌，匆忙而有序，欢快而喜悦，这歌声也在小辉的心里回旋、跌宕……

天的闷热程度有增无减，这会儿，小辉觉得该歇一歇了，因为口渴了。他收起镰刀，直起身来，伸了伸酸酸的腰，走到田埂边阴凉处坐了下来。一边用衬衣扇着，一边点着烟，烟雾顺着他那黑瘦的脸颊飘上了天，消散在他的头顶。田野顿时充满了田园诗般的意境。

割麦的人陆续地到了地里，小辉不时地同他们打着招呼，又不时地朝村口张望，却没有看到妻子揳水的身影。小辉有些埋怨妻子，但这一念头一闪即逝。因为他知道，家里的一切家务都要妻子做，想想也真不容易。小辉没有去想更多，脱了衬衫，拿起身旁的镰刀，又回到了"阵地"。田野里，又响起了那支丰

＊ 作者简介：杨亮，男，汉族，生于 1981 年 3 月，乡村小学教师。

收之歌。

地里割麦的人渐渐多了起来，这些平时坐在一起抬杠抬得脸红脖子粗的庄稼汉们，在此时，除了互相打声招呼外，几乎没有说一句别的。天依然闷热，小辉似乎忘了周围的一切，只顾着把镰刀舞得飞快，脸上的汗已让他睁不开眼睛，但小辉没有因此而停下或放慢镰刀。小辉正割得起劲，突然背后响起了妻子的说话声音："喝口水再割。"小辉回过头，见妻子已将茶水晾在了地头，便收起镰刀，走到地头，坐在田埂上，端起水，美美地灌了一通，然后看了看妻子，想要说什么，但没有说出来，妻子用草帽给他扇着，一边拾着落在地里的麦穗，嘴里说着一些琐碎的家务事，像什么"你来的时候连草帽也没有戴"，她找了一会鸡等。小辉像没有听见似的，只一口接一口地喝着水，不时地望着北方的天。小辉放下杯子，对妻子说："今天怕要下白雨哩，咱们要赶紧割，不然就顺便种到地里了。"妻子应着声说："听说，山那边昨天被天打了。"边说边拿起镰刀向麦地走去。小辉此时已点着了烟，向同村的几个割麦的喊道："来，吃烟来。"那几个人应道："你吃，我们有。"很快，小辉抽完了烟，和妻子一起割麦了。看着妻子割麦的架势，丝毫不逊于自己，小辉暗地里又加了一把劲，于是田野里的丰收之歌达到了高潮。

不知什么时候，丝丝微风拂面而来，小辉猛然抬头望向北方的天空。原来，先前灰白的云，已经变得黑黑的，远远的好像能听到闷闷的雷声。此时，麦地的割麦人停了下来，都说雨来了。紧接着，他们都不约而同地放下镰刀，将割倒的麦子往一处摞。小辉和妻子也没有迟疑，麻利地摞了起来。于是田野里似乎猛然间惊醒了，家家都匆匆忙忙，人人都喊快些、快些。有先摞完的人，就给别人帮忙，似乎是巧合，当人们刚摞完收拾农具的时候，风猛然间大了起来，天一下子暗了下来，雷声也大了起来，轰隆隆——咔嚓——，一声紧接一声，似乎要震破天似的吼了起来。

小辉和妻子收拾好镰刀，提起水壶，随着人们往家里跑的时候，雨已经大滴大滴地往下落，砸在他们身上冰凉冰凉的。他们顾不了许多，只将脚步迈得飞快，一路上几乎都是往家里跑的村人，有三四个不小心滑倒的，马上翻起来，拖着一身的泥水，依然飞快地往家里跑去。

小辉和妻子跑到家的时候，身上已经湿透，两人互相一看，禁不住笑了起来，妻子一边笑，一边将毛巾扔到小辉的怀里说："赶紧擦一下，笑什么笑！"小辉擦完脸，又将毛巾给了妻子，自己去换衣服了。他们换完衣服，就坐在大房门口看雨，小辉埋怨地说："这天爷，要雨的时候不下雨，不要的时候偏偏下雨，啥天爷！"又叹了一口气说："还算好，没有下生雨……"妻子应道："下什么，还不由着天爷！"房瓦上落下来的雨水已经拉成了一条很粗的水柱，院子里的水也已有三四厘米深了，但雨依然没有停的意思。

雨有增无减地狂砸着大地，在地上激起一朵朵白色的水花，溅起的阵阵泥土气息，不断冲进小辉的鼻子里，小辉觉得一阵舒服，却对这雨没有太多的感激，因为麦黄时节是不需要太多雨的，雨多了，麦子会发霉，小辉只希望雨快点停。

雨一直下着，丝毫没有停的意思，小辉依然期盼着雨快点停。

为你注目

布谷鸟又叫了，深沉而悲凉，犹如沧桑的岁月。也许生来就有一颗多愁善感的心，也许是心还未过早苍老，对这声声的叫唤，总泛起阵阵莫名的伤感。现在，我仿佛觉得这叫声在告诉世人一个什么道理。然而，许多年来，没有人能够听懂，或许是司空见惯的缘故吧！但现在，我将试着听懂它，不管结果会怎样。

青春总免不了一段段短暂的邂逅，就像燕子总会在春天某一天飞来一样，总在不知不觉和自然中。当心中挽出一个执着的情结时，它就不免在心海荡起层层涟漪。于是，停止了脚步，只是忘情地投入，固执地守望。梦开始因你而缤纷，心也因你而欢腾……久久，我仍然听着，只为你注目，但你始终没有回头，只是匆匆地朝着前方走去，渐渐地，你的背影远了。恍然间，我感到懊悔不已，我想去追，但很快，便打消了这个念头，因为，你已离得很远，即使能够追上，你也不一定属于我。我停着，只为你注目。一如布谷鸟，继续发出它的叫声，即使没有人能够听懂。

你的离去和到来一样，我有庆幸，我有悲伤，但无论怎样，我得送你一程。走吧！在长亭外，在古道边，在漫溯到天边的芳草中，撒下你的足迹；在晓风中，在杨柳畔，在悠悠的笛声里，留下你的背影；在天涯，在海角，在零落的时候，写下你的回忆。在夕阳西下的时候，拿起一杯浊酒，去尽情浇灌余下的那份情怀。

人活一世很苦，命运似乎安排了一切，正如为我安排了你的匆匆而过，为你安排了我的注目。当我在人生路上再次苦行的时候，我会从容地抬起头，但不再孤独。因为，有你时常在记忆里走过。

时光已然匆匆而过，如清风，如流水，没有人能够留住它，只是任其流逝。但记忆中的愁情烦事，永远不会流逝。它只会像酒一样，越陈越耐人寻味。每个人可能都体验过感叹离愁别绪。其实，人生就在这种感叹中跋涉，又在跋涉中忘却琐碎的痛苦与欢乐，后在忘却中珍藏起丝丝牵挂和缕缕思念。正因为如此，每个人都有了自己的故事。

"夕阳西下时，西天上，总有晚霞。"你离去时，你背后，总有一双为你注目的眼睛。

"布谷——布谷——"布谷鸟又叫了，我仿佛听懂了，它在告诉人们什么……

向斌作品[*]

思　绪

6 月 20 日，K502 次列车，20：50 从长沙发车，终点站是成都东站。我只到宜昌，预计 21 日凌晨 3：05 抵达宜昌。

好久没有这样拎着大包小包去旅行了。来到长沙车站，几条长龙排到入口外十余米。排队检票、安检、候车，再排队进站台，满头大汗地冲进车厢时，扑面而来清凉的冷风霎时让被汗水包裹的我感觉舒服多了，安置好行李到盥洗间洗把脸漱漱口，洗掉手臂还有脖子上的汗渍，顿觉神清气爽。到窗边小坐一会儿，看着站台的灯光下那些赶路的人们行色匆匆，想到经常出差的同事们，或许常如这般辛苦劳顿吧！车身轻微地摇晃起来，车开了。我继续坐着，看着外面的夜色，拧开杯盖，轻轻地嗅一下新沏的浓茶，小小地抿一口，汤浓味正茶香馥郁。

很晚了，灯已关掉。我回到铺位准备休息，4 号中铺。本来买的是上铺，上铺是一对小两口，买票时买到一上一中，上车后跟我商量想调换一下，我欣然接受，一来成人之美，二来少受罪，确实上铺太憋屈了。爬上铺位躺下来，听到上铺小两口还在很小声地聊天。对面下铺是一位真汉子，超高几个八度的鼾声展示着极强的肺活量，对面中铺的仁兄时不时用手里的物件敲敲厢板，发出沉实的嘎嘎声，估计是想要惊醒下铺的汉子，可是这般沉睡的汉子怎么也没有醒过来停止鼾声，那仁兄无奈只好起来打开自己的小平板电脑，玩起游戏来。我的下铺，一位中年妇女，估计也是受不了了，嘴里发出喷喷的叹气声，表示厌烦，还时不时嘟囔几句不知道哪里的方言。环顾着小小的车厢，看着这场景，有点想笑，霎时脑海里蹦出两个字：生活。这场景，不正是普通百姓的日常生活吗？不正是一个社会的微缩版吗？我置身其中，亲切的感觉油然而生。这生活，是属于我的，有痛却也快乐着。

躺在铺位上，车轮与钢轨碰撞的冲击波传递到我的后背，一时难以入睡。

＊ 作者简介：向斌，1968 年 3 月 20 日生于湖北宜昌，对写作有浓厚兴趣，现居湖北宜昌，从事农业生产资料销售工作，闲暇之余喜欢写写诗词文章。

就这样，列车在轻微的颠簸中呼啸着西行。窗外的光不断闪射入车内，在车厢里快速划过，仿佛是告诉我匆匆暂歇的长沙已经远去。是的，它已经离我远去了，再见长沙！我正在回家的途中。

拿出手机戴上耳塞，舒缓流畅的音符在耳朵里欢跳起来，悠扬婉转。*One Man's Dream*，一首熟悉的钢琴曲，纯粹的音乐。我不是音乐迷，不懂音乐，但喜欢听音乐，在我喜欢的音乐中，尤其喜欢纯音乐，无须歌词，只有曲调，慢慢听，慢慢欣赏，会带给我许多美好的感受。情绪低落的时候，它会让我变得热情；忧伤的时候，它会让我快乐起来；烦恼或痛苦的时候，它会让我渐渐平静；而孤独、无聊的时候，它又会激发我的思想，将我带进奇妙的幻境之中……音乐如水，可以任意变化去承载人们的倾诉。所以，音乐是一位真挚的朋友，是有生命的，可以知性达心，在过去这半生的历程中，它就是这样伴我走过的。它不以人的方式存在，却用比人更宽厚的胸怀包容、倾听并激励着我和所有爱好音乐的人们。

One Man's Dream 这首曲子我是在 2000 年 3 月 20 日那天第一次听到，当时我正在成都出差，在酒店大厅听到这首曲子，心为之一动，觉得非常好听，然后打听到了它的名字，记得当时还查找了这首曲子的出处和背景，大致是说这首曲子抒发了对生活的梦想，可是在以后的搜索中，我却怎么也找不到那篇赏析和解说了。现在搜索这首曲子的介绍，也能找到不少，但总觉得没有当时看到的那一篇写得精彩，主要是对雅尼的介绍和对该曲的赏析。有一位朋友写的音乐赏析非常好："……生命的美丽，在于自己的不懈努力。只有这样，我们在面对梦想的时候才可以绽放一个坦然的微笑，无论成功与否心中不再有遗憾和悔恨……"

静静地躺在铺位上，周围依然如故，我仍戴着耳机听着音乐。脑海随着音乐在快速地翻腾，曲子的出处和背景并不特别重要，重要的是从中感悟人生的价值和意义，不是更好吗？许三多的口头禅"活着就要有意义"，平平淡淡，却又深含道理。是啊！活着就要珍惜每一天，做好手头每件事，不惧坎坷不甘平庸，勇于拼搏进取，让自己活得洒脱，活得酣畅淋漓。这样的活法是不是很有意义呢？

One Man's Dream 里的 Man 是对所有男人的泛指。男人，就应该有责任、有梦想，用行动担当起自己的责任。当所有的中国男人都勇于担当和拼搏进取时，当我们自己的梦一个个实现时，中国梦何患不实现呢？

车轮飞旋，列车载着我向西疾驰，思绪随所过之处，如天空的云雾般弥散在远去的山川大地。

写于 2014 年 6 月 20 日长沙回宜昌列车上

花

3月，我前往客户的种植基地考察，沿途山势险峻，山上油菜花、李子花、桃花间或一片，好看极了。真是"等闲识得东风面，万紫千红总是春"！3月了，又是鲜花烂漫的时节。

印象中，最早与花有关的记忆，是母亲在路边摘下一朵小花，从肩头递给背上的我。接过这朵小花，我感到非常快乐，母亲感觉到我的快乐，也开心地笑着。那时我还年幼，两三岁的样子，只有模糊的记忆片段，每每回忆起却有许多温馨的感觉。

5岁前，我家住在船厂老食堂后面一个很大的"四合院"里，大概有十来户人家，前中后三排平房，我家在中间，与前面的一排房子相隔很宽的距离，形成了一个大院子。正好在我家门前有一棵很大很高的树，每年春天花开的时候，淡紫色的花散落在地上，空气里也会散发出清幽的花香。夏天的傍晚，母亲会把家里的大竹床摆到树下，点一盘蚊香放在树旁，让洗澡后的我在竹床上纳凉。多年后回想时，还不知道那棵树叫什么，经查找才知当年那棵树叫泡桐树，那淡紫色喇叭形的花就是泡桐花。

母亲很爱花，在我5岁的时候，我家搬进了楼房，有一个大大的阳台。阳台的围栏很宽，形成了台面，母亲把用过的几个旧搪瓷盆还有原来的花盆放在上面，种了好多花，经常在上班前或下班回来后给花浇水。种得最多的是太阳花，一簇一簇颜色各异的太阳花，盛开的时候非常漂亮。还有两盆看起来很特别，花叶从下到上沿着直直的花干展开，顶上一朵花，大片的花瓣有红有白，十分艳丽，母亲说这是芍药花。

读初中那年，家搬到我就读学校的旁边，我们的房子在一楼，靠窗的外面有个小院子，母亲在院子里种了一些蔬菜，有辣椒、番茄什么的。记得有一年同学给了我几颗冬瓜种子，母亲把它种在院子里，到了夏末秋初，居然长出了三颗很大的冬瓜，每颗都是我勉强才能抱住的大小，母亲让我给同学家送了一颗，又给别人送了一颗。

在这里居住的时间很长，而立之年，我结婚了，直到儿子7岁那年我们有了自己的房子才从这里搬出去。这么多年，院子里陆陆续续种过了许多花草，有兰花、薄荷、月季、鸡冠花、迎春花等等，还有两三棵小树，其中一棵铁树，是儿子出生那年的春季老丈人送到家里的，一株刚刚分枝出来的铁树苗，种下后就一直在院子里，后来又把它移植到了盆里。母亲还找来一棵无花果树，精心侍养，两年后开始结果，像乒乓球大小，吃起来微微发甜。果子成熟后，母亲都会摘一些，洗好了放在碗里，等我回家就拿给我吃。在独立生活之前的这些年里，母亲帮着照顾我的儿子，常常抱着他在院子里看花，告诉他这些花草的名字，儿子看着这些花花草草，也开心得不得了。有一次，儿子给我们讲他的梦境，说梦到爸爸了，梦到爸爸拿着花唱歌。这是儿子第一次向我们描述他的梦境，那年儿子3岁。

前年6月，母亲的房屋搬迁，临时从居住的地方搬到我家，舍不得那些花草。我花了很大力气把能搬动的都给搬了过来，三盆薄荷、一盆兰花、两盆吊兰、铁树以及说不出名字的，只要能搬动通通搬了过来。母亲还念念不忘没搬过来的几棵树，常念叨：可惜了那些树。无花果树、苹果树，还有一棵三米多高的香椿树。可惜当时我家在五楼，也没有地方去安置这些树，就没有要。搬过来的那些花花草草，家里放不下，就放了一些在楼下的院墙旁边。每天早上母亲下楼买菜，会用矿泉水瓶带几瓶水去浇花，回来的时候，再把空瓶子带回来，从不间断。母亲一直那么爱花，这么多年来没有改变，只是曾经满头的黑发，如今已稀疏斑白，脸上多了深深的皱纹，浇花时的动作，也不再那么利索了。母亲老了，不再有背着儿时的我那样的敏捷灵巧了，前些年开始，母亲的耳朵也不太灵敏了，讲话都要大声才能听见。

三峡大学校园里的樱花和桃花非常漂亮，每年花开的季节都有好多市民前去观赏，去年3月底，我带着母亲前往三峡大学游览了一番。走近求索溪，映入眼帘的花树繁花满枝，红色鲜艳热烈，白色似雪胜雪，那些落在地上的片片花瓣装点着赏花的小路，五颜六色。看着这些漂亮的花，母亲开心地笑了，尽管岁月风霜，也掩不住母亲喜悦的心情，她像个孩子，笑得那么甜美。

好快啊！又是3月的今天，母亲一定又在家念叨我了。早上八点多，给母亲打了个电话，因为母亲耳朵不好，也没顺畅地聊几句，挂电话前我说："妈，等我回来后我们去看花吧！"

母亲一辈子爱花，在母亲心里儿女却是最灿烂的花。妈妈，等我回来，我们去三峡大学看花吧！

2019年3月20日写于丰都

见夷陵初雪有感

辛丑年冬月二十三见夷陵初雪有感

葭月寒深花难见，琼芳簌簌落人间。
冰心如玉洁无瑕，静静飘舞何须艳。
好趁霜雪练筋骨，亦铸品格意志坚。
玉沙飞处风景好，除去尘埃迎丰年。

离亭燕　长阳风光

辛丑年六月十六游云中凉都

蓝天白云层绿，远眺晴空万里。
闲来信步走四方，寻得避暑宝地。
神仙居何处？云中凉都是矣！
娓娓长阳风光，更叹清江画廊。
曾游武落钟离山，拜谒白虎向王。
那时少青葱，执樽三千琼浆。

注：加点字除"白虎向王"外均为地名，白虎向王为长阳当地传说；长阳，地属湖北宜昌，宜昌市长阳土家族自治县。云中凉都、清江画廊、武落钟离山均为长阳当地风景名胜。

赏 菊

辛丑年十月十七陪家慈观菊展

霜华寒秋听萧瑟，
满处金英似彩帛。
趁此风物好时节，
儿与萱堂共景色。

姚水叶作品*

春节长假

趁着漫长的春节假期，我有幸得闲，走遍了家乡的垠、土棱、山坡、石梁。站在高高的山顶上，俯首眺望家乡的角角落落，看到了家乡的变化，一排排二三层楼房代替了昔日的土瓦房。也许，是我思想单调、固执的原因吧！随着脚步的前行，那些年少时的记忆像电影画面一样闪现在我的眼前。在父辈们辛劳的岁月里，每一个季节都有不同的收获。人勤春来早，农家备耕忙。他们在计划留下的小块坡地里适时种下土豆、早玉米、瓜秧、青菜，一个个忙碌的身影汗流浃背，从衣领到头顶冒着汗气，汗水顺着额头滚落，再撩起衣襟擦擦被汗水浸过的古铜色的脸庞，放下锄头，坐在干枯的蒿草上，抽一锅旱烟捎带休息，喘出了粗粗的带着浓浓旱烟味的疲惫，同时喘出了对早玉米、洋芋丰收的希望。

夏天，橘色的小麦起身了、长高了、抽穗了，一天一天，一晌一晌。夏风卷来金黄一片，随风摆动，麦浪滚滚，格外引人注意。浓香的小麦味和泥土的芬芳气息让人心醉，麦田里割麦的噌噌声，扎捆时打麦腰的鼓击声，听似细微却十分悦耳。堆满农场的和码起垛子的小麦暴晒在正午的阳光下，别是一番耀眼。大姐姐们带把剪刀剪下很多秸秆，把它们编成长长的麦辫，做成一顶顶草帽，既遮阳又隔雨，一举两得。大嫂大妈们挥动着强劲的臂膀迎来晨光、送走晚霞、接来星月。农场的角落里，小屁孩们玩着石头剪刀布的游戏，奋力地争着输赢。叔伯们挥动着木锨，扬洒在空中的麦粒形成月牙形状的麦堆，一边扬撒一边用扫把扫出麦糠，扫过的麦堆干净漂亮、浓浓飘香。岁月再怎么无痕，都时时嗅得到那难以忘怀的味儿。

转眼就到农耕时节，湿润的土地里耕牛在前边走，父辈们手扶犁耙紧跟其后。耕牛随时都能排出冒着热气的粪便，父辈们会说，耕牛尾巴翘一翘就能养

---

* 作者简介：姚水叶，笔名冬月，陕西省西安市人。1978 年毕业于太乙宫中学，以种地养殖为生，热爱祖国，热爱生活，更酷爱文学，喜欢用笔尖以变换文字方式，在字里行间表达亲身经历的所见所闻以及内心所想，用干净的文稿内容向读者呈现善良，呈现社会层面的美与丑，向读者传递正能量，传递人间该有的美德，不负笔墨，不负人生！

肥一捆小麦。

随着阵阵秋风拂面而过，淅淅沥沥地下了一场透雨，嗖嗖长过头的玉米扬起它高傲的米黄色顶花，向人们夸耀它随风飘香的带有紫红色胡须的玉米棒。父辈们珍惜土地就像珍惜自己的孩子一样，利用有限的空间和斜射的阳光，种下带蔓的豆角、黄豆、青豆，收获时节果实累累。挂满枝头的核桃、柿子、山楂、板栗让孩子们流连忘返，就连池塘里的青蛙和站在树杈上的知了也能唱出悦耳动听的旋律，增加了秋的韵味。秋天的雨、秋天的风、秋天的云、秋天的雷也多于往季，像是迎来了丰收。

顺手得来的黄豆角让妈妈用针线串成长长的串儿，还有顺手得来的玉米棒或烤或煮的香味至今仍记忆犹新。辛劳的父辈们在农历九月份就让玉米归仓，麦种下地入土。

山区的冬天要比平原、川道来得早些，因而父辈们更辛苦。"冬月施金，腊月施银，正月施肥"这古老的谚语成了父辈们的口头禅。他们迎着漫天飞舞的雪花，起早贪黑担着一担担农家肥上高坡、过土坎，家家户户大堆大堆的农家肥都被父辈们担得一点不剩，就连粘在地皮上的肥都要铲得干干净净。整整一年的庄稼活在打扫粪场中结束了。父辈们在放下担子的那一刻企盼着来年收成更好。

漫天飞舞的大雪像银河瀑布飞流直下，一片白茫茫的天地惊艳了北国世界，老人们连声惊叹"老天爷赐白面咧"。窗外飞雪达到一尺厚时才是父辈们的长假，他们在飞雪给予的长假里坐在烧热的土炕上，谈论着记忆中值得赞叹的古今趣事。孩子们则是最耐冻的，堆雪人、打雪仗、溜冰，玩得不亦乐乎；大孩子最淘气，会从小河的石缝里拿来冰凌悄悄地放在小孩子的后衣领，继而又是嬉闹一番，洁白的天地和热闹的气息像是预示着来年一派丰收的景象。

这一缕缕记忆像年少时看过的电影一样，历历在目，可这美妙的场景已一去不返，而且，这些父辈们已归于黄土，同时也带走了昔日的疲劳与艰辛，带走了知足常乐和淳朴善良的品质。然而在年轻一辈人的眼里，这些过往都是不值一提的啰唆。

现如今，一片片可耕的坡地上长满蒿草爬满藤蔓。时过境迁，人们都在向往城市的繁华，举家奔城。我的固执落后的思想一定会被跑步前进的社会淘汰，只留下这一声毫无意义的叹息。

记 忆

沿着残雪未消的弯曲的山间小道，我双手用力拽住两边的藤蔓，登上了山顶，丝丝寒风吹拂着我的短发。我顺手抱住一棵小盆粗的松树，像年幼时一样仰着头环抱着转了一圈，然后用脸贴着松树，松油味直面扑过来，多年都未曾嗅到这熟悉的松油味了，今天有幸嗅到它，感到莫名的亲切。黑沟梁，我来咧！我大声地向四周的山峦、树林喊了几声。山回声了，从很远的山间传来回声，树也沙沙作响，在近处的周围向我回声了，我在心里激动地默吟着，黑沟梁，久违了！听到四周的沙沙风声，它们似乎在问我，这些年你去哪儿了，咋不见你来看我们？恍惚中面对山里四周亲昵的问话，我羞愧得流下泪滴，告诉它们，这些年远离你们没干出多大的成绩，浪费了多少年华，溜走了多少岁月。看到满山的参天大树，看到山崖和溪水，就像看到知名画家刚刚画出的一幅水墨画，这景象让人心旷神怡。

我心里感到无尽的愧疚，我清楚地记得当初离开时，村民们刚刚栽下齐腰的树苗，在另一面坡刚刚撒下松树种子，现在它们都已成材，绿了这漫山遍野，厚重了这大山之涧。附近还能依稀见到干枯的苍术苗、柴胡苗、鸡爪苗，都在寒风中摆动着，它们迎着寒风等待春风的温暖，等待着大自然赐予它们的"一岁一枯荣"，坚强地挺立起枝干站在杂藤丛中。在这一刻我感受到大自然的伟大和磅礴，感受到自己是多么微不足道和渺小，在大自然的怀抱里像一粒沙尘，像一株小草。我下意识四下观望，只见东、南、西三方，山连山，层层交错，往北看，一望无边的川道平原上如今楼房林立、公路连线。我深吸一口山里特有的松树气息，这崎岖的羊肠小道，这里的一草一木、一石一崖、一沟一坎，满载着我年少时的快乐和失望，让我脑海里蓦然浮现出年少时的点点记忆。

那时的我像无绳的山羊，在脚下的这片山涧周围没有任何牵绊任意穿梭，我很庆幸我是山里长大的孩子，爬树、攀崖、过沟、跳坎……好像没有我去不了的地方；野菜、野果无一漏网，还有能卖钱的草药，也没能从我的眼皮底下溜走，那些回味悠长的野果有酸味、甜味，也有苦味、涩味，它们或多或少都带有草木味和草药味。有时收获不大，有时满载而归，有时空手而回。累的时候，大石上、树杈上，都能休息；渴的时候，用树叶折成碗状，舀一窝清澈的泉眼水，都能解渴。山间树林里的一切都是随时相伴我左右的好伙伴。

我很自私，也很知趣，上山不带任何伙伴，我怕谁与我共同分享仅有的野果，又怕别人摔伤，久而久之养成了独来独往的性格。成年后总感觉家乡一无是处，整年漂泊在他乡。我清楚记得老书记曾对我说："咱这好着呢，只要你有办法，就有出路。"还说："命里注定八升米，走遍天涯斗不满。"他的话我压根就没听进去，反而心离家乡更远了。

今天，站在这家乡的最高处，我油然产生了对家乡的热爱，对年少时的种种眷恋，仿佛看到自己年少时的身影若隐若现地在这崖下坎上来回穿梭，那些美好的记忆在心底久久不能消退。放眼东南西北从头阅，家乡很美，真的很美！

麦瓶花

朦胧的晨光伴着起程的脚步，踏在溜光的水泥地面上，鞋子摩擦出噌噌的响声，我忽然看见鱼肚色的地面上一束被人踩扁的淡红色的麦瓶花，心中惊喜，连忙捡起捧在手上，心想：宝贝，在这见到你，真是稀奇。真有他乡遇故知的欣喜，久违了，我思念中的你。仔细看看，却失望了，原来是看错了，是一束与麦瓶花极为相似的无名小花，可尽管这样，仍然勾起我对麦瓶花的眷恋与万千思绪！

其实，麦瓶花不算漂亮，它没有牡丹富贵，没有梅花知名，也没有月季靓丽，只是淡妆素雅、朴实无华。麦瓶花长出两三层叶时，是很可口的上等野菜，也只有麦地里才能长出独一无二的它，随着小麦的拔节、扬花，麦瓶花也开出朵朵诱人的小花，当小麦成熟时，它裸露着枯干的枝身也随之消失无形。

小时候，总盼望初夏时节，麦地里一株株拔节的麦瓶花开出朵朵小红花。我躲开大人们的视线，在麦地里来来回回寻找麦瓶花，若是能采回一大捧麦瓶花，就感觉很有成就感，那种喜悦不亚于得到老师的表扬、父母的夸奖。而且，每天都想去不同的麦田里查看一次，将采回的麦瓶花摘成一朵一朵，小心翼翼褪去绿色的外衣，趁褪去一半时将另一朵串在背面的小孔里，依次一朵连接一朵，做成长长的花吊吊，特别漂亮，枝细的只做单吊，枝粗的做双吊、多吊，挂得高高的又像风铃。我喜欢把它挂在显眼的位置，用来炫耀自己的能力。有时会因采麦瓶花做花吊吊，忘记做作业，忘记给牛添草，这时罚跪是必需的，跪在地上心里仍惦记着花吊吊挂得好不好、会不会掉下来，从来不感觉这种担心是多余的。

长大后，我也还没有忘记麦瓶花，偶尔站在田埂边看见它，心里还惦着它。记得有一次采回一大捧麦瓶花，小心翼翼地放在高处，怕碰着、怕被重物压着、怕蔫了，半天内要查看好几次，对着这一大捧麦瓶花默默地笑。妈妈说我心跳出了，飞走了，不在她身边了！妈妈竟能猜懂我。我真想把花送给远在哨所的人，用花换个军嫂当当，多荣耀，悄悄地想，偷偷地笑，笑自己有非分之想，笑自己脸皮比城墙厚。淡淡的麦瓶花，谁要？幼稚的心，幼稚的梦，多少个幻想都来自这小小素淡的麦瓶花。在众多花的世界和我的世界唯它最好、唯它芬芳。我想它、念它，只因为它是我童年的快乐，少年的追寻，青年偶尔捧起的幻想！

张丽作品 *

我赞美冬雪

雪是什么？雪是飘然而至的天使，雪是守身如玉的化身，雪是天地爱情的结晶，雪是天地万物忠贞不渝的守护神！

初冬的第一场雪，是那样的诱人，让人是那样的祈盼。也许是人们，经历了春、夏、秋三个季节的风吹、日晒、雨淋之后，所渴望的冬雪所能给予的那一场酣畅淋漓的涤荡吧！它能净化人们灵魂中的尘埃，冲刷掉空气中的有害菌群。

生活的磨砺，其实就是一种雕刻。人生是可以重新塑造的，雕刻家就是自己。让冬雪来得更猛烈些吧！

终于，这一天冬雪如期而至了。宁静的月夜里，我如饥似渴地凝望着窗外。此刻，漫天飞舞的雪花飘然而下，纷纷扬扬的，漫无边际。犹如星星下凡来人间，恰似冰帘天上挂。此刻，我迫不及待地跑到室外，亲身去感受一下白絮般飘雪的抚慰。我飞快地跑出家门，消失在白雪皑皑的雪夜里。瞬间我感觉自己就像是漫天飞雪中的一个外星人，闯入了人间，诚惶诚恐地左顾右盼，好生惊诧。我仰面凝视着夜空，尽情享受着雪花抓挠着我的脸颊，瞬间融化在我的笑靥里，那种凉凉的感觉沁人肺腑。晶莹剔透的雪花毫不吝啬给月夜赏雪的人儿披上银装，给他们的发髻戴上圣洁的桂冠。顿时一种隆重登场的仪式感扑面而来，我仿佛被升腾着的暖流缓缓托起，游弋在大地和星空之间，飘飘欲仙。雪夜里，演绎的无数个神奇万千的童话故事，令我惊叹不已：啊！雪夜美景不可辜负！

风儿刮起的时候雪花织成的冰帘像飘舞的白缎，随风摇曳婀娜多姿，云朵起伏的时候，雪花犹如万花纷谢，使人坠入梦幻般的意境。在夜色中，雪花与月光上下辉映，泛着银白色的光亮，其间还夹杂着蓝色精灵般的眼神，此时我

---

* 作者简介：爱好文学写作，主要是报告文学、纪实文学的撰写，曾有多篇文章在省级报刊及其他媒体发表。撰写的论文及成果曾获局级、部级奖项。

竟然不由自主地撒开脚步，像月夜里的玉兔，奔跑而去，边跑还不时地打着天然的滑梯，着实再现了孩提时的调皮浪漫。时光仿佛斗转星移，又回到了从前。

雪花飘落着和月光交织在一起，恰似那倒挂的卷帘，映出冰帘上的魅影，映出了人们的笑脸。雪花飘落着亲吻大地，是因为雪花有追求，是它急切滋润大地时真情的流露；雪花停止回归天际，是因为它不忘初心；更是它准备谢幕时的倾情告白：即使寒冷的日子里也总会有阳光的抚慰，有爱的地方总会有人间真情的味道。

寥廓江天里，让世人倍感婉约与豪放交织、江山与美景兼容，正是它所绘就的一幅绝美的人间画卷！

雪停了，我回到了原点，躺在床上美美地睡着了。我做了一个好梦，孩提时下雪曾经堆起的那个酷似弥勒佛的雪人，仿佛还在对着我笑：什么时候也不要忘记自己的初衷。只有雪花幻化出的故事才充满无穷的魅力！

人生的快乐已然很多，更何况人生路上还有美景相伴。

云

云离我们很远，远得只能看到，却触它不及；云轻洁白无声，能带给人们的喜悦却无尽无穷。蓝天和白云是一对孪生兄妹，有蓝天的时候，必定会有白云结伴而行。云，如影随形，我们在地上跑的时候，它在天上追逐着我们，我们驻足，它也停下；我们又跑起来，它还紧追不舍。常常使我们感到压力，有种说不出的紧迫感。老牛明知夕阳短，不用扬鞭自奋蹄！云，常常变幻于无形，随着风向随风而去，风起云涌。有时云会和着风力飞奔疾驶，有时又会悠闲地漫步前行。云，也常常变化于有形，它形状的变化多端，令人的遐思层层叠嶂。它志存高远，无拘无束自由自在地畅游，行走在天马行空的神话中。就像我们博大精深的远古文化中的象形字，常常变幻于无形，令人目不暇接。

我开始近距离观察云，是在2018年到乌兰布统大草原去观光。在海拔几千米的大草原上，那种云追着云的感觉真是令人感到窒息。我终于目睹了云卷云舒的壮观和那云聚云散的豪迈。到了夜晚，月亮羞答答地躲在云堆里，好似情人相见矜持有余。我踮起脚尖，想抓住一片云，与它握手搭讪却够它不及。我继而跳起给它来个突然袭击，就在双脚跃起，就要抓到它的那一刻，它却好像早有防备，一溜烟儿地跑去，和我捉起了迷藏，把我带入迷宫，仿佛要让我不云下称臣决不罢休。为了与云一争高下，我又使出平生吃奶的力气，跳将起来，仿佛不抓住云的衣袖决不罢休。不料，这下可惹恼了云，它仿佛变成黑脸婆婆，一个猛子俯冲下来，像要把我提将起来，卷入云层，纳入麾下。那气势简直令人窒息，让我不寒而栗！我发现，更为神奇的是：我看见有一片云彩似曾相识。仔细回想了一下，"蓦然回首，那人却在灯火阑珊处"。它与曾经在从威海返程济南时看到的那片云一模一样，就像被分开的双胞胎，一个在乌兰布统草原的蓝天上，一个在威海五彩斑斓的市区里。它们的长相是何等的相似乃尔！我替它们感慨万千。一个生长在离天三尺三的大草原，一个生长在蓝天绿地的海滨之畔。我也在想它们会偶尔见面吗？还是像牛郎织女般的鹊桥相会？我期盼它们见面的那一刻，或许给我一个惊喜，她们亭亭玉立，翩翩起舞；又或许他们如哼哈二将，守护在天庭。然而，我或许等之不及，因为我即将返程，打道回府。

有人说：云是天生的。而我却认为：云是大自然派生出来的。尽管云自由自在、无拘无束、我行我素，但它却随风而去，无踪无影。此次之行，使我感悟颇深：走过千山万水，心系的还是那道人间烟火，什么名誉、地位、金钱、物质统统都是浮云，只有活着，有质量、有尊严、有信仰地活着，才是最真实、最开心的事情。我终于释然了！云，你是我开心的好伙伴！此时我想起了徐志摩的诗《再别康桥》："悄悄的我走了，正如我悄悄的来；我挥一挥衣袖，不带走一片云彩。"

雨中赏花

每每下雨的时候，街上的行人都脚不停歇地往室内走、往家里跑，那些没有雨具的人也都忙不迭地找地方避雨。而我，却与众不同。总是顾不上打伞，就近跑到小区花园里，去观赏雨中的花。去体验雨中那种与花儿一样的感觉。每当此时，我就激动不已，这岂不是最好的遇见。

恰逢花开，雨下正当时。微风吹而花不燥，正是我喜欢的样子。起初小雨淅淅沥沥地下着，那纤细的花儿，似乎满心欢喜，任由雨滴不停地敲击着，时而向雨滴点头致意，时而昂起头任由雨滴扑面，心甘情愿地接受着雨滴的洗礼，神气十足！就像人们遇到可口的饭菜，露出一副垂涎欲滴的表情。而我却不免替花儿有了些许的担忧，看着从花儿的笑靥里流下来的水珠，我不免有些神伤。仿佛觉得那不是水珠而是花儿眼中流下的泪花。雨越下越大，可花的脖颈却依然坚挺，直至有的柔弱的花，被风雨折断，还在那儿低垂着头也不屈不挠。雨还在下着，那急促的雨点依然那么不依不饶地轮番上阵，击打着花瓣，那依稀残留在花瓣上的雨水，却让花瓣更显其晶莹剔透、妩媚动人。那滴落在花瓣上的雨珠，溅起的小花又轻轻地溅落在其他小花的身上，仔细观察一下，就像一个个小水花在那里眨着眼睛，缓冲减弱了雨滴的冲击力，岂不是对它们最好的保护。而小花却全然不知，任由自己洋洋得意。由此我想到：花儿和人类一样彼此相依相随、共生共存。雨中更能衬托出花儿的骄傲神情和绿叶的青翠欲滴，更显出其勃勃生机。此时我不禁茅塞顿开：花秀于园，雨虽淋之，却依然如痴如醉。而此时的我已像落汤鸡，头发已成绺，脸上雨滴竖流成行，流过唇角的水流，咸咸的、涩涩的，难怪花瓣上会出现这样一种状态：雨滴经过的地方，就会出现一道似曾相识的泪痕，只是无心观赏的人是体味不出那个中滋味的。爽爽的，淋漓的感觉；涩涩的，苦瓜的味道。呈现出花瓣绽放时的光彩亮丽和绿叶被雨淋后的郁郁葱葱。复杂的心境，超越的情感。雨中赏花能净化心灵，能使人忘我，能与花儿共呼吸、共享受大自然的恩赐，何乐而不为呢？雨停了，花儿竞相摇曳。我摘一片绿叶捧在手心，我轻轻地抚摸仿佛聆听到绿叶在诉说：雨滴雨滴，我要感谢你，因为你让我们清新如初，青翠欲滴；我摘一朵小花虔诚地捧在胸前，用鼻翼轻轻地呼吸，那扑鼻的花香令我陶醉，仿佛看到花瓣眼中闪烁着的晶莹的泪滴，我要感谢大自然带来的神奇，让我们尽情沐浴。我的眼睛湿润了，不知是我从心底涌出的泪珠，还是滴在额头流下的雨滴。我把绿叶抛向天空，我对绿叶说：飞吧飞吧，快去把爱传播。我把花儿捧在胸前，让沁人肺腑的花香，永驻心间！我好想与挚爱亲朋一起雨中赏花，看那雨中花儿的坚毅神情；我好想与初恋的情人一起共赏雨中花儿的妩媚优雅，也愿意与之相厮相守；捕捉那花开时的瞬间和花谢后的嫣然。与之一起，享受那深深情浅浅爱！

张立作品*

春风如我，哪儿是凡尘

好像岁月从未因为什么停滞，一天一天地春去秋来，一遍一遍地也不知厌烦！其实上了年纪，不怎么在意四季变化了。日子用什么颜色都代表不了，自然得顺着来，不是吗？

上班的路上，两边的绿化带里种了桃树和迎春花。春天，一路盛开了粉的桃花、嫩黄的迎春花。某日下夜班，空气微凉，却不甚冷，又没有白日里的喧嚣嘈杂，我停下车子，去一株桃树下站了站。

仰头，看那一树花儿，浓密满枝儿。说不上美，透过没有叶子的花的缝隙，那上方的天空，是深水一样的黑，这种给人深厚感觉的颜色，把这一树桃花，映衬得极素净，素净得像脱离了风尘的样子，心一下子就有了"美丽如此，怎是了得！"的感觉。

真想在某个春天里，在这样的夜空里，有一棵盛开着花儿的桃树下，安置一张竹榻，我就仰面躺在那儿，望着那素净的花，也望着花上面的夜空。也许一阵风，微微地一吹，花瓣就飘落了，或者来一点儿雨丝，如牛毛，都落在身上、面上、发上！哎呀，那时我可不可以裸露着肌肤，不穿戴这杂陈了世间烟火的布缕？那皮肤不白皙如雪，也不黝黑似墨，就是自然生长的颜色！抑或，我就扑地化为一只长着翅膀的飞虫儿，委身在花朵里，弃了那榻，飞上枝头；委身在花朵里，任意地打滚儿，随便沾着花粉和花的蜜液，翅膀飞不起，就赖在花朵的蕊间，听着花与花之间的私语……也罢了，那也是美事儿啊！

想着想着，路还是要走，家还是要回，心里念了年少时，父母家的小院。院里有棵杏树，在微雨的春天，花意单薄。树下几棵葱绿得也单薄，韭菜的芽尖有点儿红。我就坐在窗台上，依着窗棂，望着雨，听东屋里，父母算计春种和秋收……

---

* 作者简介：张立，女，五十岁，满族，喜欢写写画画。很普通的人，做过店主，路边摊，参加过文学学会，诗词学会。也发过几篇小文字。

那时候，也曾想，轻轻地坐在花枝儿上，披着漆黑的长发，不管春天来、秋天去。

过去即开始

遇见同营子的乡亲，说话间知道，她丈夫铡草时不小心铡断了手，公公又因摔倒瘫痪，而她本身也是残疾的！我揽了揽她的肩，拍了拍她的背，能说什么呢？大抵是幸福的感觉多相同，而各自的不幸千姿百态吧！

回到家坐下来细想，日子总是要继续，有些痛说不清楚，而生活的个体在生命没有终止时，每个生命体还是要努力生活！

我是个神经大条的人，没心没肺的。这多源于父母自小教育纯善又不授心机。父母待人和善，又孝顺，我学在眼里，知道既是亲人，自然厚待，大失小过也不要过多计较。只是时代的进步，积淀了好多不能消解的东西，扯心拽肝，久了都麻木了，不明不白地也生出嗔怪，不想自生。岁月不饶人了，一张白纸被画得面目全非，众生百态尽在其中，人间冷暖五味杂陈！有些事好说，却听不得，所以不说也罢！

今年好像落泪的次数多了。自母亲去世那三年里，忌日还可去她墓前哭，无所顾忌地哀号，既因思念，又因对生死不可控的无奈。而三年一过，习俗不允我再去。也许没有了这释放？

生活里还是有伤痛的，我的孩子从十七岁开始生病，百般治疗，却在多年后发展成尿毒症，要靠透析来维持生命！我有时睡不着，即使困得睁不开眼睛，却又突然清醒，看着没有窗帘的窗，寻找月亮，圆的、半圆的、弯如刀钩的，然后想着，得睡，不睡觉就不能让神经休息，身体状态就不能好到哪去，怎么工作？而每天睁开双眼，这生活就像在一次次打开一个不能愈合的伤口，还一次次发炎，然后用酒精、用碘伏、用盐水消毒，再用纱布盖好。疼吗？疼啊！也累，累的时候，都找不出个词来说明究竟是怎么样的累。即使累的表述词很多！

还好，我的信念还能让内心化解。我还能面对生活、走进生活。在别人眼里，我永远一副"打鸡血"的样子，不过别人不知道的是，工作对他们是闲也闲着，出来活动活动挣零花儿，而这工作于我，是为了生存，为了活下去必须做的，所以我拼尽努力、拼尽所能！每天微笑着，声音洪亮，走路飞快。谁又知道，我心上压着那个魔鬼，它伤害着我的儿子，我拼命想击溃它，却只能愤懑和无助？谁知道，我的灵魂触到灾难、欲救而不能的无奈和愧疚？谁知道，明知结果，却不得不割舍的不甘？我只有努力，用努力鼓励自己、鞭策自己。流泪不可怕，可怕的是，你哭了，哭着哭着累了，坐下就不想起来。

继续，太阳总是暖的，风冷就多穿件衣服。觉得别人说得开心，你听见也可以笑笑；听别人说得不开心，就送一个安慰的眼神儿。世界这么大，空间却这么小，也没太多的事，如果心小了，可以抻一抻、拉一拉，可能正好装下一个女人的满腹牢骚！

还是感恩吧，国家在家里发生变故时，给予了尽可能的帮助。在工作中，艰难的时候，安慰、鼓励、帮助都有，公司还有保险，我退休以后，还是能有退休金让孩子吃上饭。今年公司工会知道我孩子年里又做过两次小手术，上报到总工会，总工会核实查证后，给予了最大的帮助！而让我倍感暖心的，是工作人员在对话时，那种娘家人的态度，泪目啊！

2021年过去了，生活中，太阳在，月亮在，风在，云在，雨雪雷电都在；2022年，还要微笑，还要坚定，还要快步前行！

柴士祥作品[*]

柴士祥作品[*]

碱蓬草

在辽宁省仅有的这块湿地上，在辽河入海口的滩涂上，生长着一种抗风沙、耐严寒、爱干旱、喜贫瘠的草，它就是碱蓬草。到了秋天，整个海滩景色变成红色，人们称它为"红海滩"。

初春的二月，南方的枝头上，早已缀满花蕾，含苞欲放，争芳斗艳。然而，北方却还是寒冬季节。狂风席卷着泥沙，夹杂着雪花，掠过高山、平原，来到湿地。这里，所有的河流，早已冻结成冰块，就连那河里的泥鳅、鱼儿、螃蟹也钻入河底的泥里，酣然大睡。平时，湿地上最能张扬的芦苇，此刻也被狂风折断几节。然而，最有生命力、最能抗严寒风暴的碱蓬草，却在冻土里悄悄地生根、发芽，等待着雨的降临。

清明时节，一声春雷把山川河流，大地万物唤醒。碱蓬草挺直身子，钻出土地，沐浴着大自然的阳光雨露。当小草刚伸出嫩芽，碱蓬草早已含苞待放。花期过后，等待它的是生息繁衍，播下永不磨灭的种子。

啊，碱蓬草，我爱你！

你是滩涂上的一道亮丽风景，

你是湿地上的一道天然屏障，

你的生命永远和大自然融为一体，

为美丽的盘锦、鹤的故乡，添上浓墨重彩的一笔。

---

* 作者简介：柴士祥，男，65岁，大学专科文化，大连市人。代表作品：《情系北大荒》《北疆兵歌》等，原任《双鸭山日报》记者，宝山煤矿党委宣传部新闻报道干事，现任《作家天地》杂志社特约记者。

金石滩

来到大连金石滩，风景秀丽海水蓝。

金石滩，顾名思义，每块礁石中间，都有一层白沙，故称金子，得名"金石滩"。

这里有绵延二十多里的漫长海岸线，

是国家 5A 级旅游景点。

著名的"发现王国""海洋地质公园"，坐落在这里。

柔软的沙滩，翻滚的海浪，帐篷林立，人山人海。

海面上，水上自行车、水上摩托艇、汽艇、帆船……

波涛汹涌的大海，卷起层层巨浪，

扑打在岸边的礁石上，溅起一朵朵雪白的浪花。

沙滩上，道路旁，各种海鲜烧烤，炊烟袅袅，

滋滋冒油的香气，扑鼻而来，让人欲罢不能，垂涎三尺。

金石滩广场，

一年一度的大连之夏音乐会在这里举办。

大连模特艺术学校的模特们，俗称"金石滩美女"。

三点式的着装，整齐的步伐，

靓丽的身躯，苗条的身段，

格外引人注目，让人眼花缭乱。

风景区里，结婚拍照现场，

一对对情侣，手挽手、肩并肩，西装革履，身穿白纱，仿佛走进婚姻的殿堂。

一望无际的海岸线上，金石滩快轨车站，错落有致的海景楼，

洋房、码头、度假村、疗养院、金石滩海鲜大酒店，还有大连枫叶国际学校、大连模特艺术学校、大连外国语学院……

像一颗颗璀璨的明珠，镶嵌在渤海之滨、金石滩的海岸上。

啊，美丽的金石滩。

黄金海岸，海水蓝蓝。

你给多少人留下美好的记忆，
你让多少人彻夜未眠，
你让多少情侣在这里结婚、度假，
你让多少人、多少个生命，在这里度过，流连忘返。
别了，水上人间，
美丽浪漫的金石滩！

北大荒的春天

北大荒的鹅毛大雪，下了整整一个冬天。转眼之间，春天来了。在和煦的春风吹拂下，在温暖的阳光照耀下，皑皑的白雪，渐渐开始融化，露出了黝黑黝黑的土地。

远处的群山和森林，在云雾缭绕下，慢慢换上了绿装。

广袤的田野上，拖拉机卷起阵阵尘烟，播撒着丰收的种子。

荒甸子上，塔头墩子里的野草，脱下繁重的冬装，喝着雪儿融化的水，挺直身子，一个劲儿地往上钻。

被封冻了整个冬天的大江大河，在一阵阵"咔嚓、咔嚓"的响声中，冰面炸裂开一道道缝隙。随着"轰隆、轰隆"一声声巨响，冰面开始坍塌了。汹涌的水涌上冰面，浩浩荡荡，排山倒海，势不可挡。翻滚浑浊的江水河水，浮着一块块冰块，摇头摆尾，噼里啪啦，向下游去。

鱼儿托着僵硬的身体，在一块块冰凌的空隙里，艰难地向前游动着……

河边的报春柳，枝头上早已缀满花蕾，含苞欲放。当嫩芽刚刚冒出，很快便结成绿色的叶子。在微风轻轻吹拂下，开出一串串毛茸茸的黄花，散发出一阵阵沁人心脾的清香。

一夜之间，山变了，水变了，森林和大地都变了，北大荒变成了绿色的海洋。

路边上，堤坝旁，一颗颗刚出土的蒲公英，开着一朵朵黄花，叶子上还挂着晶莹剔透的露珠。黑土地上，到处都长满了绿油油的小草，远远望去，像一片片松软的绿色地毯。

农家园子里，羊角葱的叶子，长出半尺多高；春菠菜、韭菜也都相继冒了芽。杏树、桃树、沙果树，枝头上开满了花朵。树底下，大酱缸盖上，落满了掉下来的花瓣。茅草房顶上，炊烟袅袅。开门放出的热气里，闻到一股股苞米碴子煮饭豆、酱焖蛤蟆老头鱼、羊角葱蘸大酱的香辣味。

小猫小狗在自家门前的草地上，来回打几个滚，孩子们在草地上踢几脚皮球，捉几回迷藏……

大山深处的河沟里，草甸子上的水泡子里，抱团冬眠的青蛙，这时也该苏醒了。它们伸伸懒腰，打个哈欠，蹦出水面，去草地里、河沿旁，寻找昆虫吃。老头鱼、鲫鱼、柳根了鱼、泥鳅、蝲蛄也钻入水底，寻找自己爱吃的小虫、蚯蚓和各种微生物。

绿色的山林里，各种各样的山野菜，铺满山涧林地。

高大粗壮的椴树，还有山梨树、山核桃树、野海棠树，盛开着花。花香四溢，引来一群蜜蜂，它们一边采集花粉，一边还发出"嗡嗡"声。

山坡上，开满了映山红。

山芍药花，带刺的野玫瑰花、牵牛花、山月季花、紫丁香花……

各种各样的花朵，姹紫嫣红，争芳斗艳。

北大荒的山、水、森林、大地到处都呈现出一派春意盎然的景色。

星海广场

来到大连星海广场，
这里是亚洲最大的城市广场，
占地面积 176 万平方米。
世界商品博览会、亚洲博鳌论坛，在这里举行。
一年一度的大连国际啤酒节，
在这里举办。
广场的草坪上，
绿草茵茵，花儿绽放。
冲天的喷泉，溢出八米多高的水柱，闪烁在金光灿烂的阳光里。
夜晚，五颜六色的彩灯、霓虹灯，时隐时现，色彩斑斓，格外明亮。
把整个广场装点得如同仙境，分外妖娆。

广场四周，

高耸入云的摩天大厦，

错落有致的海景大楼，

吃、住、玩为一体的，

国际一流金融大酒店。

还有贝壳博物馆、国家宝藏馆、山城堡迷宫大酒店、海上俱乐部、海上游
乐园、海上餐厅、跨海大桥，

把整个广场围在中间，

像一幅幅壮丽的画卷，

展现出大连这座东北亚沿海之城迅猛发展的，

今天和明天！

孙蜀秋作品*

江庆儿

瓜季要来临了，我又想起了江庆儿。

江庆儿，是我在农村见过的最勤劳最能干的地道农民。他与我非亲非故，却因为瓜，给了我正能量的人生。

那年头，农村生活非常困难。通过劳动挣工分，一个工分几角钱，靠工分领口粮。

江庆儿年龄不大，要养活一家六口，头发都累白了。那炯炯有神的眼睛，白亮的牙齿，饱经风霜的古铜色皮肤，跟别人不一样。

他太能干了！每天，别人还在梦乡，他早已下地了。大男人干的重活，他也能干。别人干不好的，他能干，比如搞园田，那真是果实累累，喜煞路人。别人不敢碰的挣钱行当，他敢碰，比如养蜜蜂酿蜜。大雪纷飞，不能外出劳作时，他又在自家磨豆腐卖……

我们全家下放到这里时，我扎个小辫儿，只有 12 岁。说实话，我有些怕他，我是"牛鬼蛇神"的孩子，不敢招惹人。

有一天，我弯腰在烈日下插了一整天的秧苗，早已饥肠辘辘。天黑后，我在回家的路上，经过了园田。脚下就是瓜田呢，一个个金黄色的大香瓜，诱人地躺在脚边的黑地上。

我觉得更饿了，心慌气短。看了看四周，没有人。我不由得蹲下，抓起一个瓜，一口咬了下去。

"站住！"一声震雷般的吼声响起，吓得我立即扔掉了瓜。

那是江庆儿。只见他大步流星地奔过来，眼睛睁得滚圆，一把抓住我的细胳膊，拖到看瓜棚。

我都吓傻了，不敢看他。

江庆儿喘着粗气，不说话。

越不说话，我越害怕。我不知他会怎么对我，不由得发抖。

江庆儿大声开口道："你胆子不小啊！偷瓜？什么行为？"

"不劳而获，犯法……"，我小声地回答着。

"知道还干？什么个东西？小时小偷，大了大偷，那还得了？"

我突然就流泪了："对不起，我饿一天了。我不想当小偷。是我的手自己去的……我改！"

江庆儿没说话。他盯着我惨白的小脸，盯着我沾满泥巴的脚，盯着我瘦骨嶙峋尚未发育的小身子……半晌，扔过来一张小板凳："坐吧。"

我听话地坐下来，看着他。

他的怒气似乎小了些，问道："为什么不吃饭？这么黑不回家？"

"我没饭吃。爸爸病重，妈妈白天夜里都回不来，要看稻场。我要挣工分，比别人慢，干不完活就拿不到工分……"

江庆儿打断我的话："农活哪是小孩干的？你们该上学去，否则就废了！"

江庆儿不知道，我根本没学上，"牛鬼蛇神"的小孩，学校不录取、不收。

"也难为你了，城里来的，细皮嫩肉，秧苗子啊……"江庆儿似问非问，有点怜悯我了。

"没事，我不怕苦。别人吃好的我吃差的，别人坐着我站着，正好磨炼自己。'天将降大任于斯人也，必先苦其心志，劳其筋骨，饿其体肤……'我能行！"我答道。

江庆儿听罢，惊奇地看着我，半晌，又拉着我胳膊往外走。他把我拉到瓜田，说："你吃吧，挑大的、熟的！"

我惊讶了，完全没想到！

我又流泪了，久违的温暖啊，让我哽咽！我没动，反倒吃不下了。

江庆儿见状，自己摘了个熟透的金色瓜递给我。我的泪，和着瓜，一口一口咽下去了。

江庆儿又说话了，像慈父，"天黑了，姑娘家要早回家。干活悠着点，不要累伤了。什么事都要巧干，插秧不管拿到苗没有，就一把插下去，越快越好，手熟了，就快了。挑稻捆时可以把根部那头拖地上，稻穗颗粒不少，却要轻很多……"。

我感激地看着他。他又说："以后想吃瓜，就来找我。别让人看到哈……"他"狡诈"地眨了眨眼睛，炯炯有神的目光，在黑夜里闪亮闪亮的。

从那以后，我就发誓：永远不偷、不抢、不干违法的事情，哪怕饿死冻死！

从那以后，我就开始自学文化。连老农民都知道学习的重要性，我得自学成材。

从那以后，江庆儿暗地里经常给我些瓜果蔬菜。他对我说"拿着，我有……人勤快一点，什么都会有！"

看着他布满血丝的眼睛，劳累过度的模样，我不忍心。我对江庆儿说："我也有两只手，您教我种菜种瓜吧？"

从那以后，我也像江庆儿一样，凭自己的能力，丰衣足食。

后来落实政策，我们返城了。但我记住了江庆儿，经常打探他的消息。

回到大城市，我如鱼得水，成就着自己的人生。我牢记着"勤劳一点，什么都会有"的原则，不断拼搏，一举成为南京某大公司第一位女总裁。

过了几年，那边传来江庆儿走了的消息——再也看不到江庆儿了！听别人说：他的儿女，已重建了房屋，大别墅噢！还开办了家工厂，产品畅销国内外。

我想着江庆儿。忽然觉得他没有死！他的勤劳拼搏精神，在他儿女身上，乃至于我身上，传承了下来。江庆儿的精神长存！

谜一样的老寡妇

那年下乡，我来到了老家郭村。我家前面，住着一个小脚老寡妇，大家叫她魏二奶奶。

她好像有七十岁了，但依然皮肤细腻，发髻乌黑，樱桃小嘴薄而鲜红，一双大眼睛明亮精神，浑身干净利索。但她背驼了，整个背像个驼峰，小山似的高高隆起，使她的腰弯至膝盖，无法直立，只能半直立。残酷的半直立的形体中昂着一张慈祥红润的脸，十分特别。她喜欢倚门而立，金色的阳光洒在她身上，像幅神圣的油画。

她一个人，独居，不务农，不多言多语，深居简出……

她的过去呢？男人呢？儿女呢？真是个谜一样的女人！

说她是个谜，还真是个谜。她有个绝活，是民间医治"搭背"的高手。

何谓"搭背"，就是成年男人的背脊上，溃烂了，久治不愈的大溃疡不断扩大，令人剧痛无比，生不如死。

病人去医院，总是治不好，但贴上她那黑乎乎的药膏后，隔几天换一贴，就痊愈啦！

有一天，我亲眼看见：一个大男人被两个人用担架抬了进来。担架上的男人，侧身蜷成一团，"哎哟哎哟"直叫唤，好像痛苦到了极点，他已不能承受。

魏二奶奶踮着小脚，颤巍巍地走上前，轻轻掀开他的衣服。

呀！男人的整个背部红肿得厉害，中间的溃疡处已有巴掌大。溃烂处血淋淋的，大面积的黄脓不断渗出，与坏血粘成了一片……哎呀，让人触目惊心，看得人心都颤抖了……

魏二奶奶打开了一瓶红色的药水，轻柔地帮他清洗。每碰一下，男人就疼得大叫。他每叫一声，我就被吓得后退一步，感觉自己也在痛，一头汗都出来了。

最后，魏二奶奶拿出一贴涂满厚实中药的黑色大膏药，对准溃烂处贴了上去。几分钟后，魏二奶奶笑眯眯地说："你起来，好些了吗？"

"起来？"男人睁圆了眼睛。不只是他，连我也疑惑啊——他哪能动呀？

魏二奶奶再次笑眯眯地说："试试？"男人动了动，紧接着再动动，然后真的就坐起来了……

男人的背痛被止住了，心存感激地被人抬走了。

过了些日子，我又看见这个人来了。这次他是自己走来的，脸上闪着喜悦的光芒。魏二奶奶又帮他换了一贴黑膏药，吩咐他七天后再过来换。

七天以后，男人如约而至，再掀开他的衣服，就看到他的背部已全部消肿，巴掌大的溃疡已经结痂，粉色的嫩肉正在勃勃生长。男人重新焕发了生命的光彩，对着魏二奶奶千恩万谢，感激她的救命之恩。

魏二奶奶的药膏到底是啥？材料哪来的？怎么制作的？……我一概不知。

环顾她的房间，也就是床、桌子、箱子，没啥特别。只是她的房间跟她的人一样，干净利索，散发着中药的清香。

魏二奶奶呀，医院都不易治的病，您怎么就能药到病除、妙手回春呢？

我敬重魏二奶奶。在事实面前，许多人都佩服得五体投地。

魏二奶奶在 78 岁时生了病，没能抢救过来，流着泪，不甘心地离开了人世。

魏二奶奶死后，她的绝活没有被传承下来。多少病人辗转找到这里后，都失望而归。每每看到前来求药的病人，我就开始思念魏二奶奶。

魏二奶奶，您安息吧！

高爱华作品*

梦圆围场

随着列车徐徐开出站台，记忆的小闸门再一次轻轻打开，思绪早已飞向那阔别30多年的围场，虽记忆早已支离破碎，但梦里常常重现充满美好快乐幸福的、远在千里之外的围场，那是我儿时的快乐家园。

围场县城的实验小学是我梦开始的地方。课间一群小女孩跳绳、踢毽子，嬉戏玩耍；课堂上同学们一起唱少先队队歌、大声朗读课文，老师念我的作文……后来因为期末语文考试未过92分，我没有拿到奖状。

风大，寒冷，是围场冬天最大的特点。风呜呜地叫，刮得窗户纸哗哗直响。把人冻得手脚跟猫咬似的疼，每张脸都是紫茄子色。一觉醒来，积雪把前进村房东家的前门堵得结结实实。我兴奋地在院子里来回攀爬，雪太深，跑不动。用手摸摸门鼻儿，凉凉的、滑滑的，看看四周没人，好奇地用舌头慢慢舔上去，结果当然是很惨！舌头疼得好几天不能正常吃饭喝水，还不敢告诉爹娘，但下次依旧"历史"重演。房东家的闺女，娘让我叫她姑姑，她不爱说话，但很爱笑，很漂亮。漂亮姑姑爱上了部队上的一位叔叔，那个时候部队是绝对不允许战士谈恋爱的，部队让这位战士提前退伍，漂亮姑姑也跟了去。因为想闺女，房东奶奶常常哭，房东爷爷也常常骂。

每星期六晚上部队都要放电影，放映前各连队都要拉歌，这边喊"一连来一个，一连来一个"，那边喊"二连来一个，二连来一个"，互不相让。"日出西山红霞飞，战士打靶把营归，把营归……"歌声虽不优美，但也粗犷嘹亮、激荡人心。训练场上，一位班长声嘶力竭地喊着口号，正在训练一排新兵。在他的指挥下，新兵们机械地踢正步、向左转、向右转、向后转，当有两个人转成对脸儿时，我们几个熊孩子就拍手叫好，笑成一片，其实我们等的就是这一刻，觉得很有意思。

---

* 作者简介：高爱华，女，五十二岁，河北省邯郸市曲周县人，初中文化，已经退休。座右铭：做一株角落里安静的小草。

团部的后山上，爹常常拉着我的手散步，耐心地跟我说话，给我讲故事，讲做人的道理。如今我只记住了一句话："华，记着，女孩子只要不见钱眼开，一辈子你就会一帆风顺。"我懵懂地问爹，"一帆风顺"是啥意思。

我们村是爹的营部驻扎地。有一群跟我一样风儿一般的小伙伴儿，都是军营的孩子。营房周围是我们的乐园，营房南边不远处有条清澈透明的小溪，渴了捧口水就喝，脏了撩起水就洗，那时没有污染，没有污水排放。河里的小石头和沙子是我们的玩具，可以摆放成自己喜欢的样子。记得有次学校为了迎接检查，老师让不注意个人卫生的同学用沙子搓洗黑脖子，结果好几个同学的脖子红了好几天。大院里放着几门用帆布蒙着的大炮，我和小伙伴儿们趁警卫员叔叔不注意，钻到帆布下面捉迷藏；跑到马棚里，把用来喂马的黑豆装满衣兜，回家炒着吃，扔一粒在嘴里，一嚼满口香；趁父亲去团部开会，又缠着饲养员叔叔教我们骑马。营房后面的山洞是营部的天然食品储藏库，我们几个孩子时常偷偷从门栅栏中间钻进去，把自己爱吃的菜拿回家，然后在大人们的责骂声中垂头丧气地再送回去。放学后不回家，挖个坑把书埋了，满山疯跑、采榛子，书包满了，兜儿满了，抱着书回家，在娘的埋怨声中，用石头砸榛子吃，娘说了啥根本没听见。为了达到不带二妹出去玩儿的目的，发挥我小眼睛特有的犀利把她吓退，用口型告诉她，敢追我，就揍你！

又一次期末考试，我的语文数学都是90多分。爹说："华聪明，长大能上大学。"然而，残酷的现实，把我的梦想和爹的期盼击得粉碎，因为爹的过早离开，只上了初中的我不得不辍学在家。

爱人轻轻拭去我脸上的泪水，把我从回忆中拉了回来，他笑着说："还没到地方，你就哭成这样，如果故地已经面目全非，你该怎么办？"我的心狠狠地揪了一下，既期待又茫然。

一天后，站在魂牵梦萦的地方，村庄风景依旧，斯人不再，远处小学传来朗朗的读书声。而我早已泪流满面，泣不成声。

你的来生是我的

亲爱的，你给我听好了，为了报答多年以来你的"关心、爱护加之深情厚谊"，经过慎重的考虑，我决定：

来生，我们也一定要是一家人，但是：

第一，不许当我的父亲，因为我太懒，不想为你寸草春晖、彩衣娱亲、亲尝汤药，更不想为你先我而去，痛不欲生。

第二，不许当我的丈夫，因为我怕相思苦，不愿为你魂牵梦绕、肝肠寸断、刻骨铭心，更不愿在漫长的等待中，望穿秋水。

第三，不许当我的儿子，因为我愚钝，不能为你殚精竭虑、牵肠挂肚、左右为难，更不能在数次的惊与喜后，心力交瘁。

只要你，做我的哥哥，做我的同胞手足，那样的话，上述所有情况无需考虑，更不必因为担心自己哪里做得不好而小心翼翼、惴惴不安。

小时候，我会变着法儿地欺负你，让你头疼，让你无语，让你郁闷，然后在每次父母对你的斥责声中装作很无辜，小可怜儿似的偷眼看你受委屈、挨训挨打的熊样子，在你敢怒不敢言的仇视目光中，洋洋自得、窃窃偷笑，然后再做着鬼脸儿悠然而去。

等我长大了、嫁人了，依然会时常在你面前撒娇、耍赖，无奈的你，还得一如既往地宠着我、惯着我、让着我、护着我、爱着我，而我，会心安理得地享受着你对我付出的一切，不用有任何心理压力与负担，因为你是老天安排给我的亲哥哥。

看到此处，你一定想说，"我不同意"，但是没办法，因为今生我已经"恨"透了你，所以来世别无选择，必须也一定要狠狠地报复你，也好为自己出了心头此生积聚的恶气！想想就美！

我对死亡的解读

这段时间听好几个姐们儿说到这样一个话题：死。死亡，确实是很沉重很令人恐惧的话题，即便活到八十，年限也所剩无几，说者听者都是感慨万千。

生，由不得自己，死，有的时候我们也没得选择，能体会的就是这之间的过程，喜怒哀乐、爱恨情仇，无一不是涵盖其中，即便这样，有的过程也不是我们所能左右的。

常听人口口声声抱怨生活艰难，活着不易，可是一旦人生走到了尽头，哪一个人又能做到从容优雅、淡定自若？有几个人能在自己做得了主的时候选择如何结束自己的生命？多数人会是恐惧甚至想要逃避，可是害怕管用吗？

长城犹在，不见秦皇；前不见古人，后不见来者；人活百岁，终有一死……诸如此类名人大家的豪言壮语，劝说濒临绝望的人要想得开，可是，旁观者能体会当事人的心情吗？不能！千说万说，撒手人寰是解脱，可是求生的本能告诉人们：活下去，再苦再难也要活下去！

明朝唐伯虎曾经写过这样一首诗：

生在阳间有散场，

死归地府也何妨。

阳间地府俱相似，

只当漂流在异乡。

我既劝不了别人，又左右不了自己，有生之年要好好活着！

结束后

今天你问我，等一切结束，能出去了，你最想干什么？我没吭声，不是没想法，只是对于你来说，这些事都太普通、太俗气。

我想去菜市场看看，听卖家的吆喝，看买家如何讨价还价，分享他们成交后的喜悦，这就是我眼中的生活。

我想去广场看看，看孩童们嬉戏玩耍，看大人们神采飞扬，看老人们闲庭信步，这就是我眼中的生活。

我想去公园看看，踩踩红色的跑道，走走曲折的回廊桥，爬爬不算高的假山，这就是我眼中的生活。

我想去河边看看，感受风的抚摸，凝视水的潺潺，叹服树的沧桑，这就是我眼中的生活。

我想去田野上看看，欣赏油菜花的妩媚，摸摸麦苗返青后的苗壮，尝尝蒲公英嫩叶的清香，这就是我眼中的生活。

我想去夜晚的大街看看，看亦梦亦幻的霓虹闪烁，看川流不息的车流涌动，看优哉乐哉的俊男靓女，这就是我眼中的生活。

我想去我内心向往的地方看看，别无其他，只是看看，仅此而已。

这就是我眼中的生活，也是我想要的生活！

妹 妹

妹妹，这个时候你应该已经站在望乡台了吧，过鬼门关、走黄泉路、看彼岸花、蹚忘川河，都会很顺利吧，依你的品行，黑白无常不会为难你的。至于奈何桥，传说有三层，只有至善至真的人，才有资格在上层过，他们肯定会让你走上层的。

如果此时在望乡台，就好好再看一下这个让你五味杂陈的地方，看看你的孩子们，顺便也看一眼正在为你伤心流泪的姐姐，因为当你转身饮下孟婆用你在凡间流的泪水加上喜怒哀乐和爱恨情仇熬制的汤后，就会把一切都忘了，一丝记忆也不会存在。再入六道后，即便你我两两相对，也是形同路人。

妹妹，三生石上刻着每个人的前世今生，不知道你我前世有没有情债，是不是我欠你太多，也不知道今生是不是把欠你的都还了，如果有来世不要做姐妹了，当你的姐姐，太累了！

弥留之际，我问你，我是谁？你微弱地说，姐姐。没想到，这句"姐姐"竟是你在这个世间最后一句话。傻妹妹，你知道吗？姐姐从小不喜欢你，因为你漂亮、懂事，爹去哪儿也愿意带着你，因为你文静、善良，娘处处惦记你，娘临终要我答应照顾你。

可我不敢违背诺言，从小爹给我的教育就是言必行、行必果，所以再不情愿，我也不敢，一点儿也不敢。慢慢地，照顾与惦记成了习惯，真的，姐姐没骗你，真的习惯了，发自内心地习惯了。

人都说，凤凰涅槃，浴火重生。一缕青烟过后，你历劫成功，与尘世再无瓜葛，而我，再想起你，只有泪水！

你我姐妹缘尽于此！

姐姐爱你！

余炳光作品*

故 乡

这些年来在外面谋生，在家居住的时候较少。但对故乡的眷恋与向往却有增无减。是那青山绿水吸引了我？不，是那养育我的红土地，给我营养、给我力量！是那新鲜宜人的空气留住了我？不，是那弯弯的石板路，走在上面心里踏实，有家的感觉。

每次回到那最美的故乡，都要喝一口甘甜的山泉水，那清凉渗入心扉，脑海里会出现家乡生活的点点滴滴。

小时候可笑捣蛋之事犹如发生在昨天，夏日里光着屁股给自己身上抹上一身泥，跳到河里又爬上岸，抹上泥再跳下去，反反复复；诅咒架子上的南瓜掉落，过几天看到不掉落就用石块击落。现在想想皆是笑掉大牙之事，小时候小伙伴们就是那样做的。

杜鹃花开了，我们满山欢笑奔跑；秋天野果熟了，那是我们快乐的时光。那时候没有现代科技带来的玩具和享受，也没有电视和网络。但使我们更亲近自然，认知世界。

记忆中永恒的小木桥，是纳凉的好去处。

为了防止木板在涨水时被冲走，都用铁链连接起来，我们坐在铁链上，荡着秋千，脚拍打着凉爽的河水，惬意极了。还可以躺在木桥上面，仰望着皎洁的月亮，数着天上的星星，让好奇的野马自由地飞翔。那浩瀚的宇宙，真的天外有天吗？有时好像嫦娥在向我招手，有时又仿佛看到七仙女在翩翩起舞。

离家不远处凸起的石块还躺卧在河中，在上面纳凉垂钓，见证了我的少年时代，三溪口那棵千年的要几人围抱的银杏树，依然焕发着活力。

在树洞中躲雨捉迷藏，就好像发生在昨天，见证了我童年的天真和无忧无虑。

---

* 作者简介：余炳光，江西婺源人，劳作之余喜欢写点诗歌、散文，出生于 20 世纪 60 年代，在物质贫乏、生活艰苦的年月里，是跳动的文字陪伴着我、支撑着我一路走来。

春夏之际，满坡的茶树抽着嫩嫩的新芽，挂着晶莹的露珠，迎着朝阳吐着芳香。那田野间绿油油的禾苗，承载着丰收的希望。秋天到了，一片片金黄色的稻谷，在风中一浪推一浪。到了初冬，满坡的红枫叶，遥遥望去，像极了天边的晚霞。

曾经洒下汗水的土地，留下我奋斗的足迹，我对你的思念、对你的爱已经根植于我的心中，流淌在我的血液里。不管我走到哪里、身在何处，我会永远把你祝福，永远把你呼唤！燕山、燕山……（注：燕山是婺源县沱川乡河西村的别称。）

家乡随着时代的变迁而变化着，新房子代替了老房子，南北贯通的高速公路也即将开通，更方便人们走出大山。那清清的溪水依旧不停歇地向远方流去，那弯弯的熟悉小路还在，那淳朴的民风、那崇尚耕读的千年家风依旧在流传，那就是我的故乡，我守望的地方！

2020 年 7 月于杭州

祖　母

我的祖母离开我们已三十年了。这三十年来，她的音容笑貌在我的脑海中依旧清晰，似乎她从未离去。她的善良、她的朴素、她的节俭等优秀品质深深扎根在我的心中。

祖母的一生是勤劳的一生，是节俭持家的一生，是善良的一生。

小时候由于兄弟姊妹多，母亲无暇顾及，所以祖母一直照看着我，我在祖母的呵护下长大。

在我的记忆中，20 世纪 70 年代，祖母已六十多岁。虽不到生产队里去挣工分了，但一直操劳着种菜、养猪、烧饭等日常家务。

当时我家也是大家庭，吃菜自然也是一件大事。以前吃的菜都是自己种。我记得祖母一有空闲就去菜地里锄草、松土。祖母先在菜地里松好土，然后掏上粪，叫上我一起去浇菜。祖母说我小没力气，要把木桶的重心往她那边挪一些，但我常跟祖母说我可以抬得动，少年时期在祖母的影响下参与劳动，现在我也喜欢到菜地里去劳作，去追忆少年时跟祖母一起劳动的美好时光。

下雨天，外面的活儿干不了，祖母就戴上镶铜边的老花眼镜，把平时洗好了需要缝补的衣服拿出来，找点相似的布料，其实这布料也是其他旧衣服上拆下来的，不像现在有块面料也是新的。然后认真仔细地一针一线缝补起来。那个年代大家都穿着带补丁的衣裳，我祖母身上的藏青色衣服由于洗的次数多都变成了灰白色。虽然她身上衣服带有补丁，但看上去觉得十分干净得体。

在农村，邻里都比较友好，关系较为融洽。记得小时候东家今天有点新鲜的东西会递上一些，明天西家有好吃的端上一碗。也就是一些时节上做的清明团、米粉饼、糯米加工的麻子粿之类的。我仍记得祖母叫我把刚起锅的新鲜食物给邻居家端去的情景。祖母就是这样一个心地善良之人。

祖母年轻时也是劳动的好把式，为了补贴家用，经常做一些零工。比如，帮大户人家舂米，茶地里掘地锄草之类的农活。我清楚记得祖母筛米时能把米和谷子均匀地分开，因那时碾米机碾出来的米粒中还有许多稻谷在其中。祖母筛米时米粒在筛中打转，看得我眼花缭乱，等筛子停下来时米粒在四周，而没碾好的稻谷神奇地停留在中间。祖母是旧中国千万劳苦大众中的一员，同样传承着中国农民勤劳善良的优良品德。

我不会忘记儿时跟祖母一起劳动的情景，不会忘记祖母戴着老花眼镜慈祥的面孔，不会忘记祖母对我们的爱护和教诲，可亲可敬的祖母永远活在我心中。

桂　花

我仰望着你
轻轻地对你说我爱你
花开那八月
而你却迟开在九月里
你伫立在风中雨中
笑迎那深秋风吹雨打
那金色般的花蕾
等待黎明的到来

花开了
开在那大阳初升的早晨

那朵朵金色的小花
多么的亲切可爱
花开了
开在那寒意的深秋里
那沁人芬芳的香气
吹走了那绵绵的秋雨

龙井问茶

弯曲公路盘山间
树木遮日不见天
山峦之中疑无炊
近到跟前惊叹声
突现天堂玉帝宫
顿足寻翁求指点
把盏问茶好龙井
天色昏暗不愿归

刘发来作品*

大海颂

  登上海轮，只见海浪已被晨曦唤醒，微风吹来，碧波荡漾。极目远眺，山海相连，海天相接多么宽阔浩瀚，多么壮观秀丽。仰望蔚蓝色天空，飘浮的丝丝云彩，在蓝色海洋的衬托下，显得格外流转婀娜。近处海域，低空盘旋的海鸥，不时在海面上猎取食物，只只渔船像水禽似的载着渔民撒网捕鱼。稍远处，威武的军舰，高挂着五星红旗，在辽阔的海域不时地巡逻，日夜守护着祖国的神圣海疆！艘艘货轮，往来穿梭，带来了中国与世界的贸易往来，也带来各国人民的互致问候，显示出改革开放的和平、繁荣的景象！置身此情此景，怎能不使人浮想联翩、感慨万千……啊！大海，你的博大宽广，使多少人心胸开阔、精神焕发，给多少人带去无限幸福和美好憧憬！然而，你暗礁下的激流，又是那么无情地撞击一些颤抖的心灵，使他们徘徊在人生的十字路口，而陷入彷徨和迷惘！

  你的大度和纯洁，使多少人意气风发，斗志昂扬，充满激情地描绘着祖国的宏伟蓝图。然而，江河溪水，泥沙俱下又无时不在污染着你的清澈、侵袭着你的肌体，使人们感到那样无助和惆怅！你的浩瀚和温柔，给多少人带来了欢乐和祥和，使多少人感到美的存在。然而，阳光明媚下甜蜜果实中的"苍蝇"和"蛀虫"又无时不在叮咬和吞噬丰收的果汁，动摇着硕大的根基，使人们感觉到是那样的失望和愤怒！醒了，终于醒了！狂怒的海啸在不断地荡涤着泥沙俱下的污泥浊水，消灭了些许"苍蝇"和"蛀虫"。然而，"苍蝇""蛀虫"的"巢穴"又是那样的盘根错节，根深蒂固，他们又该多么贪婪、仇视，无时不在窥视着你的一波一浪，这一切又该是多么地需要雷霆万钧之力来加以不断地洗涤、震撼啊，同时以威猛之势，警告着一切敌对势力，巍巍中华不可欺！以汹

---

  * 作者简介：刘发来，国家二级车工技师，安徽省职业技能鉴定车工高级考评员，职业院校职业教师，曾带学生多次获得安徽省及合肥市、淮南市职业中专技能大赛焊工、车工、钳工一、二、三等奖。

涌之力，告诫着一切善良的人们，中华民族一定要靠自己的力量振兴、强大！如今，我们在你的怀抱里，随着和风的轻拂、浪花的飞溅、海轮的颠簸，思绪万千、倍感肩负的匹夫之责！

风云突变

　　码头上的气氛热闹非凡，售卖的珍珠项链、海马及各类海产品制作的工艺品，琳琅满目，走了几步，鲜美的海鲜惹得我们的肚子"咕咕"叫，赶紧饱尝了这些美味佳肴，真是色、香、味齐全，我们赞不绝口！

　　此时，天气一片晴朗，远处的海滩，在金色的阳光照耀下，五颜六色的贝壳、珊瑚，五彩缤纷，令人目不暇接。只听见跑在最前边的小汪拉着小李的手说："走，我们到前边去拣些贝壳、珊瑚，留作纪念。"他像燕子似的，向远处的海滩扑去，小叶、小郝、小王也紧随其后，我和老扬一看手表，离下午 4 点还差一点，心想：反正能打的车很多，迟点没关系，也就紧随其后，在海滩上拣起许多形态各异的贝壳、珊瑚、海螺，大有收获。我站起身来："咦，小汪和小李哪儿去了？"老扬接口道："不是在那边吗。"我顺着他的手指看过去，只见他们坐在一块离海很近，但距海面足有三米多高的礁石上，亲密无间地说笑着。

　　"轰隆"一声，在我们头顶响起，闪电划破天穹飘浮的乌云，此起彼伏，狂风夹杂着飞沙走石，向我们迎面扑来，海浪汹涌澎湃，排排巨浪向那礁石飞奔而去，我赶紧呼喊："快下来，危险！""不要紧，让我们经受住惊涛骇浪的考验"，小汪依偎在小李的怀里回答。由于错过了这一宝贵而又短暂的时刻，瞬间，眼前的情景变得万分紧急，礁石已被涨潮的海水包围起来，海面上又刮起了要命的十级台风，风助水涨，巨浪以排山倒海之势向那礁石扑去！我们几人齐喊："快，抱紧礁石。"这时不知为什么，他们没有死死抱住礁石，而是紧紧地拥抱在一起，企图以两个人的合力，来对付海浪的冲击。又一阵狂风袭来，海面上掀起百丈波涛，淹没了礁石，只听得一声女音："我俩一道下海，我好快活。""不，我不会……"惊涛骇浪淹没了未说完的男音，也淹没了他们的身影！"小汪，小李，赶快上来。"我们声嘶力竭，也许是感应的作用，小汪和小李浮出了海面，又一阵巨浪向岸边扑来，小李奇迹般地抓住了岸边的礁石，不能动弹，被我们迅速地抱扶了上来，而小汪却面朝蓝空，仰卧在海面上，任海浪把她推来推去，我们眼见情况不对，迅速组织抢救，由于都不会游泳，我们在小汪所在的海面上的左、中、右三个方向组成合围之势。当时的大海，犹如狂怒的狮子，一浪接一浪，一浪高过一浪。小汪几次冲到我们眼前，但都由于浪势太急、太快，加上她仰卧的姿势，失去抓住礁石的自救机会，初秋时节衣服穿得太少，毫厘之差，未能抓住她！我们急得眼里冒火，终于，又一次等到了小汪被冲到我们眼前的机会，我、老扬、小王三人手拉手，齐力纵身向前扑去。当时，我的一只手碰到她那柔滑的肌体，等用力挣脱另一只拉着的手，企图抱住她时，小汪已消失得无影无踪。而由于脚一用力，身体已然落空，口中呛满了又苦又涩的海水，在一瞬间，已知自己落入大海！我不会游泳，头脑一片空白，只感到"完了，完了，一切都完了。"也根本不知被卷到大海何处，幸亏当时头脑还算清醒，用手乱抓。几次抓空，不由得心慌意乱，又一个大浪铺天盖地卷过来，也许命不该绝，我在用手乱抓的过程中，总算碰到了硬体，不管三七二十一，紧紧地抱住它。

大浪过去，我浮出水面，原来是一块礁石救了我，止不住地呕吐了好一会儿。环顾四周，老扬和小王也在呕吐，小李和另外两名女同胞吓得趴在沙滩上，面如土色，半天也说不出话来。过了好久，她们才缓过劲来，不知是谁在拍胸口，说道："哎呀，我的妈呀，吓死我了。"小叶接口说道："刚才真是把我们吓坏了，你们三人往前一扑，企图抓住小汪时，全落入海中，没了踪影！我们急得连喊救命也喊不出来了。""我们自己也三魂吓掉两魂半，好不容易才抓住礁石爬了上来。"老扬吐着口中的海水说。转眼间，小汪已被海浪冲到距岸边100多米远的海面上，也许是海浪冲击的缘故，这时的小汪由原来的仰卧变成脸朝海面的俯卧！老扬哀叹一声，说："完了，一条年轻的生命就这样完了！"我瞧见这种姿势，猛地想起什么，心颤抖了一下："小汪啊，小汪，你说你平时经常在海里游泳，一个浪头把你打过去，另一个浪头又把你打回来，为何你一落海，就脸朝上，仰卧在海面上，使你既失去抓住礁石自救的机会，又使别人无法抓到你，几乎造成几人丧命的危险，这是多么可怕，可悲啊！"正想着，老扬一声问道："小李，你可知小叶叫什么名字？是哪里人？"这打断了我的思索，我回答他："她叫汪郁香，安徽泾县人。"小李带着明显的哭腔说道。老扬打开手机，拨打了110和她单位的电话号码。不一会儿，110和她单位老总带着几个人火速来到现场！

在组织打捞的过程中，我们报告了事故的全过程，警察同志向我们每人询问情况，并做了笔录！我们异常沉痛！怎么会吞噬了这么年轻而又灿烂的生命。似乎大海也在哭泣，因为附近的海域，呈现出一片通红，仿佛是被小汪的鲜血染红了似的。渐渐地有了围观的群众，问了他们才知道，这叫"赤潮"，方才那惊涛骇浪搅动了海中沉寂的化合物。大海，也好像是跟我们开玩笑似的，没有了落水时的狂风恶浪，显得风平浪静！

后来，在陪同她父亲前往出事地点查看时，眼前的情景，使人怎么也不敢相信：这里怎么曾经有那么凶猛的波涛，吞没了一个年仅 19 岁的少女。这里礁石林立，犬牙交错，他们当时坐着的礁石，已耸立在这山野之中。站在礁石旁，远观三层楼下的海面，海面平静，宛如温驯的羔羊，蜷缩于狭谷之中。年轻的朋友啊！谁曾想在如此怪石林立之处，曾发生了多么惊心动魄的一幕！借此警示在海边游玩的各位，随时注意涨潮的凶险！以期阖家平安！

这是一个真实的打工者遇到的真实事件，文中人名，纯属臆造，如有雷同，敬请见谅！

湄洲岛之游

登上福建湄洲岛，来不及观赏海滩边的奇妙景象，顾不上小贩们兜售海产品的吆喝和海鲜的诱惑，随着流动的人群，不知不觉就到了湄洲岛著名的宝刹重地！

宜人的风景使我们忘却了一切：看！四面环海的水上乐园，千姿百态的奇岩怪石，万年常青的葱郁林木，一座座古式建筑金碧辉煌，有的依山而建，有的倚崖而造。每座庙宇前的台阶，奇形怪状，形态各异，门前石柱雕龙更是栩栩如生，墙上刻凤更欲展翅飞翔。俯视庙内，善男信女虔诚膜拜，神像殿前，香火鼎盛！

听！此起彼伏的鞭炮之声，"咔嚓，咔嚓"的相机之音，伴随着人们的欢声笑语，夹杂着由远而近的波涛拍打岩石之响，汇集成一曲曲欢快的交响乐曲，给人以美的享受！

妈祖传说

妈祖姓许，名林默。

很久很久以前，其夫出海打鱼，被豪强掳去，她每日在海边等候。为了站得更高更远，她每日担一担土，填到海边，日复一日，年复一年，海边已被她垒起一个大大的岛屿，她就站在那里，望呀望！功夫不负有心人，终于有一天，她丈夫乘坐的商船，由远而近，急速向岸边驶来。远远她看见她丈夫，正站在甲板上，向她挥手致意，她高兴地跳呀跳！突然，狂风大作，乌云满天，大海掀起了万丈波涛，海魔从海中窜出，一口把商船，连同她丈夫吞噬了！她悲愤交加，为了战胜海魔，她毅然跳入大海，奋力向海魔逼近。

从此，渔民出海，或商务用船，但凡在海中迷失航向，或遭受海潮袭击时，她总是奇迹般地出现，指点迷津，平息风浪，使人们化险为夷！遇到图谋不轨，居心叵测，兴风作浪的贼寇侵扰渔民时，她总是给以警告、惩戒，渐渐地，她普度众生，拯救生灵，疾恶如仇的"海上女神"的形象，在东南亚沿海各国人民的心中，树起了丰碑！人们为了永远纪念她、供奉她，就把她担土建起和居住的岛屿，取名为"妈祖岛"，并在各大岛屿把她的倩影雕塑成巨像，供世人瞻仰和敬仰。

踏上福建湄洲岛的岛之巅，见到了响彻环宇、众人仰慕的妈祖神像：她，神情肃穆，气宇轩昂，傲视一切邪恶与侵略；她，顶天立地，挺拔坚强，不断赐予人们勇气和力量，去追求和平与幸福！这位"海上女神"是华夏儿女的骄傲！

随笔一记：打工余暇游湄洲，郁闷心情亦开颜！妈祖神廊祥光瑞，默娘巨像屹山巅。碧海浩瀚百舟荡，奇石秀景染灿烂。巧夺天工辉煌迹，盛赞中华文明史！

王喜荣作品[*]

放飞梦想

童年时，看见别人家的孩子放风筝，我充满渴望和梦想，多想放一次风筝啊。然而，因为家境贫寒，买不起风筝。于是，我把自己的梦想深藏在心底。很多年后，那梦想仍会时不时地闪现脑海中，却一直没有实现。

一晃，30多年过去了。儿子已到了童年，看到别的孩子放风筝，儿子也让我买风筝。这时，我脑海中也映现了我童年时的梦想，于是，我买了一个风筝。那是一个孙悟空的形象，举着金箍棒，威风凛凛。可那时我工作很忙，没有时间去带他放风筝。于是，那风筝被束之高阁。时间一长，那风筝也不知哪儿去了。不知不觉，又过了20年，直到我退休以后，有一天我跟儿子说："你小的时候我有一个遗憾，买了风筝后，没有时间带你去放，实在对不起你。"我又谈起我童年时关于风筝的梦想。这些话，儿子牢记在心里。有一天，儿子买了一个风筝，那是一只老鹰的图案。他让我带他去放风筝，他要那只老鹰在蓝天上翱翔，他要让我实现那童年时的梦想。终于，有一天，在天高气爽的秋天里，他开车带我来到东湖公园。公园里有一片空地，那里有不少人在放风筝。大部分都是老年人，极少是青年人，有的带着儿童放风筝。我们也开始放风筝了。我举着风筝，儿子放着线，风筝歪歪斜斜地飞起来了，然而又落地了。这样几次都没有成功。我们查找原因，才发现风筝是迎风跑才能放飞的，而不是顺风跑才能放飞的。尽管风不大，这一次，风筝终于飞起来了，它歪歪斜斜地飞上蓝天。老鹰终于在蓝天上搏击风云了。儿子在跑，我在叫。那风筝在蓝天下展翅飞翔，我也终于放飞了自己的梦想。也不知是我带儿子放风筝，还是儿子带我放风筝。恍惚间，风筝仿佛穿越了60年，带着我的梦想，我生活的艰辛和胜利的喜悦，在蓝天和白云中穿行。风筝越飞越高，渐渐的，我已看不见那风筝

---

[*] 作者简介：王喜荣，1948年出生。1969年末到南票井下当矿工。1972年2月发表第一篇散文《煤海激浪》。以后在报刊和电台发表过诗歌、散文、小说和报告文学多篇。其中，《铭印在记忆中的一张照片》获锦州经济台征文三等奖。

了。无数的风筝在天空中飞翔，我不知哪个风筝是我的。我问儿子风筝在哪儿，儿子说在上边，那个最高的就是。我抹了抹昏花的眼睛看了又看，终于看到了那风筝了，它变成了一个小点儿。哦，我岁数大了，已没有了童年时的视力，更找不回那童年的心境了。天空中，许多风筝争奇斗艳，有老鹰、有蝴蝶、有巨龙、有嫦娥，还有战斗机。我们放了许久，直到黄昏，才恋恋不舍地收起风筝回家。

晚上，我睡得很香甜。但是，半夜做了一个梦：我梦见父亲带着童年的我，在放风筝。梦中，那风筝飞呀飞呀，飞向那蓝蓝的天，飞进那白白的云，飞越那高高的山，飞过那长长的河。也不知那是风筝在飞，还是我在飞……

回富隆山

听说富隆山煤矿的煤已采完了，我心凄然。又听说正在筹建水泥厂，我才高兴起来。我曾是一名井下矿工，富隆山煤矿曾是我工作的地方。富隆山是我的第二故乡。于是，在一个阳光明媚的日子，我来到了富隆山，寻找我过去的足迹。

富隆山，我来了。我轻轻地走近你，走近我矿山的小路，走近我矿山的小河。

记得，有一位诗人曾把煤比作乌金，比作太阳石。而我曾是一名青年矿工，我曾是采掘乌金的人，我曾是奉献太阳石的人。在富隆山的乌金中，我曾赋入我的生命。那乌金似的煤哟，在炉中闪耀出我们矿工青春的光芒。在井下煤海中奋战的三千多个日日夜夜里，我用生命的笔触，蘸着七色的阳光，写着火热的诗句，直抒矿工的壮志，发表在报纸上，播洒在这矿山的大地上，回响在青年矿工的心中。

在南票矿区，有身穿铁背心，坚持奋战在井下的好矿工王宝山；在我们掘进二连，有我敬佩的连长张大胡子，在处理冒顶时，他奋不顾身冲在前面。他们都是我前进的榜样。富隆山的煤哟，曾为祖国建设，贡献自己的热能。你能说，它不是矿工的化身吗！

富隆山，我来了。我轻轻地走近你，走近我矿山的井架，走近我矿山的小屋。记得，那年，我是南票矿务局最年轻的采掘班长。那时，我才 22 岁。在当时大打翻身仗的誓师大会上，我代表采掘二连，在会上发言。我们矿工的豪言壮语，在矿山上回响。

在井下，我带领班里十多名矿工，为了多出煤、出好煤，不怕流血流汗，为了实现诺言，在井下艰苦奋战。可以说，在老矿工的言传身教下，我把"一不怕苦，二不怕死"当作座右铭，贯穿在我矿工的生涯中。我也经历过无数次生与死的考验。

有一次，井下冒顶，青年矿工小高被埋在冒落的岩石下。为抢救矿工兄弟的生命，我第一个冲上去，拼命地搬开碎石，并断然喊回要升井打电话的矿工"大腚"和小雷子，使抢救工作能够顺利进行。抢救过程中，又一次冒顶，我被掉落的岩石片砸中，大拇指肚被砸开了，手心被砸开一个口子，鲜血淋淋。我全然不顾，继续抢救。那是 1972 年的 2 月。

有一次，井下煤层起火。我和另一名矿工老郑手持水枪把守在井字形的通道处，只有确保头顶上井字形的木横梁不被烧断，才能保证抢救出的设备从这里被运走。我们就像在一个巨大的炉膛下面，几根木棚梁就像炉条横在头顶。只要棚梁上的煤一烧红，我们就拿水枪把它浇灭。这时，水枪的水流小了，老郑把着水枪就往头顶上烧红的煤层插去。这一插，坏事了，一大堆烧红的煤炭掉落下来。我们躲闪不及，脚上的靴子立即被火炭埋住了。我们赶紧跳出来，用水枪把火浇灭，鼻子已嗅到矿靴胶皮的味道。我向巷道尽头晃了三下矿灯，然后，急忙喊："开溜子。"溜子把烧红和冒着烟的煤炭拉走。直到中午，食堂送饺子来了。我让老郑下去吃饺子，我独自一人守在那里。我一鼓作气，把头顶上的火全部浇灭。我坐下来，背靠顶梁柱休息。渐渐地，我出现了幻觉。不知什么时候，好像有人在呼唤："喜荣，喜荣。"那是谁在喊我呢？

后来，我才知道，老郑上来喊我下去吃饺子时，发现我被瓦斯熏倒，把我背出矿井。那是 1976 年大年三十。我醒来时是在医院里，是大年初一的早晨。

富隆山的矿井中，留下了我英勇奋战的足迹，留下了我太多的记忆。我就像矿山上空的一颗流星，燃烧了自己的青春，为祖国建设发光发热。矿山的日日夜夜呀，使我永生难忘。

车玉昕作品*

"村头"的召唤

天地玄黄，宇宙洪荒。日月盈昃，辰宿列张。
铜锄铁犁，曦托朝阳。舟楫车船，沐浴春光。
人类之所以前行，其动力是人们的劳动创造，
天地之所以兴旺，其根本是万物的生生不息。

时空里时时演绎着大自然对人类的眷顾，天地间处处诠释着人类社会的时代文明。农村电商，正是互联网时代改变山乡田畴的新载体。

农民、农村、农业，国之根本；民族、民权、民生，国之动力。"互联网+三农"这一富民重器，在无垠的山乡田野翻作绿色的浪潮，激荡起人民新生活的热情。社会主义新农村如雨后春笋般接踵而至，那青山绿水的润泽景色和丰厚的家乡特产，永驻起浓浓的乡愁，想象着惠风和畅、谷穗成金。

脱贫梦、致富梦、振兴梦、文明梦……编织起中华民族伟大复兴的中国梦，"新农人"正是造就这伟大梦想的践行者和带头人，"村头合伙人"为其锻造了农村电商这一朝阳产业的职业标牌。

我们无意挑战同行大鳄，反而视其为榜样，"村头"之所以亲民，是因为我们的"农民基因"，我们懂得如何抚平本家兄弟的内心之"殇"。

我们不愿看到农民兄弟落入电商操手们谋划的"有销量无增收"的具有掠夺性的电商怪圈之中，我们致力于推动"农民与市民对话、田头与餐桌对接"的扁平化网络交易模式。在"村头"，有山有水有土货；在"村头"，一村一景一品牌。

天宝物华、沃野山川给予我们无穷的财富。人杰地灵、农村电商开启了我

---

*　作者简介：车玉昕，中国农村电商之父。2013 年至 2022 年曾任秀山县商贸物流顾问、重庆村头科技发展有限公司总经理。2015 年度被评为重庆市十大经济人物，2016 年度评为全国五一行业模范。

们的智慧之窗。"村头"闪动着科技的光芒，与网货可溯源、物流可追踪、计量可感知、营销可视化等新知表现的相得益彰，农民不出村即可赶场贩货、营销民宿风光。

喜看稻菽千重浪，遍地英雄下夕烟。"村头"在呼唤！农村在呼唤！时代在呼唤！

朋友们！到"村头"来，携手构筑起农村电商的特色平台，点燃起智慧的火焰，纵情于山水之间，领略大自然给予我们的新鲜与快感。

广阔天地大有作为。

茗茶时空赋

莽莽武陵，四省纵横，蜿似蟠龙，举若鲲鹏。乌江沅水，百草菁菁，梵天净土，古刹钟声。钟灵毓秀，土苗瑶侗，绿红交错，木秀于林。

澄泉渐发清流暖，青石含碧岭悬空。竹影天琴风轻舞，白云流霞水月融。

武陵之茶，采天地之灵气，汲日月之精华。生长于高山富硒之壤，得活于山泉上水之旁，纤尘不染，四季生发。圆若珍珠，尖若银针，卷若仙葩，舒若云霞。浓若琼浆，淡若田蔬，醇若玉液，清若甘霖。梅之清，兰之幽，竹之雅，菊之洁，均不能及也。纳海川于一席，容乾坤为一壶。资政论兵、会友滋文、养艺通商，世事入茶，万物交融。武陵有茶天赋予，神州茶园在武陵。

秀山，商旅接踵、四省通衢，昔日洪安古市已成今朝电商之都，物流通达，有渝东南桥头堡之誉。时逢盛世，国运昌隆。阳光雨露洒原野，政策红利造太平。先人惯以毛干茶入市，量大却利薄，今茶人聚首，建市场、汇仙茗、凝聚八方实力，云集四海商旅。以科技促营销，推动一村一品，助力乡村振兴。部署产地溯源，普及茗典茶经。孵化网商达人，营造茶富中心。此乃茗茶时空之本也。

正是：边城渝秀涌金玉，隔空犹品武陵茶。

辛丑明前玉昕题记

又见槐花开

暮春时节，芳菲已尽，一场姹紫嫣红的花事终于落下了帷幕。独行陌上，云淡淡的，风轻轻的，风里蔓生着绿意，在满目葱茏里竟发现了久违的槐花，犹如见到故人归来。

那是一株高大的槐树，迎风而立，蓊蓊郁郁，远远望去亭亭如盖也。槐叶呈绿色，那是一种淡淡的绿，素素的，柔柔的，让人油然而生一份亲切感。绿叶之间坠满了槐花，宛如一串串精致的流苏在风中摇曳，真是"旖旎随风动，柔色纷陆离"啊！花色呈米白，莹白如美玉，熠熠而生辉。阳光透过槐叶的罅隙倾泻而下，照在身上，柔柔的，暖暖的，那份淡绿通透，便在内心涌动着柔和与温暖。轻嗅一口，一股淡淡的馨香，迎风而来，惹人沉醉。

槐树是故乡最常见的树木，或单株孑立于原野，或三两株倚着黛瓦白墙。当然最壮观的是范公堤上那一眼望不到边的槐树，每当槐花盛开，万树繁花，香雪如潮，蜜蜂在花间飞来飞去，热闹非凡，当然那也是周哥最忙碌的季节。

周哥是我的一位远房亲戚，也是一位勤劳的养蜂人。他比我大十多岁，个子不高，身体壮实，人勤快，肯吃苦，种庄稼、养蜂都是行家里手。

记得那年槐花盛开的季节，周哥大老远来范公堤上放蜂。正好是周日，母亲就叫我去喊周哥来家里吃中饭。骑车近十里，我来到了范公堤。堤岸边是一望无际的槐树林，空气中洋溢着槐花的芳香，槐花开得如火如荼，花海之间是嘤嘤嗡嗡的蜜蜂。周哥在林间搭了个简易的小棚，棚外堆了几十个木箱，黑压压的蜜蜂在飞来飞去，周哥身穿长衫长裤，头戴纱罩，正在忙着清理蜂箱，因怕被蜜蜂蜇着，我远远地站着。周哥走了过来，我说明来意，周哥很高兴，换下湿透了的衣服，交代同伴看好蜂箱，就和我一起回家去了。

吃过中饭，周哥发现我家座钟快了一个多小时，几下一调试，很快就弄好

---

* 作者简介：朱兴华，笔名：暮雨梧桐，江苏海安人，文学爱好者，热爱阅读、写作、旅游。淡泊于红尘，左手烟火，右手诗意，人生终是一场删繁就简的历程。

了，真让我汗颜，我都鼓捣了多次，都无法调好。大家谈些家长里短，我就问周哥："什么花的蜂蜜最好呢？"周哥说："当然是槐花蜜了。"我又问："那冬天没有花采，蜜蜂吃什么呢？"周哥微笑着说："吃白糖。"接着周哥又讲了些走南闯北养蜂的趣事。母亲劝周哥不要太忙碌，周哥摸着满手的老茧，笑着说："家底子薄，不忙不行啊！苦了这么多年，楼房终于建好了，等到将来儿子成家立业，就好卸下重担了。"周哥人很聪明，又很健谈，让我很是佩服。临别时，周哥答应送我一瓶槐花蜜，并叮嘱我要好好读书。

周哥后来托人给我带了一瓶槐花蜜，打开瓶塞，花香扑鼻而来，尝一口，甜到了骨子里。即使多年以后，每当想起，依然是齿颊留香。

我与周哥不相见已有多年，后来听说，周哥不养蜂了，与儿子到浙江经商，赚了不少钱，房产也购置了数套。都到了含饴弄孙的年纪，却还是歇不下来，依然整天起早贪黑忙碌着。

数年之前，我又见到了周哥，人胖了许多，发福了，精神依旧很好，我劝周哥多歇息，周哥笑着说："我这一辈子就是个劳碌的命，就像蜜蜂一样，永远歇不下来。"

"如何三度槐花落，未见故人携卷来"，我与周哥匆匆一别又有数年，想来周哥数年在异乡，一定是风生水起，日子过得殷实富足。原来生活中的一切美好都是用辛勤的汗水浇灌得来的，就像那甜美的槐花蜜是通过辛苦的酿造得来的。槐花依旧盛开，依旧凋零，那些悠悠往事却仿佛还在眼前。

玄武湖边赏荷听雨

深秋的午后，我路过了玄武湖，邂逅了一片秋荷。没有了"接天莲叶无穷碧"，也不说"映日荷花别样红"，有的只是褪尽风华的秋荷，不过也好，"留得残荷听雨声"，也自有一份悠然与淡泊。

玄武湖的东边是紫金山，山峦连绵，青山如黛。南面是紫峰大厦，高楼林立，尽显都市繁华。而玄武湖却像个处子，温婉娴静，明媚动人。凝眸远望，碧水连天，绿洲茵茵，楼阁依稀可见，虽在深秋，却无些许寂寥的痕迹。沿湖西行，行人渐稀，一棵棵柳树屹立在湖边，柳叶泛着淡淡的黄。"无情最是台城柳，依旧烟笼十里堤。"柳叶深处，鸟雀众声喧哗，叽叽喳喳，甚是热闹，是否还在鸣唱着那六朝如梦的往事?

跨过一座石桥,有一小径,小径蜿蜒,尽头有一凉亭,曰"四怡"。走过凉亭,独立水湄,但见,一片秋荷静默在水中,兀自繁华,兀自凋零,带着一份怡然的恬淡。

那一片秋荷高高低低,错落有致,好似一幅淡雅的水墨画。你看那高耸的荷叶,斜立于水面,褪去了碧绿的翠衣,边缘已成淡黄,像迟暮的美人,犹留几份风韵;你看那匍匐于水面的荷叶,枯黄干瘦,像垂暮的老妪,风华褪尽,弓着身,在秋风中颤抖着身子;莲蓬已然枯萎,残留着枯黄的茎,低垂着头,像入定的老僧,看淡繁华,沉默无言。

天阴沉着,黑云笼罩,快要下雨了。"秋阴不散霜飞晚,留得枯荷听雨声",义山的这句诗,总让人对雨中的秋荷心生向往。

独倚栏杆,我在等风也在等雨。静静地,一场秋雨带着丝丝凉意款款而来。天地之间是一幅巨大的雨幕。秋雨绵绵,淅淅沥沥,远山在雨雾中影影绰绰的,缥缈得恍若仙境。雨点落在湖面上,漾起层层涟漪。枯荷在秋雨中坚守着,也许她没了千娇百媚的容颜,也许她没有了婀娜曼妙的身姿,但她却独有一份怡然和恬静,那是删繁就简后的静美,那是繁华落尽后的淡然。

雨珠一点点,一滴滴,飘落在荷叶上,如歌如诉,如梦如幻。静下心来,侧耳聆听,聆听枯荷承雨的声音。那是"大珠小珠落玉盘"的婉转;那是"小弦切切如私语"的缱绻;那是清泉坠落山涧的幽然;那是溪水潺潺流过的绵延。雨声舒缓,天籁自成,宛如幽谷里空灵的禅音;宛如夏夜虫儿的低吟浅唱;宛如母亲轻摇婴儿的呢喃。"一阵风来碧浪翻,珍珠零落难收拾",你看那荷叶积了雨,负了重,一倾,雨珠悠然滑落,真似抖落了满湖的珍珠。

擎一柄伞,向北行去,但见台城巍峨,限于行程,不能登临怀古,也只能走马观花了。城墙斑驳,诉说着岁月的沧桑。那些旌旗蔽日、金戈铁马的战争场面已经远去,那些豺狼当道、生灵涂炭的苦难岁月也湮没在时光的长河中。"天若有情天亦老,人间正道是沧桑",南京这座历经千般磨难、饱受战火摧残的古城,已然凤凰涅槃,浴火重生,焕发着前所未有的生机。

雨渐渐小了,湖边的行人也多了起来。远远的,湖的中央,一位赛艇运动员正在刻苦地训练,随着他刚劲有力地挥动,赛艇如离弦之箭向前驶去。恍惚间,已置身于烟雨朦胧的江南,满湖的荷花正灼灼盛开,"江南可采莲,莲叶何田田……"

张向峰作品 *

中赫峪村观感

"让鸿鹄在蓝天中翱翔,让锦鳞在碧水中游弋,让呼吸在绿色中流畅,让土地在根系间凝聚!让我们为子孙后代留下碧水绿地!"中国休闲农业和乡村旅游融合发展第一村——淄博市博山区池上镇中赫峪村的宣传册上开篇就这样写到。

坐了3个多小时的大巴车,几经辗转,我们终于来到了中赫峪村,放眼望去,整个山村规整有序、错落有致。不远处便是令人向往的"幽幽谷"风景区,如世外桃源一般,堪与陶渊明的隐居相媲美。在幽幽谷,你可以细心培育自己的菜园;在幽幽谷,你可在一天内尝遍四季美食;在幽幽谷,所有食物都来自勤劳的双手,都源于大自然的恩赐;在幽幽谷,每一次呼吸都如在天然氧吧,任性而又健康。我们可以游走于天地之中,感受那份美好的童真;我们可以闲逛于村落之间,感受一砖一瓦的温度;我们可以漫步于丛林之隙,感触花香雨露的抚摸;我们可以玩闹于溪水之流,观赏鱼群在水中嬉戏玩闹;我们可以奔跑于阡陌之间,尽享栗香带来的丰收喜悦!在这儿您尽可忘却一切烦恼,陶冶性情、提神醒脑,尽情享受大自然给予我们的恩赐!

我们一行七十多人,站在中赫峪村接待中心的广场上,像小学生般认真地听村党支部书记分享中赫峪村的发展历史。一个贫穷落后的小山村,经过十五年左右的改制,发展到今天闻名全国的旅游胜地。这一切令人敬畏、让人赞叹,又让人陷入深深的沉思中。中赫峪村打破每家每户单打独斗的传统模式,坚持"以农民为主体、让农民共同致富"的原则,积极发展乡村旅游,取得了良好的经济效益和社会效益,成为"看得见山、望得见水、记得住乡愁"的美丽乡村典范。其独特的公司化运作思路和先进的股份制管理模式具有典型意义,全村人人是股东、个个做老板,齐心协力共创幸福道路。其先进的思维模式和典型

* 作者简介:张向峰,男,1977年5月20日出生,中共党员。系山东省高青县人,学历专科,自幼爱好文学,喜欢写作,淄博市作家协会会员。自由职业,从事木材行业生意。毕生的追求是用一生的经历和自己的文笔书写一本书。旨在帮助那些在迷茫无助时的年轻人走出困境,活出自己,奉献青春,体现个人价值和社会价值。

的共同富裕道路在时代飞速发展的今天，大有"敢叫日月换新天"的英雄气概。作为一名共产党员，作为一名农村基层工作者，我立志向他们学习，在平凡的岗位中做出不平凡的业绩！

新时期，党和政府的好政策为广大农村的发展带来了一系列优惠措施，同时也带来了重大的历史机遇。我们要拓展思维，抛弃旧的东西，跳出条条框框的束缚，敢于闯出一条适合自己的道路。当然走共同富裕之路，并不是放弃个体的独特性，相反这更要依赖于"特色"，这需要因人而异、因地制宜，切不可一刀切，走形式主义。要想从根本上彻底扭转农村的贫穷、落后，还要从思想上改变广大农民狭隘的"小农意识"，让他们明白"大河有水，小河满；大河无水，小河干"的道理，勇于舍弃小家顾大家，齐心合力建家园。诚然，这些不是一朝一夕就能换来的，"宝剑锋从磨砺出，梅花香自苦寒来"，没有吃苦耐劳、任劳任怨的精神，没有一整套理论基础和强有力的经济援助及社会支持，纵使有起色，也不会久远。要耐得住寂寞，一步一个脚印踏实地走下去。

"不忘初心，继续前行"，中赫峪村的成功模式，体现了共产党人新时期新的使命和担当，也标志着中国进入了一个空前发展的时代！让我们紧紧跟上国家前进的步伐，敢于担当、乐于奉献、勇于牺牲，做一名忠诚的人民守卫者！

孩子，我想对你们说

孩子，当你们读到这篇文章时，也许还没有真正领会到文中父亲的用意。因为你们还小，姐姐初中还没有毕业，还不太懂事又常常惹父母生气；弟弟年龄太小，尚在母亲怀中，有时还淘气地吮吸母亲的乳汁。但是，我不得不在这个风雨交加的夜晚，写一点东西给你们。因为你们的爸爸可能不能为你们提供很好的物质条件，更不会有北上广的楼房留给你们。我只是一个自幼在农村长大的农民，没有正规的职业更没有五险一金，有的只是从学校毕业后走南闯北的所谓经历和经历过困难、挫折和痛苦过后的所谓经验，还有着"梦"一样的所谓理想。而今天，我想和你们说几句话，和你们姐弟俩谈谈心。也许，在你们看来很平常，但在你们父亲我的心里却格外的重要甚至宝贵。

孩子，你们可曾知道：你们的父亲在初中的时候也曾经有过梦一般的理想，也曾经是戴着团徽的共青团员，更是以身作则的班干部；你们的父亲高中时也曾经是一名文科班的优秀学生、班干部，写过文章，创办过期刊，给杂志投过稿；你们的父亲上大学时，更是满怀热情，在学生会不怕吃苦、勤奋学习、努力工作；毕业后参加工作更是积极甚至于拼命。可是，我的心里一直觉得自己并不幸福，更不满足。因为，有些时候有些东西，你们的父亲也看不明白，更想不通。只是，我在想，我所经历的痛苦和挫折不能让你们姐弟俩再经历一遍，那样我就没有尽到做父亲的责任。所以，今天在这个风雨交加的夜里，我想和你们谈谈心、说说话。

孩子，在这个世界上，不要轻易相信别人的话，因为除了父母和爷爷奶奶，几乎没有人可以付出生命的全部去爱你们。当然，你们很幸运，你们还有疼爱你们的姑姑，你们长大后应该珍惜这份血浓于水的亲情，好好孝敬你们的姑姑。孩子，在这个世界上，每个人都不容易，人们往往只看到别人光鲜的一面，却不知道黑暗中他们仍在含泪爬行。所以，有些时候甚至大多数时候受点委屈、经历挫败是对你们的磨炼和考验，不要一有困难就哭天喊地，更不要抱怨，除了你们自己谁都帮不了你们。孩子，人活着除了金钱，还有更重要的东西，那就是做人。做人就要顶天立地，不要贪图享受，更不要惦记别人的东西。是你们的，迟早要来；不是你们的，终将离去。永远记住：不是自己的不要羡慕更不要想入非非，属于别人的东西迟早要还。孩子，在这个世界上没有永远的敌人，更没有永恒的朋友。友谊是建立在相互尊重的基础之上的，不要一味地索取。要懂得付出，懂得忍让。孩子，还有一点是父亲一定要嘱咐的，那就是"人在屋檐下，一定要低头"，而不是书上说的"不得不低头"。因为，"不得不低"说明你们心里还有气，而"一定要低头"说明你们已看清形势。退一步海阔天空，忍让不是说明我们软弱好欺，而是说明我们学会了生存。逞匹夫之勇，除了带给我们悔恨和泪水，别无他用。所以，一定要记得爸爸说过的话，用心生活、用脑处事，活着比什么都重要！

孩子，关于理想和追求我想说几句。人活着都要有信仰，更要有理想和追求，但是这是要面对现实和符合实际的，生活的理想就是为了理想的生活。不要不切实际的乱想，更不要因为一时的冲动而败走麦城，更不要像刘备一样为了感情而丢了江山。还有一点就是关于感情，你们还小，也许不明白什么叫爱情，什么叫感情。有时候为了一点事而寻死觅活，这是万万要不得的。每个人的一生其实都是一定中的未定，这好比是一定会到来的明天早上，也许你不知道明天早上六点十分会发生什么，但到了那个时刻该发生的事一定会发生，谁也阻挡不了。爱情和人生也是如此，无论我们如何珍惜和拼搏，该走的一定会走，而留下来的就是最好的。这是宇宙的运行法则，更是人一生中的必经之路。

　　孩子，最后一点就是父亲要教会你们感恩。在你们人生的每一个阶段，当你们遇见困难时若是有人出现，为你们提供帮助，他们就是你们的贵人，一定要倍加珍惜和尊敬。要时刻记着：受人滴水之恩，他日当以涌泉相报。

关承胤作品*

懂字诀

"懂了吗?"

或许是职业的关系,日积月累的在每番说辞讲解后,都会成为最后的必经口头禅。

回想不知道何时开始造就,时常掩面偷笑这选择不佳的措辞。

其实就想把病历医案说得简单易懂一些,好让辨证论治浅显易懂,毕竟中医的专业术语不都那么通俗易懂,尽量不产生懵懵懂懂,不要把大家伙搞得似懂非懂。

生活就是这样从不懂的时候开始,懵懵懂懂地成长。

发现我们来到这个世界并非那么简单易懂,拼命地努力学习着那么不易学懂的知识,尽量拼尽全力地去弄懂一切。

其实就只能算个半懂不懂,梦想着把这一切变得通俗易懂。

最后发现并非那么浅显易懂,最后只能似懂非懂的经历着。

成长,就是懂与不懂的堆叠。

天日不懂的开始。

半懂不懂的时候,面对大人的教诲,越来越担心别人说你不懂装懂,尽量假装着什么都懂,与之争吵,非弄出个青红皂白,其实就是个似懂非懂的继续。

故意讲一些别人搞不懂的话,做一些搞不懂的事,学一些搞不懂的问题,唱一些搞不懂的沧桑,来塑造自己不懂世事的另类风格,这就是不懂世事的青春。

随着岁月的增长,慢慢领悟明白一些似懂非懂的道理时,就紧急集合似的从半懂不懂的冠礼之年踏入社会。

一路上,实践、经验、教训在半梦半醒之间懵里懵懂的打拼奋斗中,一一

---

* 作者简介:关承胤,男,1976年8月,硕士,中医,秉承祖业,医道至诚。爱好书法,喜爱诗词、文章创作,省市刊物均有发表。

兑现。

接下来成熟在不经意间爬上你的脸庞。

慢慢发现曾经的懵懂无知是多么美好的时光，懵懵懂懂是那么富有魅力。

明白了许多世事后，却从唇齿之间硬生生地挤出来"难得糊涂"以示纪念。

天命、花甲之时，偶尔还说一说、道一道浅显易懂的道理，提醒着孩子们不要这样或者那样的懵懂一时。

古稀、耄耋之年，所有的一切都在生命里灌注清楚，饱满刻化在全身上下，不用再去讲什么懂与不懂的说辞，只需用生命里淡淡的微笑留下通俗易懂的方式。

束发之年时，半懂不懂时学到了"生命诚可贵，爱情价更高。"

在爱情里，大都是曾经的，天各一方，未曾相见，发展到相遇相识。在懵懵懂懂的基础上开始，似懂非懂的发展，半懂不懂的继续，随着命运的机缘巧合，发展着之前素未谋面的相识相知。

相聚里，不懂装懂的制造着各种浪漫，憧憬着根本不懂的未来。装着很懂的样子，做着根本就半懂不懂的事情，用年轻犯着各种各样的搞不懂的问题，自以为是的冒充着诸事皆懂的样子。

当许久以后某一天、某段话、某本书、某首歌、某部剧，回忆起过去，激荡着懵里懵懂的沧桑时，才突然暗自神伤、唏嘘嗟叹，低叹着痴呆懵懂的过往。

说不定还潸然泪下，就像"初闻不知曲中意，再听已是曲中人"浅显易懂的回味。

感情中遇到的每个人都是让你明白一些道理的遇见，是懂与不懂的堆积。

事业上，就是懂与不懂的堆砌。

总是懵里懵懂的发展，没有方向、没有把握，没有原则。

就是这个永远无法精准掌控的事情。"犹未可知"的解释就是对事业的最好注解。

从开始就搞不懂你会适合什么、从事什么、能做什么，一定有什么成功。

只有随着不懂人事的开始，半懂不懂的摸索，似懂非懂的坚持，浅显易懂的努力，找到通俗易懂的方式。

这真是一个道不清、搞不明、十分懵懂的实践命题。

就如同曾经和当世的诸位伟人、英雄、名人、精英一样，都是在似懂非懂的状况下，半懂不懂的经过长时间不断的坚持、努力、奋斗做成了，别人大多数之前不十分懂的事情而成就典范。

道理其实都通俗易懂。然而，在实际行动的过程中，的确不是那浅显易懂的简单经历。

所以，从小到大的历练里，就尽量要在不懂世事时，培养优良的品行；半懂不懂时，锻炼优秀的品质；似懂非懂时，树立优质的品格。

岁月，就是在这样似懂非懂中被拉长开来，就像一个不停永恒的笔触在懂与不懂之间来来回回的曲直记录。

当你泪中带笑的时候，就是似懂非懂的姿态，当你笑中带泪的时候，也许懂得如何的理解。

不必去纠结，谁在岁月的长河里不是，天日不懂的到来，谁还没有过，不懂世事的曾经，不懂人事的过去，痴情懵懂的回忆，不懂装懂的任性倔强，懵懵懂懂的时刻，懵里懵懂的过活。

不管怎样，不管懂与不懂，还是一辈子都懵懵懂懂或者假装不懂，这都是你对岁月所表现出来的真实写照。不用看不懂、听不懂、学不懂、搞不懂，因为岁月会是一杆公平的秤，它会在适当的时候、恰当的时机，把浅显易懂的内容，用通俗易懂的方式回馈到你的岁月里。

真懂、假懂，还是不懂；似懂非懂、半懂不懂，还是不懂装懂；懵里懵懂、懵懵懂懂，还是懵懂一时。岁月都会装下这一切，让它浅显易懂地表现，通俗易懂地呈现。

然后，岁月悠悠如流，流淌着对懂与不懂的堆垛。

毛毛雨

或雾或纱或障，笼罩着天地；或朦胧或模糊或微茫，营造着环境；或浅或淡或薄，飘散在周围；或弥漫或氤氲或缭绕，洋溢在二月。

轻柔的不带一丝涟漪，飞舞在微风中，夹带着春寒料峭的景致徐徐落下。

这就是我们经常习惯叫的毛毛雨。

半湿半干的景象面貌。

就像笔墨勾勒，描绘山水画阴阳面一样，提前浸润纸张，浓淡皴擦出画面远近层次，然后皴染衔接，没出画面的"骨肉"来。

凡事万物的变化成长都很像这样的一个过程，似乎柔软的渲染才能够晕开后面颇有想象内涵的执笔。

"淡妆浓抹总相宜"的如孩童的颜面，无须过多的修饰，清新自然的感觉……怎么端详、怎么打量、怎么观瞧，都这么浅淡不失优雅、轻盈不失舒适、静谧不失适宜。

把二月里的一切包裹起来，轻轻地呼唤、拍打、滋养着，润润地打着底妆为后续的色彩转换进行着良好的铺垫。也顾及一些稍缓的、害羞的、胆怯的生命掩盖着恰到好处地让其过渡自然。

交汇着、连接着像天地自然落下的一道帘。

在春风吹拂的时刻里，忽左忽右的摇摆，时而纷飞，时而静垂。

好像故意地掩饰着其间浓浓的气息和韵味，生怕那么一点点急切，会画蛇添足似的描过了对世界万化的美丽理解，像一位国画大师胸有竹的泼洒，迷藏着不到最后都不会明了的画龙点睛的那一笔似的。

与此同时也似乎委婉地提醒着，不要察察为明，面对众生万物，要学会识大体，包容细小瑕疵的存在。

层层叠叠、交叠一起像魔术师手中的丝绒盖布。

柔软而平凡的外观下面蕴藏着浓浓的迷幻色彩。隐隐约约的感觉、欲盖弥彰的感受，会有一丝丝期待的感知。

就是"欲知详情如何，待到稍后分解"似的吊足胃口。总是有那么点神秘、梦幻、期盼，等待着下一秒，掀开出来会变换出怎样的震撼、怎样的效果、怎样的惊喜。

就如同"接下来，就是见证奇迹的时刻了"暗示的桥段一样，屏住呼吸，翘首以待。

若隐若现、影影绰绰的像天地间的一道纱。

网连着天与地之间的关系，传递着神秘莫测的信息，交流着似乎早有安排的事情，传达着不为人知的具体内容。

徐徐落下，晶莹剔透的凝结成水珠散落在大地的怀抱里，眷顾到每一处都闪现生命讯息的角落，把上天的旨意，完整充分地润入其间，生怕不到位，稍微一恍惚像会遗漏了些什么似的。

这种自然的表达方式，简单明了，直截了当，没有丝毫的造作。

犹如，娓娓道来的一则孕育故事，冥冥之中体会在天与地之间发生的潜移默化、循序渐进。当置身其中的时候，朦胧着你的眼睛、身体、触感、知觉。

留下思维的变化能力在相互交融里中和。

所谓"中和"，古籍释义曰："中"即为务本，"和"即为乐本。中者也，天下之大本，和者也，天下之达道也，致中和也，乃天地安位、自有位焉，万物成长，万物自育焉。始于，天命之谓性，率性之谓道，顺道之谓教。"与天地参"进而天人合一，自然顺应，万物和谐，达到社会平和、天下太平，自然理想之最高境界。

毛毛雨这个词语，出自吴语的太湖片方言，完全生动形象地表达出大自然中不可或缺的一种表现形态。

精准到位的呈现出劳动人民对鲜明生活观察的细致入微。

虽然常用来比喻着一些微不足道的事情。却在实际自然展现中，囊括着人与天地之间派生出来与之相关的道理，阐释着哲学的思想、人性的智慧、文明的内涵。

在二月的时光里，天与地之间发生的交织、携同的关系里，就是这样经历着、持续着、未停未完的一场"毛毛雨"。

秋风似剪

"满目秋风剪绿意，一点细雨换金装"。

秋天里，周围的景象画面，悄无声息、连续不断地朝着日臻完善，日趋成熟的样式递进着。

秋风如约而至，牵开了秋的帷幕。就像战场上胜利前吹响的冲锋号，又如同时尚设计大师，将精彩作品最后一刀剪裁。

秋天里，蝉鸣的嘈杂交织已变得零星错落；新燕儿已披挂上新衣振翅高飞；鱼儿们开始了逆游的行程；蒲公英展开了飞翔的梦想；虫儿辗转腾挪的游弋；林间动物不知疲倦的积攒着果实；人们在田间扬起挥汗的笑容。

"金风吹雨过天地，一夜新凉是立秋。"

徐徐秋风，吹起时。

不再是口咬冰块消暑贪凉惬意的时光。

徐徐秋风，环绕时。

不再是雨水冲刷腿脚愉快浪漫的时刻。

徐徐秋风，轻拂时。

不再是面迎风头肆意张扬个性的时分。

徐徐秋风，掠过时。

不再是短裤背心和着汗流浃背的时节。

"秋风送爽万里动，景色如帝层尽染。"

秋风徐徐，

把枝头盎然的绿意调弄成绽放光彩的果实。

秋风徐徐，

把田间旺盛的青苗调整出诱人可爱的稻谷。

秋风徐徐，

把环境炙热的阳光调配着舒适宜人的凉爽。

秋风徐徐，

把景致明朗的颜色调和为赏心悦目的多彩。

"秋风晚霞叶落根，金天厚谊道情深。"

阵阵秋风就像时间年轮的催化剂，推送着岁月留下的印记，把斗转星移、日月轮转的痕迹毫不吝啬地打造在每一个生命的细节之处。

让样样激情似火转换成满载而归，

让样样汹涌澎湃转化为成绩斐然，

让样样满腔热血转变到卓有成效，

让样样慷慨激昂转载出硕果累累。

"秋风轻抚知高雅，盛意渐浓行诗律。"

阵阵秋风就像生命阶段的催熟剂，修整着季节呈现的趋势，给光彩夺目、曼妙婆娑的影像毫无保留地营造出每一个微光的瞬间之处。

给种种金风玉露增加了春华秋实，

给种种秋风习习增强为金风飒飒，

给种种稻谷飘香增添到五谷丰登，

给种种姹紫嫣红增效出良辰美景。

"一叶随风秋剪出，丹桂谷香月明中。"

秋风阵阵，

迎面轻拂夹杂着一丝丝凉意。褪去了三伏的热情，让爽快沁透空间。一种凉爽舒适、身心安逸的感受应运而生。

秋风阵阵，

洁净精微伴随着一些些美意，摒弃了之前的浮躁，让清宁布满世界。一种干净整洁、清楚明白的感觉油然而生。

秋风阵阵，

秋色宜人平添着一曲曲浓意，滤掉了曾经的不悦，让浓郁承载深厚。一种和气致祥、浓淡得宜的感触妙趣横生。

秋风阵阵，

丹枫桂香掺和着一缕缕秋意，掀起了收获的兴致，让希望充满活力。一种菊艳月明、穰穰满家的感知辞喻横生。

风，用简单的姿态出现，干脆利落的剪裁。把一年四季按照顺序不同的片段划分，参与进对应的设计，妙搭出该有的内容状态。

春风一吹万物生，

夏风激荡骄阳茂，

秋风送爽五谷香，

冬风冷寒万物静。

风，搅动着。把季节里一切事物与之对应，毫无罅隙的甄选着最好的答案和配合。近乎完美的结合实情表现出来。

"秋风有绪添篇章，金水共处惹凡尘。"

秋风，巧妙地带动季节的脚步进入。秋风吹下落叶，吹红了栌槭，吹熟了果实，吹香了五谷。

秋风，灵动地牵引季节的变化设计。秋风带着秋雨，吹开了秋水，吹开了色彩，吹起了萧瑟。

秋风，精巧地梳理季节的韵味特点。秋风吹来喜悦，吹起了赞歌，吹起了思绪，吹动了情感。

秋风，美妙地拨弄季节的选择样貌。秋风扬起笑脸，堆积起厚重，馈赠起清爽，吹走了烦闷。

"秋风明月落夜霜，庭阁乘韵举清樽。"

秋风似剪，

剪裁出万物成熟呈现的样子。

秋风似剪，

剪辑着褪却繁茂过后的恬淡。

秋风似剪，

剪掉了青涩后积淀出的浓情。

秋风似剪，

剪接好富含天然色彩的选择。

就如同"白帝少昊"这位巧匠司时时节，把秋风开启带动的所有元素和片段，干净利落，天衣无缝地编织在金天节里，描绘出最为形象立体、美妙绝伦的秋的画卷……

洋 葱

不流于表面，而根植于内心。

葱葱之心是对客观事物的本质认识。究其深暗的外表就是在浮尘中的妥帖，不予特别但却有自己的本色。

洋葱是独立的个性，味道甘甜却有后劲的辣味。

不温不火，甘烈并重，探其作用只为配菜之功，却有主角之势。

内心丰富、形式多样，变化无穷，存在益有价值。不图事事为首，却有添上锦花之能效。

晚餐，我就把一枚洋葱置于砧板，准备与牛肉搭配完成一道可口的洋葱炒牛肉。

配备菜肴时，刀锋划过洋葱，鼻头微酸，眼睛湿润，是什么样子的刻骨铭心，让我不经意的神伤。

感觉如此细微，毫无察觉，让接受者良久徘徊在悄无声息之间。随着你剖析的越久，堆积如山的厚重可以让人无法挣脱，潸然泪下。

虽然百度可查原因，是硫化丙烯挥发的缘故。

但是对于体会者的我则更希望是大自然的馈赠，是需要其他的理解去感知的。

德如洋葱，外冷内热。

看似波澜不惊，实则波澜壮阔。当别人碰触到你的层层叠叠，就能够感知到平凡背后不同的厚度。一旦不经意间翻阅历数你的世界，就会震撼着后者，深省着你的智慧，从你留下的印迹都能为之动容，潸然泪下。

战国屈原的《离骚》不为亡国义士的醒篇。明晚期张岱的《自为墓志铭》如泣如诉阐明了国破家亡的嗟叹。卢梭《忏悔录》是对当时世俗纸醉金迷的抨击和自为平民生活却有健康的道德观念的弘扬，都无一不脍炙人口，启迪着后者感同身受，振聋发聩，警醒世人，千古流芳。

意如洋葱，热烈平静。

在浮华的世界里，不用过多的修饰自己。如火炙热的味道经过稍加调试立刻就会融合各方滋味。去辛留甘，去腐生津，调营养卫。

如同团队的协作，不一定要当核心人物，只是把自身的作用发挥出来，连同各自的能力发挥所长，友好合作，关系往来，作用于事，把共同努力发挥得酣畅淋漓。

恰如其分地指明生活中每个人能力各有不同，要想做到成功，必须懂得去掉"独木难支"，获得"众人拾柴火焰高"的目的。其中必然褪去浮躁，包裹如心，层层叠叠，紧密结合，才能真正得到手留余香的团队合作精神。

不仅完善了自己，并且获得了甘露滋养。与此同时也为团队正常运行发挥起到了事半功倍的效果。战国时期管仲与鲍叔牙就是在齐国纷乱之时，相互理解、依存、合作，在齐桓公处各自施展了自己的才华。被后人传颂，成为佳话。

形如洋葱。层次分明，清爽甘烈。

对待外扰勠力同心，毫无畏惧，气势如虹。

做事不停地寻找自身可能存在的不足，提前考虑到各种可能因素，为重心考虑。当事物朝着顺利的方向进行时，却后味回甘。让诸位感到和你为伍的执着可贵，精彩纷呈，同心协力创造出不凡的品位气质。对内层层叠叠，永远支持，责无旁贷。总是把自身的状态和执行力放在重点上，尽心呵护，尽力而为，尽心竭力。

秦国时商鞅自卫入秦为秦孝公提出废井田、重农桑、奖军功、实行统一度量和建立县制等一套的发展策略，让秦国成了当时最为富强的国家。即使其死后秦国都仍然执行其法。为日后秦国统一做了很好的铺垫。

洋葱虽为世间的一小小凡物，却有不同之理解。

当我们在生活里不断求索时，瞬间驻足时总是会发现身边会有许多大不同的小世界是不被我们所知的，所以需要去观察、思考、借鉴、品味。从它们的客观表现形态，带给我们生活经历上更多、更好的理解和认识。

在现实中我们只是依靠运用大脑占据了食物链顶端。我们也有局限性，是不可能完全充分了解周围所有的事物。

作为大千世界的一分子，我们也是渺小的微尘，微不足道，所以我们必须要经历学习成长的过程，在这之中多多去感知身边世界给予我们连绵不断、接踵而至的启迪和快乐。

静静地去发现，在努力中去获取，在实践中沉淀，在岁月中去堆砌我们的智慧。

尽量受用终生，进而不枉费虚度人生时光。

秋似一封信

落叶，拾起。

叶面极尽干枯的黄色像一枚枚承载有内容的信封。翻转叶面可见一道道清晰分明的叶脉，每条脉络的延续到细微之处都饱含着历经的沧桑，让人一目了然，曾想它在离别枝头的瞬间，是多么毫无保留的倾尽所有。

每一片叶面都呈现出各自不同的姿态，随着季节的变换，徐徐间散落下来，悄无声息的静等着与之相关的发现，期待着可能万般无尽的遐想与之共鸣。

其实，太多的时候就像冥冥之中早有安排，妥帖的不由自主地浮想联翩，无意中发现才是最好的体会和惊喜。接下来才会饶有兴致、兴趣盎然的触摸着那些未知的神明。

雨，顺着屋檐滑落，汇成水流又形成点点雨滴，滴落在叶片上，逐渐浸润，似乎溶解着片片落叶里的内涵。就像每封信的开头那样：某某，你好！扣问你的同时，又恰到好处，简约明快的打开着各式各样的话题内容。这时候的风缕缕拂过，丝丝入扣般的翻阅着驻留其间的点点痕迹。如同抚今忆昔般的摘录着一片一叶总关情的话儿，情愫弥漫其间，境况巧妙配搭。

自然的气息扑面而来，柔和得恰如其分，如同信笺纸上的片段回忆，白纸黑字记载着曾经相关的故事。一段一段就像最初的开始，无意间的刹那，缔造着点点缘分的错落，展开着片片最为经典的桥段，深挖着记忆里的张张画面。

叙述成为主旨，延续着该有的脉络，浸泡着独特的内容与事实。只言片语的笔触描写，每每都会激荡起层层叠叠的思绪，围绕着空间、时间的转化，时而青涩，时而回转，时而跌宕，时而延绵，像总是有说不完、道不尽历历在目的往事。

记忆沉浸在有发生的过去，兜转不停地流传在某处风景。

记忆点击在每一次的呼吸，潜游不断的失重在某个地方。

记忆戳中在点滴间的故事，触动不同的情绪在未知神经。

惟妙惟肖的细节只有懂得的人才会明白，经历过事情才能清楚。空间的折叠，时间的浓缩，不紧不慢地汇聚在片片落叶之中。

玄妙的曾经，在字里行间的飘逸中，就着此时此刻的微风细雨纷飞在景致里。

高尚雅致的、婉转悠扬的、奋发淬厉的、低沉含蓄的、俗不可耐的、朋比为奸的……都囊括其中，因为这就是生活，最最真实的过活。你要相信啐啄同机、单枪匹马，同时也要坦然尔虞我诈、魑魅魍魉。

生活不一定会教会你什么，但是，却一定会让你明白点什么。

反正结果就在不远处的地方等着你……

风扬落叶，零零碎碎，飘飘散散。

占据着你视线的所及之处。布满堆积起来的感觉又瞬间消失在微风细雨之中。

风起……落叶！

扬起的，就像高奏凯歌似的飞舞，留下可歌可泣的痕迹。毕竟，上天的眷顾，总是留给那些有准备的日子去永驻。

流动的，就像行云流水似的扭转，表达翩翩起舞的情绪。可能，幸运和福气参考着度量分派到各式各样的修行中。

静默的，就像老成持重似的思考，保持不谙世故的谨慎。或许，也是画骨画心的透彻，不愿再去随波逐流的耗费。

独依栏栅，清净地欣赏着这场大自然的季节畅想。如同一场精妙无比的布置安排，又恰似一封书信写到此处的……

此致

敬礼！

2021 年秋

杨才恒作品 *

黔灵山游记

诗曰：枝繁叶茂树万杆，覆盖黔灵九座山，

象王仗钵大罗岭，苍翠欲滴秀可餐。

　　这已经是我第二次来游黔灵山了，原本来第一次后就想写一篇关于黔灵山的游记，无奈上一次只是匆匆一游，没有领略到黔灵山的"妙处"便早早离去，使写游记一事搁置了许久。

　　上一回没能如愿去弘福寺，这次，进了黔灵山，第一站便是心往已久的百年古刹——弘福寺。

　　弘福寺，为贵州首刹，向有"黔南第一山"之称。由赤松和尚开创于1672年（清康熙十一年），"弘福"二字乃"弘佛大愿，救人救世；福众我生，善始善终"之意，赤松为本寺开山始祖，佛法为临济一系之正宗，乃禅门五宗之一。

　　通往弘福寺更为节省时间的方法是乘坐索道，当然，如果时间充裕一些，也是可以沿途步行去的。我去时是乘索道而上的，由下而上。从上往下，一眼俯去，整个黔灵山的风光都尽收眼底，简直美不胜收。下了索道，在山顶便能看见红红的、高高的院墙，能闻到一股遍山弥漫的香火味、纸钱味，从索道处去弘福寺还有一小段路程，须顺着石阶而下，徒行小半会儿，方能到弘福寺。从山上而下，寺院的左侧是历代祖师塔。据说赤松初创寺院，土地由信士罗妙德等人"施舍"，他盖了一间茅棚住在里面，敬业精神感动了当地的地方官员，在他们的支持下，建成僧寮、大雄宝殿及山门，不久又购置数百块田产，年收

　　* 作者简介：杨才恒（1996—），男，汉族，笔名"流沙"，贵州纳雍人，法学学士，毕业于贵州大学。幼年父母早亡，家境贫寒，导致上学断断续续，在后来的时光中，一直未放弃学业，一边打工一边学习，后自考至法学学士。从小受鲁迅、朱自清、泰戈尔、冰心、张爱玲、季羡林、契诃夫、席慕蓉、莎士比亚等大家的作品的熏陶，因此喜欢上了文学，常利用闲暇进行创作。

租 1200 石，常住僧众 30 人，寺院和僧众非常富有，香火兴盛，有"金方丈，银知客"之说。

每天来弘福寺烧香拜佛的香客源源不断，要进入寺院，还得排好长时间的队。大门前贴着这样一张帖子，上面写着"入院两元"，进去之后便是寺院的前殿，前殿是弥勒殿，弥勒殿的左边是罗汉堂，再往里走就是中殿观音殿，观音殿后面则是正殿大雄宝殿了。我烧了香，参拜了众神佛，四处游览了一下便出院了。

顺着山路而下，可以看到黔灵湖，黔灵湖自 1954 年形成至今，已成为许多贵阳市民的消暑纳凉之地，更是众多游泳爱好者活动的首选之地。过去，不管是夏天还是冬天，除了游船荡漾，人们都会看到湖中众多游泳爱好者的身影。黔灵湖拦大罗溪水筑坝而成，湖面面积 28 公顷，位于环山之中，就今日之所见所感，我便可以把它唤作"世外桃源小西湖"了。

在黔灵山的任何一个地方，你都可以看到这么一条美丽而独特的风景线，那就是国家重点保护动物——猴子。众多来黔灵山的游客到达这里，无非就为两件事，一是去弘福寺烧香礼佛，二是来看猴子。我去很多景区游览过，但要像黔灵山这样满山遍布猴子的景区还真没有，我想，这也是黔灵山能如此闻名遐迩的重要原因。从公园大门往里几百米，猴子随处可见，有在嬉戏的、有从一棵树跳到另一棵树的、有成群结队坐着的、有正在抢夺游客食物的、有坐在河边桥头像似约会的。山上跑的、建筑上坐着的、树干枝头戏要的，说不出的多，密密麻麻的。

往下走有动物园，各类奇珍异宝均汇集于此，有猴子、熊猫、大型蜥蜴、龟、蛇、熊、老虎、狮子等，动物园的旁边是百鸟园，至于有哪一百种鸟类动物，我是大多不知道的。

除了这些地方，还有两处值得去看一看的地方——麒麟洞和关刀岩。关刀岩我还未曾得去，就先来说说麒麟洞。麒麟洞，旧名白衣庵，又唤唐山洞，本为尼姑修行之地，抗日战争时期，国民党曾在此囚禁过著名爱国将领张学良和杨虎城两位将军，因而闻名遐迩。麒麟洞是一个溶洞，因洞内有一块巨大的钟乳石酷似一头麒麟而得名，当年镇守贵州的太监杨金曾为此洞写景有云："白云生处一唐川，枕石烟萝洞口莲""千垂岚气千峰翠，万颗垂珠万象悬"，足见此洞明代就已被游人所重视。

黔灵山的傍晚也是丰富多彩的，由于门票便宜，因此成了许多人的娱乐之地，夕阳西下，有许许多多的老人在园内跳舞、唱歌、交流艺术文化、下棋、演奏各种乐器，悠闲着呢。

我想，这便是黔灵山的妙处吧！

贵阳的雨

我以前不知道有所谓的雨季。"雨季"是到贵阳以后才有具体感受的。

我不记得贵阳的雨季有多长，从几月到几月，好像是相当长的。但是并不使人厌烦。因为是下下停停、停停下下，不是连绵不断，下起来没完。而且并不使人气闷。我觉得贵阳的雨季气压不低，令人感觉很舒服。

贵阳的雨季是明亮的、丰满的、使人动情的。城春草木深，孟夏草木长。贵阳的雨季，是浓绿的。草木枝叶里的水分都到了饱和状态，显示出过分的、近乎夸张的旺盛。

雨季的果子，是杨梅。从会议中心路口直至火车北站，路两旁都是长得极好的杨梅，有还没熟的是青绿色的，有已经熟得透了的是黑红的，和小时候玩的玻璃珠一般大。开车经过的游客，都会不禁把车停在路旁，走到杨梅树下去一饱眼福，一饱口福。

雨，有时候会引起人一点淡淡的乡愁。李商隐的《夜雨寄北》是为许多久客他乡的游子而写的。有一天早晨，我从家到白云公园去。看到池里满池的荷花，胆大的已是开得极好，胆小的才偷偷地渐露头角，满池的荷花、荷叶，远远看过去一片绿，密匝匝地紧挨着，数不清的半开的白花和饱胀的花骨朵，都被雨水淋得湿透了。荷花在风中摇曳着，似乎代表故乡在向我问好呢。

贵阳的雨季，使人清凉、引人乡愁、让人爱慕。

于是赋诗一首：

> 荷塘池外少行人，梯台苔痕一寸深。
> 清盅一盏天过午，荷塘花湿雨沉沉。

我喜欢贵阳的雨。

康桥日记

九月九日从重庆出发，第二天中午便到了上海，下午两点左右就到了康桥。上海，一直都是文化名人的代名词，也不由得想起了徐志摩先生的《再别康桥》，心里颇有情怀"轻轻的我走了，正如我轻轻的来。"

一

在康桥已有些时日了，常常想起在重庆的时光，还真不适应，现在看来，唯一没有变味的就是白米饭和紫菜汤了。

二

现在的想法真是愈来愈简单了——倒上一盅清酒，狠狠地喝上一口，倒也真是快活，一下子所有的琐事，都一股脑的随之消失了，谁知？酒醒过后，一样惆怅。

三

谱写一首动听的曲子，
如吾永远不能忘记您的沧桑感。

四

以前总是期待所谓"江湖"

后来的我慢慢渗入
才明白江湖不是你我的。

五

残花缀在繁枝上，
生命飞去了。

六

孤芳自赏时，
天地便笑了。

七

在这开宗明义的信里，请你们容我诉说：

我走了，要离开兄弟姊妹，一切亲爱的人，倘若你们在风晨雨夕，在父亲母亲的膝下怀前，兄弟姊妹的行间队里，快乐甜柔的时光之中，能联想到远方万里有一个朴实的朋友，独在恼人凄清的天气中，不能享得这般浓福，则你们一瞥时的怜念，已遥遥地赋予我心极大无量的快乐与慰安！

但凡我有功夫，一定不使这通讯有长期的间断，若是间断的时候长了些，也请你们饶恕我。

这信该收束了，我心中莫可名状，我觉得非常的荣幸！

八

今晚，小窗前
是谁伏笔写下爱你的诗，

朦胧的月光，
透过小窗斜洒进来，

把你的爱渗透我的全身，
嘴角扬起微笑
——月神呵
我在这头，她在那头，

轻敲笔尖，
梦依着笔尖而下，
写满我的一生。

九

遥在康桥，
心总是挂寄在山海那边，
仰望东方明珠，
是多么地巍峨、孤傲，
海风轻轻徐来，
海波上缀起点点星光，

——
曾把你的容貌遐想，
已是我追忆许久的芳华，
再见，上海！
再见，康桥！

中　秋

己亥中秋逢佳节，月明千里诉衷肠。

我虽知晓明月意，明月却不晓我心。

今年的中秋，是别具一格的。

光阴似箭，转眼已有五六载没有在家陪奶奶一起过中秋了。今年，便是我颇为感慨的一次，此前似乎是有些征兆的，昨日本是已计划好今日的游程，不过，早上起床吃过早餐，便又回去埋头酣睡，时过半午，才起来走动走动。

今天的晚饭也是没有胃口的，待家人都吃过了晚饭，便都出去散步了。只有我独自坐在小院里，仰望着今晚的月亮，古人曰：高处不胜寒。我却只道寒处便是在人间。此情此景，有人笑，有人哭，而我便是哭的一类。内心的悲凉，使我与奶奶早已是心意相通的了。给奶奶拨了一通电话，此时已是晚上八点过半，孤身一人的奶奶却才从地里回来，忙得还没来得及吃晚饭，便要先张罗着先招呼猪圈中嗷嗷大叫的猪，我半天没有出声，喉咙哽住了，眼泪直打转，我内心挣扎着、痛苦着、自责着，倘使我多半分能力，我也不会让您在家受苦受累。

奶奶，您一辈子没过过生日，去年，在我的倡议下，组织大家为您过了人生中的第一个生日，这个生日是特殊的，有意义的，使我一辈子不能忘怀。我清楚地记得您说："过生日这事，不要让亲朋好友知晓，到时候若是亲朋好友来看望，会不好意思的。"我听了您的这些话，心里既悲又喜。七十多年，您辛苦了一辈子，抚养了几辈人，现在我想给您过个生日，您也不允许。于是，我安抚着解释道："奶奶，过生日是现在每个人都会过的，不用拘束原来的旧思想，过生日只是一个小形式，不像你们原来所说的过大寿，要办酒席。我们不为别的，只想认真地为您过一次生日。您的生日，我也没有什么好的礼物孝敬您，只有给你磕上几个头，感谢您，漫漫人生一辈子，心血全部用在了我们几辈人的身上，您是一位好母亲，也是一位好奶奶。"是您，不辞辛劳养育了我们；是您，用您的一言一行教导着我们；是您，让我们体会到了人间最美好的情感；是您，让我听到了时间最暖心的叮咛。作为女人，您从来没有认真地打扮过自己一次，为自己考虑过一次。

您老说，全家人，只有我和我爸的脾气是最好的，心地是最善良的——即使他已远离凡尘，他也一直活在我的心中。您每说一次，我的心便痛一次、自责一次。每回离家，您都会尾随着车子再三问道："下次是多久回来？"您随车子一段路程，看着我离去，您还不舍地注视着我的身影。我不是一个合格的孙子……即便心中有万语千言，也只能埋于心中，不敢言说，不敢深想，我怕一想便会落泪。我要做一个坚强的人。

同在一轮明月下，虽相隔千里。牵挂，永远寄于心中，虽不能孝敬膝下，我衷心地希望您身体健康，长命百岁。

甘正云作品[*]

正本清源华阳山

奔流不息的华阳河绵延近百千米，为什么叫华阳河，她发源于何处，人们对此众说纷纭，莫衷一是。于是我与全长宇先生开始了对华阳河发源地的探寻考证。

我们祖祖辈辈在这条母亲河的滋养下生活，怎么就搞不清楚母亲河的来历呢？年少时，空凭自己想象，认为上面有座华阳河水库，她就叫了华阳河。后来我在刘升镇工作多年，山山水水都走了个遍，知道华阳河水发源于大阜山以南的众多山峰沟壑，方位没有错，就认为华阳河发源于大阜山南，而为什么叫华阳河？则没有去认真探究。

2019年正月，我与老全考探宝林寺，又想起来这华阳河的由来。老全是刘升镇人，他爱对枣阳古迹进行探究，而我在写《风雪宝林寺》《枣林风物》时都要写到华阳河，所以，这条河的历史渊源，成了我们俩的共同心病。在研究宝林寺时，我翻阅《襄阳府志》《枣阳县志》，偶然发现民国版《枣阳县志·舆地志》记载："华阳河，旧志称源出武王山。（即霸山）西流入白水。中有泉，在沙滩上。早则泉上沸如珠。祷雨辄应。此俱不碻（即此说不准确）。"又记曰："河上源出大阜山南之华阳山，故即以名。流至刘升店，左右诸小水注之。南流十五里，至马家寨北。枣林店小霸山之水，东来注之。"从志书记载来看，华阳河是以发源地的山名得之，因此，肯定有华阳山的存在。

2019年，阳春三月，草长莺飞，惊蛰之日，雨过天晴。全长宇、钟华、王文斌和我，我们四人一起，前往黄湾实地考察，试图揭开华阳山的神秘面纱。刘升镇北边东起黄湾村的岭上，西至谢湾村的白鹤山，所有的山我皆登临过。路上老全翻看《枣阳县志》，看后也觉得奇怪，古人清楚记载的东西，为什么我们现在的人却不知道它是哪一座山呢？老百姓只知道刘升镇自北向南有数条小

---

* 作者简介：甘正云，1963年人，1984年参加工作，湖北枣阳人，现供职于枣阳住建局，年轻时曾是农民通讯报道员，写过"豆腐块"，发表在各种报纸、杂志、微刊上。

溪流淌，归于霸山脚下，向南奔流而去，才叫华阳河。不过，华阳河，从主流形成，到归入唐白河，一段一个河名，自黄湾一组、二组、三组分别流水成溪，并在三组南边汇合，直到油坊村，叫三道河；在油坊村、姜湾村地段叫林家河；下流至高堰堤村与罗寨大树湾时，叫大树湾河；流经刘升村、罗寨村、小店村则叫石板河；到白河村、马寨村、大河村，又叫王家大河；在马寨村、杨老湾村、草寺村、兴隆村、亢老湾村、柏树村、大西村、乌金村、陈岗村直到吴店镇，叫华阳河；从吴店到琚湾镇汇入滚河，出琚湾镇汇入唐白河，于襄阳东津注入汉江。

上午不到十点钟，我们的车在黑尔寨山脚下停了下来，我对全长宇说："老全，这条山岭自东向西，东高西低，一字摆开，五峰相连，我只知道西边高峰叫广鹤寨，中间叫梁子峰，这东边的叫黑尔寨、小黑尔寨，是不是这中间的那个山峰叫华阳山，或者这长岭就是华阳山，你看，这大阜山南边数峰山岭北部紧紧相连大阜山，与大阜山之间还有数峰小山。"老全说："你说得很有道理，我们暂不定论，还是再深入到山溪间，一座一座山进行比较分析再说。"于是，我们驱车沿长岭山东北，经宋家湾，直至大阜山正东，已是鹿头镇的阴沟村，再行东北便是石梯水库。我们将车停在阴沟北侧的山边，钟华使用无人机航拍，从无人机航拍镜头中清楚看出，在大阜山与西南广鹤寨、煤炭沟、黄家山之间，还有一山脉与大阜山至岭上，九峰相连，大阜山南边的流水，由于这九峰阻挡，无论如何也不能南流，所以，大阜山不是华阳河的发源地。只有这九峰相连的山脉，才是华阳河的发源地，这九峰，当地人称长岭，三道河的水是从这个长岭上流出的，尽管这样，还是不敢断定哪一座山是华阳山。

又过了些时日，我总是思考华阳山的具体位置到底在哪？待到周六，我又邀请黄家湾原住民汪克昌，刘升镇人李顺江、胡明泽，再次去寻访华阳山，考证华阳山。一进黄家湾，车向黑尔寨上爬时，汪克昌说："前面这五连峰，虽然也是五峰相连，也有溪水流出，但不是华阳河发源的正源，亦不是长岭。"他引导我们在崎岖不平的山路上七拐八弯，经过梭头湾、瓦屋庄，绕过三道河水库，最后将车停在碾子湾后面山坡间。我们下车向一座小山攀去，上得山来，方才看清楚，从大阜山南有一条自西向东连绵十几里的山峰，汪克昌说这才是真正的长岭。顺着汪克昌的手指方向，他介绍说："长岭东起与随州吴山交界的岭上，东面是随州吴山镇，岭北是鹿头镇阴沟村及石梯水库，岭南是刘升镇，西止大阜山脚下煤炭沟，连绵九个山峰。站在长岭东峰上，可以说是鸡鸣两县，脚踏三镇，水分三湘。长岭北坡为阴，就有了阴沟村，大阜山东南出之水以及长岭北出之水是沙河的源头；岭南为阳，所出之水是华阳河的源头；岭上东边所出之水为随州的㴐水源头之一。"李顺江对我说:"老甘,华乃广大也,阳则山之南也,这长岭正符合此意,古人也许就是这么取名华阳山的。"我回家后查阅字典:华,是光彩,光辉,繁盛之意。长岭连绵九峰,九又是数字之尊,这长岭南面广大,树木繁茂,泉流甚多,综合考量,古人取华茂广大、山水向阳之意,称谓此岭为华阳山,合情亦合理。再参考《枣阳县志·舆地志》所载,华阳河是滚河的第二大支流,发源于华阳山,而不是发源于大阜山。经过此次实地考察,得出结论大阜山南之水因有广鹤寨、梁子峰、黑尔寨所阻,故而向西流出,经马鞍山北,归入沙河;同时,华阳山也是滚河第一大支流沙河的发源地之一,华阳山北出之水从阴沟流入沙河,与大阜山同为滚河的主要发源地。因此,枣阳人常说母亲河滚河发源于大阜山有误,应该说枣阳母亲河滚河有两大支流,一支发源于大阜山及华阳山,叫沙河;一支发源于华阳山,叫华阳河。

　　站在华阳山上,纵观东西,面向正南,可以清楚看到,从西向东,有许多涓涓细流,发自华阳山,汇聚成三条大的河流,一条从煤炭沟与黑尔寨自西北向东流出宋家湾,一条从梭头湾与瓦屋庄间从北向南流出,一条从邻上与碾子湾自东向西南流出,三条汇合于梭头湾南边,形成华阳河主流三道河。今人在三道河下游筑有三道河水库,南下又十里筑有林庄水库,又十里筑有大树湾水库,又十里筑有石板河水库,又十里筑有华阳河水库。华阳河从华阳山出发,先南流又折向西南,一路兼收诸方溪流,出刘升镇,到马家寨,再到王家大河,南出霸山之西。这与《枣阳县志》关于华阳河水系记载的内容完全吻合。华阳河流域两岸,建有刘升镇、兴隆集、吴店镇,华阳河水滋养着几十万枣东南人民。

　　历经数次实地探勘、现状对比分析、地理航拍印证、山峰坐标表象,证明大阜山东南边的长岭,就是华阳山应千真万确呀!

　　华阳山啊,华阳山,您在《枣阳县志》里静静地躺着,沉睡得何其香甜,默默无闻,却从不寂寞。任凭数百年来被长岭这个乳名而替代隐藏!现在可以揭开您那神秘的面纱,露出您的历史真面目,长岭是您的乳名,您的大名叫华阳山。枣阳人民要广而告之,华阳山与大阜山都是枣阳母亲河滚河的主要发源地。

　　朋友,我们可以清楚地告诉你:横亘在刘升镇和黄家湾村的长岭,就是我们苦苦寻找的华阳河发源地——华阳山!

站在华阳山上

当你站在华阳山上，华阳河两岸风物让你陶醉又狂欢。

遥望 6000 年前，新石器时代的雕龙碑人，在山脚下，筑巢群居，装有推拉门的起居房屋，火烧熟食的灶堂，饲养家畜的圈舍，种植谷物的种粒，印证了那时的人们，已是日出而作、日落而息，具有传统农业生产生活的痕迹。这一切不让你感到震撼吗？

回观 2019 年后，华阳河两岸，田野里机耕机收，那牛拉的犁耙早已被送进了博物馆，老牛失业在山间，农民不再脸朝黄土背朝天。一部手机、一台电脑、网上线下，农产品行销天涯。雕龙碑的后人是何等的幸运啊！

神农炎帝遍尝百草的身影，仿佛就在眼前。炎帝带领部落族人生活在烈山与华阳山之间，才有了烈山炎帝洞，神农子孙，世代繁衍。看那每年的祭奠大典，把远古的思念延续到昨天、今天、明天。

华阳山下，世外桃源，桃花妖娆，满山腰开满红杜鹃，踏春的人们徜徉在花的海洋，享受着鸟语花香，手机、相机咔嚓拍照，老人乐、小伙笑、姑娘似花俏。洋溢着幸福喜悦的照片，在微信群飞扬，在电视频道播放，雕龙碑的后人咋就这么出色！

蓦然间，万马奔腾，战马犹酣，楚霸王饮马华阳河岸，围猎华阳山间，随后有了霸王山（今称霸山）屹立在天地间。楚霸王的铁骑，驰骋华夏，尘啸七国，八百年的楚汉盛世，令楚风楚韵把汉文化浸染。屈原的《离骚》《九歌》响彻耳畔，端午凭吊已成中华民族的习俗而传承至今。

惊回首，山下的 316 国道、汉十高速、麻竹高速、桐潜高速等现代化的路网，阻却了楚霸王的铁骑，泯灭了战马的嘶鸣。奔驰的是动车高铁，欢腾的是轿车大货，雕龙碑的子孙们，货运八方，车行万里。

看历史的长河里，龙飞白水，春陵刘秀、骑牛举事、兵发昆阳、剑指王莽、称帝洛阳、文治武功、太平盛世、千古帝业、辉煌枣阳。

望今天的宇宙间，神舟飞天，将军聂海胜，驾驶神舟飞船，翱翔太空，环绕地球，频频向枣阳人民问安。将军在天上看到了，滚河风云起波澜、红旗漫卷；看到了，浕水两岸高楼林立、换了人间。

站在华阳山上，你会感到无比自豪：枣阳的昨天，灿烂辉煌；枣阳的今天，欣欣向荣；枣阳的明天，前程似锦。鄂豫明珠，全国百强，我站在华阳山上高声呼喊：我爱您，华阳山！我爱您，枣阳！

榆树岗

榆树岗，是一条连绵十余公里的长冈，她横卧在枣阳市东，北起刘升镇谢湾村的链子山，途径刘升镇的李老湾村、榆树村、龚陈村、田湾村，向南至兴隆镇的杨楼村、新鑫社区、大庙村、刘畈村、柏树村、旗杆村，终止于大西村。而这些村在 1975 年以前统属于兴隆公社。空中鸟瞰榆树岗，像一条巨龙，昂首链子山，摆尾叉子河，巍峨延绵，甚是壮观。

榆树岗之所以叫榆树岗，是因为这条岗上榆树繁茂，古木成荫，榆花飘香，榆钱纷飞。榆树是常见的落叶乔木，叶茂枝繁，根系发达，抗逆性好，生命力强，适宜性广。因而她的足迹踏遍长城内外，大江南北。天山上有她雄浑的身姿，长白山脚有她迎风傲雪的躯干，南海边有她迎风的枝条，云贵高原彰显她的生机，更不要说中原地带的鄂西北，简直就是为她私人订制的领地。

榆树岗老街就建在西岗上，呈十字状，分东西南北四条街，街道两边都是站板铺面，生意兴隆。东街的豆腐有名，南街的油坊地道，西街的馆子兴盛，北街的茶馆溢香。新中国成立前榆树岗称乡公所，新中国成立后隶属兴隆区，人民公社时叫榆树公社，1975 年设立刘升公社时随枣林公社一道从兴隆公社划归刘升公社，1983 年设区公所时改称榆树乡政府，把原辖区内的杨老湾、赵老湾、大河三个村划归新建的大河乡政府。1987 年撤区建镇时，榆树改叫管理区，设党的总支委会。榆树管理区北临鹿头镇，西接环城办事处，南连兴隆镇。地势北高南低，水向南流，南面夹着西河水库。农业基础条件优越，榆树岗属典型的丘陵地貌，交通便利，人民勤劳，土地肥沃，物产丰富。1978 年，榆树岗街迁移到了东岗上，呈丁字状分布在枣刘路、榆兴路两边。依然保持"逢双日"① 开集的传统习俗。只是如今商品丰富了，交通发达了，交通工具车轮化了，榆树街已是白日集，不过就是"逢双日"人多些罢了。

---

① 逢双日：以农历日为标准的偶数日，比如：初二、初四、初六、初八等。

　　榆树岗老街的历史悠久，如今虽然已被废弃，但旧址仍在，古建筑依稀可辨。榆树岗的王家湾，在北宋年间出了个名人王九大人，不知是叫王九，还是因为皇帝封他为九门提督才叫王九大人的，无从考证。据传，王九大人家境贫寒，少年丧父，无钱买棺材为父下葬，只好用破席片将父亲的尸骨卷了，用绳子捆绑好，一个人拖着拖着出去，老天爷又下着大雨，王九大人拖着拖着，父亲的尸骨从席筒里滑落到坡下沟里，王九大人就势草草掩埋，无以树碑，只有插柳为记。金兵犯宋，王朝征役，王九大人别母参军。在抗金的多年征战中，王九大人屡立战功，官拜九门提督。荣归故里，办了两件大事，第一件事是重修父亲的陵墓，甬道石人石马，苍松翠柏排列，好不气派。目前，陵墓被西河水库淹没了，石人石马一同沉睡于水库之中，据说，若遇到干旱年景，水位下降，人们依然可以看到石人石马的样子。第二件事就是在榆树岗街上为母亲建了府邸，奉养老娘。这一传说充分佐证榆树岗街在北宋年间就建成并兴盛起来了。至于何年开埠，那就更早了，榆树岗老街拥有悠久的历史则是不争的事实。

　　榆树岗的第二个传说便是链子山的来历。链子山原来是一位财主的私家山，山本无名，后因一传说而得名。此山上有一口深井，井水甘甜，被财主独享，方圆百姓不能饮用。这个财主不仅独享，而且非要丫鬟在启明星落下之前把水从山上挑回来，否则丫鬟就要被杖责。苦命的丫鬟偏偏又出了事，天黑夜深，一不小心把井绳连水桶一并滑落井中，这可如何是好？这回去财主还不要了她的命。思前想后，不如跳井淹死了事。正当要跳井之时，一白发老翁用手杖轻轻将她拦下，言道姑娘不要轻生，老夫帮你把水桶捞起来就是。说话间，满满的两桶水停在了井台上。老翁说："看你是一个苦命而又善良的人，我送你一个'绞水'①的辘轳，从今以后，你再也不用吃力地一点点向上提水了，只是你要把它藏起来，不要让人看见，不要让任何人知道。"丫鬟连忙磕头致谢，老翁却瞬间飞上天去，原来是太白金星下凡来搭救了她。没过几天，财主发现井绳不见了，可丫鬟依然在挑水，便杖责丫鬟，污蔑她把井绳放在井台上，让穷鬼们挑他的井水，丫鬟无奈被打，只好如实相告。财主不信，白天上山，井台空空如也，既不见辘轳，又不见井绳，那丫鬟怎么提水上来呢？第二天夜里，财主悄悄跟在丫鬟身后，上得山来，只见丫鬟从树丛中把辘轳拿出来，"绞完水"又把辘轳藏起来。等丫鬟走后，财主把辘轳拿出来一看，辘轳上的链子竟然是金链子，急忙把链子解下来，高兴地往腰间缠，边缠边说："老天爷让我发大财了，老天爷让我发大财了。"正要缠完之际，天上的太白金星看到财主的举动，

---

　　① 湖北枣阳方言：意为从井里取水。

气不打一处来，"好一个贪心的狗财主。"于是按低云头，口吹仙气，把财主连同金链子吹进井中，同时把井口封死。自此山涧泉水外流，善良的人们经常可以看到水中金光闪闪，河水顺岗南流至叉子河汇入华阳河。此山人们后来就叫链子山，此河就叫金水。金水河发源地就是链子山，《枣阳县志》有金水水系及发源地的记载。这个传说警示着后人，人心要向善，切莫贪得无厌。

榆树岗的第三个传说，当要说八房湾的来龙去脉。一李姓人氏，从陕西大槐树逃难至此，见河水丰沛，土地肥沃，便在河西安营扎寨，开荒种田，由于勤劳，很快富甲一方。为了绵延子嗣，接妻纳妾。妻子与他住的地方叫李家老湾，纳一妾便在外建一处庄园，第一个妾的庄园叫大房湾，第二个叫二房湾，一共纳了八个妾，围着老湾，建了八个庄园，这就是八房湾的来历，后来人们叫成谐音八福湾。另外，他给出嫁的妹妹建了一处庄园叫姐儿湾。李姓从此成为此地的旺族大姓，人多户大便立谱建堂，序辈记祖，谱系曰："大振家声，文运洪开，培元广传。"最近又续谱："兴业启继，荣显祖章，志高青云，富贵瑞祥，君正贤相，华景久长。"李姓人家，在榆树岗，遍布方圆，外迁八方。李老湾村有着传奇的过去，也有今天的荣光，20世纪80年代初李洪贵同志任村团支部书记时，被团中央授予红旗团支部，奖电影机一部，村里建起电影院，轰动久远；20世纪90年代初，李洪贵同志任村党支部书记时，被中共枣阳市委授予十面红旗党支部。正是这样，李老湾人自豪地生活在那片热土上。李老湾，如今依然美名远扬。

榆树岗地灵人杰，人才辈出。1994年，为集资建校，我任榆树岗总支书记时，给榆树岗在外工作的老乡写了《致榆树岗乡亲一封信》，发出去四百多封，收到捐款近10万元！还有许多老乡没有收到，责怪我看不起他们，最让我感动的是在南京工作的李老湾村籍人李先生，因没有收到信，反给我写信一封，随寄汇1000元捐款！所以，在榆树岗学校建成后，管理区立碑一块，把所有捐款的老乡大名镌刻其上，把各村捐款数额亦刻在碑上，让后人知道新学校建设的不易，启示后生，从小好好学习，早成栋梁。说到这儿，就要重点说说榆树岗一位老街坊陈博先。陈家世代行医，到了陈博先时，药铺生意十分兴隆，陈博先后育有四子，个个了得。老大老二在枣阳政府部门工作；老三陈林慧，是湖北医学院资深教授，为新中国培养了许许多多的医学专家，枣阳县第一医院已故老专家乐全忠就是他的学生代表之一；四子陈林聪，留学美国。如此在外工作生活着的榆树岗人不胜枚举，或经商、或从政、或从军、或行医、或教学，三百六十行，行行敢争先。

榆树岗像一条龙，榆树岗就是一条龙！孕育了无数龙的传人，他们在故里、在他乡、在异国，为中国龙的腾飞，贡献着自己的智慧和力量。

风雪宝林寺

己亥（2019年）正月十三，我与老全相约再次探访宝林寺。

宝林寺在何方？据《枣阳县志·舆地志》记载："宝林寺建于明宣德年间，在枣阳城东七十里随、枣两县交界处，有碑铭记，未录入志。"具体位置是刘升镇宝林寺村卧虎山上。

清早起身，洗浴更衣，准备好探访备用物品。出得门来，方晓昨夜雪落枣阳，细碎的雪花还在飘着，一会儿老全电话打来，我问他下雪了，山路滑，还能去吗？老全爽快地说："下雪何妨，当年林冲不是风雪山神庙么，我们今天正好风雪宝林寺。"我说："好！那我们就兵发宝林寺。"

雪好像没有停下来的意思，我站在路边等老全的车来，不断有人问我，下这么大的雪，待在这冰天雪地里不冷吗？我回答不冷不冷。零下几度的早晨，能不冷？我只是不想让老全的车多走拐弯路。很快车就开过来了，我们便向宝林寺出发了。

20世纪60年代，枣林小公社归兴隆公社管辖时，在枣林兴办了一个畜牧场，原本是建在马寨三组玉泉寺下，因场地小，就迁到宝林寺，顺便把宝林寺周边的几个生产队划归畜牧场，成立了兴隆公社畜牧场。1975年划归刘升镇管辖，我在枣林工作时，多次登临过，那时中殿、门楼、厢房还在，正殿地基尚存。几十年过去了，不知现状如何？

老全开着车，也没有阻挡他介绍现状的心情。老全是枣阳摄影家协会会长，热衷保护文物古迹，多次造访宝林寺，倾心关注着宝林寺。2017年，他联系广东枣阳商会的朋友，捐资欲修葺中殿，恢复正殿和其他建筑，也不知道进展如何，所以，我说去一趟宝林寺，他二话没说就跟我来了。

半个小时的光景，车已到刘升街，带上原来的两个老友，便继续向宝林寺开去。老胡子说："你们今儿咋想起来到宝林寺？"我说："想故地重游。"老候子说："鸡娃子选个啥好天，下这么大的雪，一哧一滑的。"老全搭腔说："要的就是这个感觉。"老全小心地开着车，我们三个回忆着枣林的那些陈年旧事，老全三不五时的打岔，山路虽然不好走，但水泥路面，雪化的快，滑是滑点，没有结冰，老天爷还是对得起我们的。十点半，我们到了小王家湾老王家，老胡子说："先把饭搞好了再说。我们过去下乡老一套。"其实他早已打过电话了，老王家里已在烧火动锅了，正月十五没过，就还是在年里，饭菜也好操办。老王与我们寒暄几句后上了车，我们继续往宝林寺所在地卧虎山开去，车子到了村办公室的岗上，老王说不能再往前开了，山路陡峭，怕是要打滑的。我们只好弃车步行。

雪依然下着，好在风刮的不大，倒春寒的风，不似严冬的老北风那么尖锐。我们小心翼翼地走，满山遍野，白雪茫茫。下了坡右拐，是毛狗子笼，泥巴路比水泥路更滑。走雪路有个巧，那就是走白不走黑，踏着雪走，尽可能不走露黑的泥巴路。翻了一道又一道沟，越了一个又一个岭，五六里的山路，把大家折腾得满头大汗，差不多一个小时，终于到了卧虎山上的宝林寺。

宝林寺守护人廖建业正在屋里烤火，一听说我们来了，喜出望外，老廖得知我们的来意，高兴地给我们当起了讲解员。我们拾级而上，中殿前年已经修缮好了，修旧如旧，比旧的更牢固，一样壮观。老廖说："据传说，宝林寺原叫宝莲寺，始建于唐朝时期，兴盛于宋朝，元朝时有损毁，明宣德时又重建，重建后则被称为宝林寺，且录于《枣阳县志》，后人便叫宝林寺了。"清朝道光年间，又有施主捐资修缮，清末民国初年时的宝林寺，有前殿、中殿、大殿、围墙门楼、厢房膳房，一应俱全，僧侣众多，香火旺盛，鄂、豫两省信众颇多，寺院一度声名远播。老廖领我们到东北角，说道："这里原来还建有尼姑庵，庵东边有一口吊井，供尼姑们使用，庵、寺用水不同井，以避免僧人与尼姑互犯寺规庵约。僧尼互尊，佛道同兴。"寺庵周边，依山而建，聚居了许多山民，廊坊环绕，一派繁荣昌盛之景。

举目四望，卧虎山，虎昂首东南、尾摆西北，这宝林寺建在老虎的两个前爪怀抱之间，寺的周边翠竹茂密，如同老虎腿上茂密的皮毛。寺中修好的中殿东边，现立有两块石碑。一块是2017年的，记录了2017年枣阳爱心人士捐款修缮宝林寺的情况，一块是清朝道光三十年的。从道光碑文中可以清楚地看到，该寺重建于明宣德年，道光三十年修缮。碑文勒记：宝林寺乃古刹也，创自前明宣德年，界随州自随邑陈通枣邑五纲李二户，共施田地三百余亩，粮载施册内，称极盛焉；但年代久远，前明大顺年间所立碑记，暂就破裂，字迹模糊。今约三姓施主，公议另建碑石，以志不朽，特重立寺规律约，勒之于石。

> 僧人不许饮酒茹荤，
> 僧人不许包娼窝赌，

僧人不许东游西荡，

僧人不许仗势营私，

僧人娘家不许种寺田地，

僧人未满二十不许招徒，

僧人已逐者永不许回寺，

山主村民不许向僧人借贷，

鄙棍不许在寺混徒饮食，

山主不许强种寺上田地，

山主不许私自赶逐僧人，

寺上顶土钱许退不许加。

凡僧人犯此规者，山主同力赶逐出寺，凡山主犯此规者，姓人禀官责罚不恕。清规戒律，十分严格，这是保证寺庙香火鼎盛的保证。我们现在许多团体和单位的规章制度都不一定有这"十二不许"严苛。

碑文同时刻有当年捐资人：国学王玠、逢年、李作福，庠生王文浩、王朝佑、王守烈、王翘楚、王丞，岁贡王炳，恩贡王焯，庠生王陞模、王厚培、王陞坦、王奠坤、王国风、陈大元、陈大贵、陈大忠、陈大华、陈大金、陈大寿，署桐城正堂李万祀，国学李作藩，职员逢俊，选拔逢哲，庠生李德林、李文海、李维才、李运恒、李安太、李安明、李蓍，二房李德荣等人（人名不齐，也许不准，因碑文模糊，辨认不太清，有些字认不出来），公立。大清道光三十年岁次庚戌季冬月穀旦［穀（gu）旦，吉利的日子］。

纵观清碑，历经沧桑，古朴典雅，字工文正，遒劲老道，虽有剥落，不失肃端。在原来门楼处的地下，还埋着一块明宣德碑，老廖用水把碑表面的泥巴冲洗后，碑文残破，字迹模糊，需待清除污垢，认真考证，方可赘述。

下得坡来，离寺庙百米许，有一口古井，由石头砌就，口面是一巨大的石盘，中间一圆口，多少年来，井口圈磨得光溜溜的。老廖讲，此井从未干枯过，就是山下金峡水库干了，井水依然很旺，伸手可及。井南边一方水塘，清澈见底，堰塘的东西两边生长着茂密的青竹，与寺庙周边紧紧相连。

我们交谈时，老廖一个劲摇头，说太可惜了，2017年重修时，原本是要把大殿、前殿、门楼都恢复重建，镇上有人挡着不让修。那块道光碑要不是老廖护着，早已被村民拉去当过路桥了。老全也感叹，广东枣阳商会的朋友也觉得很无奈。如今许多地方，没景造景，千方百计创建人文景点，有的地方甚至为潘金莲、秦桧的出生地都争得死去活来，为何？其实他们为的是吸引游客，发展旅游经济，也是能够造福一方百姓的举措。老廖一介村夫都知道文物抢救与保护的紧迫性和重要性，真可惜了历史名刹宝林寺。

或感曰：不遵史实，不重志记，不随潮动，不合民意，是不为也。

甘正云己亥年正月十五写于家中

耿其亮作品[*]

远去的记忆

　　我今年 84 岁高龄，祖宗三代都没有活这么大岁数的人。我已很知足了，这是托共产党的福。回忆走过的这 84 个年头，经过了日日夜夜和春夏秋冬，谈何容易啊！辛辛苦苦，恩恩怨怨，也哭过也笑过，也胜利过也失败过，也遇到过贵人帮助，也遭受过小人欺骗。曾和多少益师良友牵过手，走着走着就分开了，这就是人生。趁我现在还健在，头脑还很清醒，还能在电脑上写写画画，所以我想把我童年时期经历的一件事记载下来，留给后人看，不想把它带到骨灰匣里去。

　　1942 年随父母逃荒来到陕北，父母在那里开荒种地，全家过着吃不饱穿不暖的日子。为了能让我吃饱肚子，父母让我去给地主家放牛，当上了放牛娃，那年我 8 岁。我记得晚上母亲给我说："孩子，你明天去前湾村给一家财主家放牛吧，你爹给人家说好了，咱不图挣多少粮食，只图你能吃个饱饭，能吃个白面馍。"我听母亲的话答应了。母亲把我身上穿的粗布衣服洗得干干净净。第二天我爹把我送到一个叫前湾村的地主家里。我父亲拉着我的手，对地主两口说："孩子交给您了，他还小不懂事，长这么大没离开过我们，有啥不对的地方，您别打他，告诉我一声，我教育他。"这几句语重心长的话，我一辈子忘不掉，每次想起来就想落泪。这个地主家离我们住的地方，有大约两里路，这个前湾村只有十来户人家，其中有半数都住窑洞，家境可能也不富裕。我在的这个地主家，住四合院，有瓦房有窑洞，不算大财主，属于中小地主。他家一共三口人，夫妻两口和一个 12 岁的女儿。他家养了 12 头牛，种了 20 多亩地，吃穿不愁，当时在这个村也称得上是富户。

　　我在他家放两年牛，无论刮风下雨，一年四季都要把牛赶到山上去放。他家生活很好，常年以细粮为主，偶尔吃顿肉。那个地方，因光照时间短，不生产小麦，吃细粮要到原上去购买。我家逃到那里，常年吃玉米面，玉米馍，小米

---

　　* 作者简介：耿其亮，男，1936 年出生，河南焦作温县人。退休干部。

干饭小米粥，根本吃不上白面。听我母亲说，我给他家放牛，管吃管住每年给三斗小麦。我和他家三口人同桌吃饭，同炕睡觉。他们冬天睡热炕。有一天夜里我做梦说道："娘，我尿哩！"这是第二天地主婆告诉我的，说的我当时脸红。他们的女儿聪明伶俐，长得也很俊俏，她怕我吃不饱，每当我赶牛上山时，她背着父母，送给我一个馒头，让我揣在怀里。有一次她给我两个馒头，我把牛赶到山沟里以后，跑回家把两个馒头给我母亲，那时候吃个白面馍比吃肉都香。

有一天夜晚，我没睡着，听地主婆给她丈夫说："你睡着没？我给你说点事吧。""你说吧。"男的说。"我看这个孩子挺聪明，很有眼色，放牛回来又是扫院子，又是到厨房刷锅洗碗，让他招（上门女婿）给咱闺女吧。"男的说："我也早有此意，过两天我抽空去给他父母商量商量。"我听了以后不懂是什么意思，第二天我回家把他们的对话学给了我母亲。我母亲说："意思是想让你给他当儿子哩。"我说："他想得美，在咱家饿死我也不给他。"后来果然他们去找我父母提招亲的事，我父母没有答应。我在他家两年，他们对我很好，从未打骂过我。后来发生一件事，我父亲不让给他干了。

第二年春天，我去放牛，因为天冷，我在山上一个破洞口晒太阳，没看见四只狼把小牛犊咬死吃了半拉。山上的狼很多，河南逃荒去的有三个孩子都被狼叼进沟里吃了，所以我父亲不让我干了。

时隔70年，2016年秋天，我为了寻找当年的记忆，带着摄像机又来到了原先逃荒住过的地方。变化太大了，路也变了，地也撂荒了，跑到梁家河村打听当年我们住过的狮娃嘴村，谁都不知道，问前湾村才有人知道，多走了十几里路。后来终于找到了地方，都变样了，我父母开的一坡荒地，现在又是荒草丛生，树木成林，连一片耕地也没有了。我们曾住过的窑洞坍塌了，我扒开杂草看看，只有浅浅的窑洞痕迹。河边我大伯种过的一块鳖盖地还是原形，我认出这块地了，好似久别重逢的故人，感到十分亲切。

到前湾村后，面貌大变，户户都盖起二层小楼。我问到一户姓陈的家，只有一个60来岁老太在家，男人们都去外打工了，她是河南商丘人，也是逃荒到这里落户了。看到我是河南老乡，简直亲切得不得了，像多年不见的亲人一样，把我迎进她家窑洞里，倒上茶水。当我问到张洪才那个地主时，她说："他不姓张，姓王，老两口早不在了。"我说："他女儿还在不在？"她说："前年也走了，她招了个上门女婿，人家也回原上老家了，这一家没人了。"我感到很遗憾，如果他女儿在世，我会买点东西去感谢她。

顺口溜写真：

回忆父母想当年，三天三夜说不完，吃不饱来穿不暖，一年到头受饥寒。

土里刨食类连连，面对黄土背靠天，耕地没有牲畜用，父亲去拿人工换。
整年没有吃过馍，糊涂面条是主餐，青黄不接没啥吃，借一斗粮加倍还。
夏天趿脊穿裤衩，冬天棉衣单又单，光着脚板穿棉鞋，一双棉鞋穿几年。
天冷冻得睡不着，也没东西可取暖，除了水缸锅碗勺，没有什么可值钱。
父母想想泪涟涟，这种日子何时完，美好光景没盼到，又遇兵荒马乱年。
国军进村抢牛马，土匪抢粮又抢钱，百姓没有安宁日，日本侵略到中原。
杀人放火抢民宅，飞机不时扔炸弹，房屋村落被炸毁，血流成河一大摊。
日夜不安躲日本，这藏那躲四处窜。这种日子没过完，恰巧又遇灾荒年。
三年大旱没下雨，庄稼禾苗都旱干，一年麦子刚莠穗，又来蝗虫袭粮田。
蝗虫来势很凶猛，避云遮日不见天，庄稼全都被吃完，百姓生活难更难。
草根树皮当主食，黄河滩把雁屎捡，看看日子真难过，十完九户断炊烟。
无奈逃荒去要饭，一路乞讨到西安，路上苦难说不尽，没人会把你可怜，
今想父母受的苦，不由泪滴湿衣衫，现欲尽孝亲不在，终身遗憾心内酸。

中国的进步有目共睹

近些年来，社会的变化日新月异，我肯定地说，60 岁以上的老人，想不到中国的进步和强大会发展得如此之快。

其一，看人民的生活水平。当今社会物质极大的丰富，要什么有什么，只要有钱，什么东西都能买到，从农村到城市，吃不愁穿不愁，彻底结束了凭票证和开后门买东西的时代。过去用的自行车、煤油灯、洗衣盆、缝纫机、铁火炉、珠算盘、电话机、芭蕉扇、电风扇等，当今都被遗弃到了冰冷的角落。随之替代的是小轿车、电动车、公交车、洗衣机、计算器、液化灶、手机、电灯、空调。给人们带来了极大方便，省工省力。特别是生活日用品，没有季节之分，没有地域差别，南方产的北方也能用到，北方产的南方也能享用。城市有超市，农村也有，如此大的中国，不分东西南北，像一个村一样，像一个城市一样。

其二，看交通方面。农村处处水泥路，村村通公交。城市三层世界，地面、地铁、高架桥。小轿车、公交车、出租车、电动车、小黄车、代步车、日夜奔流不息，如织布穿梭。地铁在地下默默无闻的奉献。更不用说空中了，飞机沿着像蜘蛛网似的航线，昼夜飞行。宽而平的高速公路四通八达，高铁、动车、

火车如三兄弟一样，奔驰在祖国的原野上。更值得一提的是高铁，舒适、便捷、快速，令人惊叹，往日几十个小时的旅程，如今只需两三个小时即可到达，给人们节省了大量的时间。

其三，看通讯方面。从小学生到八九十岁的老人，差不多每人都有一部手机，随时随地都可以做生意、工作、聊天、视频、通话、打游戏、购物等。连农民下地干活也随身携带手机，方便至极。我在国外旅游离国内两万多千米，用手机和家人视频。面对面讲话，简直是太神奇了，神仙办不到的事，我们人类都办到了。互联网太厉害了，电脑太先进了，足不出户就能知晓天下事。2018 年我国有网民 8 亿，互联网普及率 57.7%，仅剩 6 亿人不会上网。

其四，看生活的便捷。上楼有电梯，出门有出租，吃饭有外卖，购物有快递，国内国外不管有多么遥远，坐在家里，躺在床上都可选购，不出三天把东西送到你手里。出门带手机捆绑个支付宝，不用带现金，消费扫码了事，连买菜，修电动车，买一块烤红薯也能扫码，真方便极了。身上不带现金，不怕丢失，不怕被劫被偷。社区有无人售货柜，生活用品应有尽有，不想去超市的话在社区都能办。要鸡蛋有鸡蛋，要饮料有饮料，大街也有无人售货专柜，不用进商店，不分上下班，在任何时候都可以买到需要的东西。网上订机票、订火车票、订酒店、订旅馆、看病挂号等，省去现场排队。一部手机在手，走遍天下无敌手。

其五，看人们的幸福指数。现在人们的幸福指数高于任何历史时期。农村实现了耕种机械化，基本上没有重体力劳动，每年的耕、种、收全部机械化，农忙季节一户人家几个小时就收打结束了。上肥料打个电话化肥送到地头，锄草不用人力，撒点灭草剂就解决了。剩余劳动力，年轻人出外打工挣钱，老年人在家打扑克、打麻将。中年妇女跳交谊舞、广场舞。农村的居住条件都改善了，基本上都是大红门二层小楼房。去年我想拍个二十世纪五六十年代的老房子，在黄河北农村跑了两天都没找到，农村老房子都拆光了。农民看病有合作医疗，种地有补助，困难有扶贫，无劳力有五保，60 岁以上老人每月有补贴，坐公交不交费，逛景点不买票。农民说如今"吃不愁，穿不愁，打麻将，住高楼，跳跳舞，去旅游，一年四季不受苦。"过去旧社会地主富农过的日子，现在农民都能享受了。

其六，城市人住高楼，住别墅，住社区。有山有水有树有花草，公园到处有，街道宽，街道平，干干净净方便行，生态环境适合居住。就医、上学、用餐、购物非常方便。年轻人早上不想做饭，睡在床上打个电话，几分钟外卖就把饭菜送到家里了。晚上零点以后肚子饿了，打个电话仍有外卖送饭。公园很多，有湖泊假山，有儿童乐园，花草四季，树木成荫。游园人群络绎不绝，打扑克、下象棋、广场舞、交谊舞、太极拳、模特队、轻音乐和戏曲演唱等,任人消遣。公园设有"雷锋服务站",备有开水、轮椅、拐杖、代步车、雨伞、针线等,全是免费使用。郑州园博园节假日每天有4万多人游览。公园里热闹非凡,有老年,也有中青年。现在休闲人太多,都找自己的快乐。不像二十世纪五六十年代,没有人休闲,要么是上山下乡,要么去炼钢铁,要么去修水利。小轿车如同过去的自行车,上班族基本上家家都有,甚至一家就有几部。现在城里人有几多:"衣服多,鞋多,包包多,小孩玩具多。"这些都成了一大负担。再从节假日看高速公路的拥堵,旅游景点人流爆满,寺庙人多为患,出国旅游逐年增多,由此可看出中国人民当今的富裕程度。

我所谈是身边之事,是看得见摸得着的事。至于高科技,如军事科技,先进武器,航天事业的进步和航母的制造,那就更是大家有目共睹的,不必多说了。我最受启发的有四个方面:一是电脑,有台电脑在手边,就能无所不知,无所不能。二是高铁,出门特别方便而且快速。三是汽车导航,开车不用问路,导航非常详细周密,太神奇了,令人难以想象。四是智能手机,走哪都能随时所用地用。

中国人民的幸福来之不易,是中国共产党建立中华人民共和国为和平发展打下坚实的基础,因此我们不能忘记老一代,不能指责贬低老一代。人无完人,社会也没有完美无缺的社会。现在踏入中国特色社会主义新时代,相信中国将会更加进步,更强大,人民会更幸福,会使世界人民刮目相看。所以我们要拥护中国共产党,要听党话、跟党走,更要热爱我们的国家,必须清醒地认识到,没有国就没有家。

虽然当今社会还存在不少这样那样的问题,不少这样那样的弊端,但我们要有一个清醒的头脑。应该看到社会的进步,国家的强盛,人民生活的改善,国内的安定团结,就从新冠肺炎疫情来说,我们国家控制得最为得当,始终把人民生命放在第一位。这充分说明我们党是有能力的党,我们社会制度是优越的制度。中国共产党建党已有百年,但它还处于青年时期,会有强大的生命力,有中国共产党的坚强领导,所以什么困难都能克服,什么问题都能逐步得到解决,在中国共产党的带领下,我们一定会实现中华民族伟大复兴的中国梦。

老百姓编的顺口溜:

夏天不受热,空调室内安,冷热两用机,冬天可取暖。
老太打麻将,老头端棋盘,妇女广场舞,歌声响连天,
网络家家有,手机很普遍,住宅像宫殿,小车停门前。
生活无限好,感谢好政策。不是共产党,哪会有今天。

黄艳艳作品[*]

邻居满叔

满叔并不是我的亲叔叔，是我家的隔壁邻居，不过是共用一个姓氏，比我爸小几岁，按辈分，称他一声叔。

他今年六十好几了，孤孤单单的，老单身汉一个。

说起他，先得说说他的家人。

在我的记忆里，他的父亲，一个教老书的先生，是一个奇怪的存在。因为我懂事的时候，正值包产到户，村里的人总是忙得不分日夜，干劲十足。但当其他人忙着种田的时候，忙着锄地的时候，忙着收割的时候，忙着砍柴的时候……他夹着袋子不知去哪个地方讲学。那时候年幼的我总是纳闷，像我们这样的孩子都在学校里读书啊，都有老师教的，书也是崭新的，不老啊。哪里还有学老书的，那是些什么人在学呢，老书又都是讲些什么内容呢？问家里的大人，大人也说不知道。反正看他隔三岔五就出去了，回来和大家说话，也是有些"之乎者也"的味道，村里的人忙着干活，和他聊不上几句。他家里的活，全靠他身体单薄的老伴和他儿子满叔来干。

满叔的母亲是个大字不识的裹脚老妇人。我对她有记忆的时候，她就是头发花白，一脸皱纹，面目慈善，不太与人说话，即使说话，也是柔声细气。总是默默在家里做家务，农活是干不了太多的，看她走路都是不能太快的样子，能到菜园子里弄点菜回来就已经不错了。后来长大了回想起来，才明白裹了脚的女人，哪能快走。她的柔和温蔼，也是那个时代给她刻下的烙印，那个时候对女人的要求，不正是这样吗？我至今还记得她对她女儿的样子，那样的一个孩子，她也是温柔无比。每次喊女儿回家吃饭，总是轻轻地叫，但女儿听不见，如果恰好又没有看见母亲的话，就要缓缓地走到儿女面前，抓起女儿的手，牵着她回家。

---

* 作者简介：中小学语文高级教师，从教 30 年。工作之余，喜欢写点小文章自娱，有文章发表于新媒体。

这是满叔的妹妹，是个聋哑人，据说是两三岁的时候发烧打针打成这样子的。她走路蹒跚，不能多动，只能天天坐在大门口，见人就一边比画一边咿咿呀呀地叫，竭力想要表达一些什么。大人们忙得很，都没有时间理会她，见她叫唤，就点点头，嗯嗯啊啊地应付一下。所以她大多时候都是坐在那里看孩子们嬉闹。不过她不喜欢小孩，看到小孩子调皮了，就垮着脸，发出恐怖的声音威胁他们；若是看到有小孩子摔了，就拍着手幸灾乐祸地大笑。但奇怪的是，若是谁家大人抱着孩子，她倒是会满脸笑容伸出手指头，嘴里发出很柔的声音去逗弄孩子——虽然抱孩子的人都怕伤着孩子总是忙不迭地走开。我想，她再蠢笨的外表下，其实还是有着一颗七窍玲珑心的吧。

几间祖辈传下来的破旧黑暗的瓦屋，就住下了他们这一家子。

满叔应该是跟着他父亲识了几个字的，因为他虽然是土生土长的农村人，但总还是有点他父亲般的迂腐。他从小眼睛就不好，高度近视，看人总要眯缝着双眼，熟人还好，他可以根据声音判断是谁，不太熟的，非得要凑到面前才认得清人。所以，可以想象，他干农活，付出的辛苦真的比别人要多得多。

可他是家里唯一的顶梁柱啊。

他每天天不亮就起床上山砍柴，往往砍一担柴回来，身上都是湿漉漉的。

然后啪啦啪啦吃几大碗饭，就去忙一天的活。人不是在山里，就是在田里；不是在土里，就是在泥里。

得空的时候，就和我爸他们这一茬人讨论，田里什么时候下种，什么时候杀虫，什么时候施肥。地里这个季节该种什么，那个季节计划什么，怎么种才收成好……尽管他的田和地都耕种得不是太好，但他说起来仍头头是道。村子里的人都是朴实善良的，从来都是一本正经地和他钻研，完全没有因他的迂腐而排斥他或是嘲笑他。反而我这个小辈，常常觉得他是在行家里手面前卖弄，对他的言行颇不以为然。

他的家就几乎就靠他这样支撑和维系着，举步维艰，哪有人家愿意把姑娘嫁给他，于是，他成了村里第一个单身汉。

日子就这样不急不慢地走着，后来我在外工作成家，每年回去的时候不多，但一回去，就会知道一些他的消息。

先是他的母亲去世，用村里人的话说就是，造孽啊，家里没了女人，还成什么家。两个老爷们，还得伺候一个天聋地哑的女儿，这日子，也不知道怎么过下去，老天也是不开眼，怎么就先把他母亲收了去哦，唉。

但日子还是得过下去，不急不慢。再过几年回去，满叔的老父亲也去世了。除了一个空架子般黑漆漆的家，什么也没有留下。只有他和他的聋哑妹妹，在苦苦度日。可想而知,他的这个家,是多么的冷清和凄惨。而他自己的身体也随着年龄的增长每况愈下,视力愈发差,偶尔见他看书,眼睛和书之间的距离几乎不到一毫米,看得我都难受。他的背更佝偻,头发花白,走路的速度慢了很多。这种状况下,他一边做农活,还要一边照顾他那已慢慢不能自理的妹妹。村里人都说,真不知是前世造了什么孽,才会有这种日子。大家扼腕叹息,在力所能及的范围内,给他一些帮助和援助。可惜的是,那个时候,大家自顾不暇的时候多,帮助也是那么有限和力不从心。

后来他妹妹瘫痪在床,一躺就是几年。大家都觉得,这种日子,不管是对于他还是他妹妹,都是一种折磨,都替他着急,不知道这种日子何时才是个头。再后来,他妹妹,那个可怜的哑巴女子,终于先他离去。大家都说,也好,这是一种解脱。满叔也终于如释重负。

生活就是这样残忍,它总是能给你无穷无尽的折磨。但可以肯定的是,生活给了一个人太多的折磨之后,如果他还活着,那他能想到的,就只能是快快从苦难中解脱。

从此,这个家,就只有满叔一个人了。

一个人的满叔,生活似乎反而慢慢轻松起来。

这个时候农村五保户政策出台,他理所当然地享受到了低保。他年纪大了,农活慢慢干得少了。当然,这些年的苦已让他养成了朴素的习惯:他的生活开支极低,一件衣服可以穿几年,吃的是粗茶淡饭,自己养猪、养鸡。所以,日子还过得下去。他配上了眼镜,骑上了自行车,有事没事还能骑着去镇上溜达溜达。

近几年回家,晚上居然能听到他家里传出乐器的声响。

我颇感诧异,问母亲,母亲说:"哦,他现在日子过得还蛮舒服呢,他信奉了耶稣,每周去和一帮兄弟姐妹做礼拜,那里面的人经常接济他。他生活找到了寄托,你看,他还在学拉二胡,学吹唢呐,人都红光满面了,完全变了一个样……"

白天看到他,果真如此,似乎生活对他的那些折磨,完全是子虚乌有的事儿。

可他受的苦难,我们都还历历在目。

在那种折磨里,我不知道满叔有没有想过苦,想过累,想过厌倦,想过了断。但在别人看来,他的这半辈子,真的就是这样苦过来的。我不常在家,不知道他母亲去世的时候,他有没有悲痛欲绝。不知道他父亲去世的时候,他有没有惶恐。更不知道他妹妹去世的时候,除了如释重负,也还有没有最后的悲伤。

但这些都过去了。

现在的满叔，种点菜，还种一亩多田，亲力亲为，自己吃的粮食完全能自给；还养了几只鸡，猪不喂了，没有那么大的力气去伺候。闲暇时间，吹拉弹唱，或是骑着自行车去聚聚会、聊聊天，帮助那些更需要帮助的人。在镇里的敬老院里已备了名，等自己照顾不了自己时，就去那里。

真好！

我突然对他的人生充满敬意。

每个人活着，都有自己过不去的坎，也会有自己掩饰不住的得意。但又有几个人，能做到他这般的淡定和坚守？再苦，不能把他压垮；再舒适，也不能让他忘掉做人的根本。他没有多少文化，不懂多少知识，更不用说什么哲学之类高端的学问。他就是在活着的时候，好好活着，但这最朴素的道理，不比什么哲学家整出的东西都耀眼得多么？

如果都能像他这样，什么抑郁，什么沮丧，什么狂躁，什么疯癫，都全靠边滚蛋。

满叔，衷心希望每个在苦海里挣扎的人，在顺境里张狂的人，都像你一样，能在生活的沉浮里，找到最起码的平静。

人间芳菲四月尽，莫负春光莫负心

季节真是极好的季节。

人间的三四月，再不矫情的人，都会在这个季节里矫情一下。或曰踏青，或曰春游，或曰赏花，或曰……

绿色开始铺天盖地，浅绿、嫩绿、鹅黄绿、深绿、墨绿、油绿。你只要从家里踏出来，便会感受到生命蓬勃的气息。你会忍不住长长吸一口气，把属于冬的枯燥乏味，郁闷单调，完全驱散在这一片绿意里。你会觉得眼睛、头脑、心灵，都是那样舒适和惬意。让你几乎想要在这漫天的绿里，扭动腰肢。不管是踏踏步，还是蹦蹦跳，哪怕仅仅是伸个懒腰，你都会发现筋骨真的舒展得像柳条，可以随风摆荡。

空气不知被什么酝酿过，散发出湿润、清新、芬芳、甜美的味道。你一定会像一个在密闭容器里被憋坏的人，贪婪地呼吸、呼吸。所有体内污浊的、憋屈的、沉闷的气息，全部参与到大自然的流通之中，于是，身体被放轻，心情被放飞。

怎么少得了花？这个季节，花儿们不是一般的妖艳。

先看最接地气的油菜花，生得那么普通，却黄得那么与众不同。一大片一大片，亮晃晃地耀你的眼，逼你的心。你能忍住不走近，不拍个照，留个影？

漫山遍野的杜鹃，红的似火，可以燃烧半边天；玫红的似锦，像一个要夺爱的女子，与大红花儿争色；粉的似霞，在大红玫红和绿色的掩映里默默娇羞。不管怎样，即便不是梅花，也都有"待到山花烂漫时，它在丛中笑"的韵味。

樱花甚是猖狂。叶片还没有长齐，便迫不及待地开起来。重重叠叠的瓣，两朵、三朵、四朵，偏偏要簇拥在一起。白的似雪，好像要漫天起舞。粉的似胭脂，娇嫩妩媚，柔和恬美。若不是怕人比花差了太多，真的想要摘下一朵来，别在发间。当然，倘若还让你看到一株绿色的樱花，你会不会更惊叹造物主的神奇和慷慨？

不知道是不是有人也和我一样，曾对这日本国的国花甚是不以为然，以为它是舶来品。查查资料，发现其实并非如此，全世界80%的野生樱花都在中国。秦汉时期，樱花栽培就已应用于宫苑之中，距今已有2000多年历史。唐朝时，樱花已普遍栽种在私家庭院中。大诗人刘禹锡也曾赋诗："樱桃千叶枝，照耀如雪天。"

幸好！幸好！所以，看到这开得放肆美得耀眼的花儿，你尽管狠狠地爱。

花太多，多得三天三夜都说不完。你要做的，就是从三月的雨帘里找空子钻出来，溜出来。

这个季节，决不会负你。

当然，再美的风景少了气味相投的人也是平淡。话可以说得丑一点，即便是"臭味相投"也是最重要的。

一个电话，便放下手中一切，在约定的时间，约定的地点，嘻嘻哈哈凑到一起，来一场说走就走的出行。

你们体力相当。不会有人因为体力不支扯后腿。碰上个急弯陡坡，你拉我扯，上蹿下跳，都能江湖救急。

你们语言相通。某人说话，哪怕是半句，有人就接得出下半句。某人讲个笑话，笑声就会接二连三响起。你说要来首山歌，好，立马响应，这边唱来那边和，心想唱歌就开口。不会冷场不会败兴，有的是兴致勃勃，有的是欢声笑语。在大家的海阔天空里，再遥远的路程也不劳累，最平凡的风景也不乏味。

你们心有灵犀。有时候，一个眼神，一个动作，一个吆喝，你就会心领神会。递水的递水，拎包的拎包，集合就集合，闪开就闪开。

爱臭美就最好都爱臭美。几个女人出游，喊一声摆造型，你就会满心欢喜地听从设计。诸如什么千手观音，什么飞燕探海，什么犹抱琵琶，什么空中飞人，什么展翅高飞，你懂的。不懂也不要紧，拍多了也就无师自通了。

若是有谁家先生得空，最好是给大家共用一两天。有了他或他们，司机，导游，摄影师便齐了。路线，就餐，住宿便一条龙安排到位了。你要做的，便是享受这无边的风光，负责把自己也变成风景。

人间四月芳菲尽，在这个美妙的季节，你还不动情动心?

快走出来。从隆冬的瑟缩里走出来，从绵密的阴雨里走出来。

快走出来，季节如此浓情蜜意，千万和春住，莫负春光莫负心。

宋敏作品*

平凡着的永远

——我的父亲

离家在外求学几年，然后参加了工作，多年之后，也算稍稍经历了一些风雨，见识了一些人间冷暖。于是还算年轻的自己便有了"落叶归根"的想法。只是想法归想法，生活还得照旧。看着身边的人或得意，或颓败；感情由无到有，再由浓到淡，及至最后化归于无……—切的一切都会让人偶有所感。

只是不善言辞的我很少或者说几乎从没有将心中所感宣之于口或者书之于纸。"不善表达"其实该叫"不欲表达"，只不过是自己的一些感想罢了，不管是激昂、还是低落；或者是兴奋，或者是哀伤……都只是个人的情感，从来不欲将之诉之于人。这种内敛的性格，来自我的父亲，也许是遗传的原因吧。

提到父亲，除了内敛的性格外，对他，我似乎并无太多明晰的印象。一张原本还算俊朗的脸被岁月磨去了棱角，没有大喜也没有大悲，平平淡淡。大半辈子过去，他的生活和身边的其他人相比并没有太多的不同：生于多子女家庭，艰难成长，然后娶妻生子，养活妻子儿女。对外，他一直都是一团和气，或者是因为生活的重压，也或者这是生于他那个年代的人共同的处事方式——隐忍淡然。或许他不懂得这些字眼儿的意思，甚至于没有听说过，但他一直以来就是那样做的。对内，除赚钱之外，他的生活似乎就没有了更多的颜色——连对子女的教育都似乎被他忽略了。

印象中，他几乎没有正式找我们姐妹谈过话，但在日常的只言片语中，我却能隐隐地感觉到他对我们态度的变化。"吃完饭了，就上学去，别在路上玩耍。""你去告诉妹这件事儿。""这么做你认为怎么样?""你认为该怎么办?"，

---

* 作者简介：宋敏，女，1982年10月8日出生于河南省南阳市西峡县一个偏远的小山村里，本科学历，中学一级教师。从小热爱文艺作品，是一名文学的爱好者。中小学时期常有作文见诸报端，青年时代常有散文或诗歌在一些文学类刊物上发表。后加入我县的作家协会，常与一些文学爱好者们在一起交流学习。先后在乡镇及城区中小学担任语文教学及班主任工作，现供职于西峡县特殊教育学校。

这些平实的话语并没有什么出奇之处，但随着年岁渐长，现在偶尔回过头来回味一下，却发现自己在父亲心目中的定位在不停地变化着。

还记得听到父亲在跟我说话时第一次用"好吧?"这种商量的语气时，我深深地感动了一把，是那种被人重视和拥有话语权的感动。我们姐弟三个都是5岁半进的小学。不是幼儿园，而是小学一年级。当时虽然并没有上学的年龄限制，但却稍稍嫌小。校长问原因时，父亲如何回答的我已记不清楚了，只记得校长在听后点头赞许。于是，我们姐弟三人都读了两年一年级。

父亲的学历是高中，但他却从来没有辅导过我们的学习。可是我们姊妹三个却都由第一个一年级的"鸡蛋鸭蛋，家常便饭"变成了第二个一年级时的"鸡蛋鸭蛋筷子串"，并在之后的学习中一直保持良好成绩。我时常想，这都是那两个一年级的效果吧。

时至今日，虽然我已不复当时的懵懂，已经成家立室，有了自己的家庭、自己的生活、自己的事业，或许还会和父母分居两地。但父亲，依然是父亲。不管在哪里，都时时让我牵挂并感激着……

冬日里的情思

今天是我的生日，吃过早饭，我安顿好孩子，独自一人走出了家门。我顺着河边默默地走着，想去爬爬山。

已立冬一月有余，寒意渐深，虽然是周末，但路上的行人却日渐稀少。喜欢清静的我心中暗自欢喜。

今天虽有太阳，但感觉不到丝毫的暖意，干冷干冷的。偶尔有风袭来，吹乱了我的长发，却挑起了我的思绪。

听母亲讲，几十年前我出生的那个冬日的清早，漫天飞舞着雪花，那雪景是前所未有的壮观。大地上、房屋上、山坡上、树枝上、田野里，全都覆盖了一层厚厚的白雪，放眼望去，简直就是个粉妆玉砌的世界! 天地浑然一色，有一种无可言喻的美! 我原本就是属于冬天的女儿，所以越冷越精神，越冷越喜欢往外跑。不管是散步也好、赏景也好，或者是找个安静的地方读书、沉思也好……反正我就是喜欢冬天。

没结婚的时候，年年的生日都是和父母在一起过的。在我的记忆中：儿时，母亲会给我煮两个鸡蛋，再炸一个大大的油饼。鸡蛋是让我吃的，油饼呢，家里的每个人都得吃上几口，说是给我"咬灾"的。把它分吃完是最好的，预示着今后的日子里我将会无病无灾，平安健康！

再长大一些，我外出求学，每逢生日，我总会奔向父母的身边。哪怕时间不凑巧，我请假都会回家的。无论再忙，母亲总会给我做些好吃的饭菜：有时会包饺子；有时会炸油馍；有时会给我做碗香喷喷、热腾腾的长寿面，里面还会躺着一个荷包蛋；有时还会有几个炒菜……我当着父母的面，总是毫无吃相可言！每当此时，他们总会慈爱地望着我，又是让我多吃点儿，又是嘱咐我："不急，慢慢吃！"更是不停地往我碗里夹菜。那时的自己，只顾低着头匆忙地吃饭，哪里记得去认真地关心一下自己的父母，甚至没有用心地去看过他们的眼睛。我想：那里面的内容一定是非常丰富的！

后来，我参加了工作。随着年龄的增长和生活阅历的丰富，更加体会到了生活的不易和父母的艰辛，也明白了：自己的生日更是母亲的受难日！没有父母劳碌，哪来的自己！母亲十月怀胎，一朝分娩，是多么的辛苦！从我呱呱坠地到长大成人，父母又付出了多少心血和汗水！没有他们倾心的、毫无保留的付出，哪里有现在的我！父母不仅是自己的生命之源，养育之恩更是大于天。父母的恩情是子女永远报答不了的啊！

所以，我习惯在这一天给父母买些礼物，再买些好吃的，无论如何也要赶回家，陪在他们的身边。一起吃吃饭、说说话，和母亲在一张床上躺一躺，哪怕一起洗洗碗也行，或者多看几眼，在身边多坐一会儿也行。

再后来，我结了婚，我说服了爱人和我一起回家过生日。每当此时，他们的笑意总会写在脸上，连脚步都是欢快的。

接着，自己也做了母亲，更体会到了为人父母的艰辛和不易。生日这一天，也更加感念父母的恩情。这时，已做外婆的母亲在大清早便会抢先开了口："欣，娃儿小，你们别抱着她回来了，小心着凉了！今儿你过生日，天冷路滑，妈够不上给你弄好吃的，你自己做些好吃的庆祝一下，别亏待了自己啊……"不知为何，听着听着，我的泪便掉下来了。

接着，我有了自己的第二个、第三个孩子，我也记不清，自己已有多少个生日没有和父母在一起过了。真的很怀念那些能陪伴在父母身边的日子！但父母的生日，无论再忙，我还是会及时回去陪二老一起过的！

谁言寸草心，报得三春晖。又到了这个特殊的日子，亲爱的父母，女儿真的很想念你们！谢谢你们给了我生命，谢谢你们竭尽所能地把我养育成人！你们的平安、健康是女儿最大的期盼！亲爱的父母，请多多珍重！每次回家能叫上一声"爹"和"妈"就是我最大的幸福和心安！

不知不觉，已走到了一个小村庄，村后有山坡。我伫立观望，这多像我生长的那个地方啊！我爬上了山坡，在一个地方坐了下来。思绪又回到了从前，那些爱我的人和我爱的人又一一浮现在了眼前，那些熟悉的生活场景和感人的瞬间又再次出现在了我的脑海里……

冬夜里的温暖

今天下午下班后，还没到门口，便听到自家屋内热闹非凡，我不禁皱起了眉头，心想：准是这个耐不住寂寞的人又邀请朋友来家吃饭了！

推开家门，走进屋内，拖鞋还没穿到脚上，正在喝茶的人群中便有人站了起来，说："嫂子，你可回来了！"

"嘿，老师终于回来了！可真够敬业的，不下班不回家呀！"

我微微笑着，忙过来招呼他们喝茶，才发现原来是几家人来聚会的！正在这时，老公端着两道菜从厨房里出来，将菜放在了餐桌上，桌面上已经摆了好多菜。我正在纳闷，他突然走过来揽住了我的腰，对我说："老婆，祝你生日快乐！天天都开心！"我顿时当场石化。

老公见我发愣，随即拉住我的手走进了厨房，悄悄地说："欣，明天是你的生日，可单位通知明天上午市领导要来我县视察，我们得受命陪同，这假实在不好请！明天不能在家好好地陪着你庆祝生日了，就今天晚上提前在家陪你过，我顺便喊了和我们熟悉的几个朋友一起来给你庆祝，希望你能够开心！"

我这才突然想起来，明天是农历十一月初八，是我的生日啊！老公竟然记得这样清楚，心中顿时有股暖流在涌动。我望着老公在厨房忙碌的样子，脱口而出："老李，谢谢你！"

"你快洗手去，这儿不用你插手！今晚我得在老婆这儿好好地表现一番……"他说着话手中仍在不停地忙活着。见我愣在原地，他直接把我推了出来："快去招呼这些来给你'咬灾'的人吧！"

刚出了厨房门，这些兄弟姐妹们都围了过来，一边把我拉到餐桌前坐下，一边向我送祝福，还有人已经拿出了生日蛋糕，正在往上面插蜡烛呢！我有一种"反主为宾"的感觉，同时被他们的热情深深地打动了。

"李哥，弄好了，快来给嫂子点蜡烛吧!"

老公飞快地从厨房里窜了出来，笑着说："能给老婆点蜡烛，太幸福了!"他走到我面前，还快速地拥抱了我一下。我顿时羞红了脸。

"来，亲一个!"有人起哄。

我直朝那人翻白眼，那人还在暗自得意，我打趣道："再出坏主意，小心今晚回去，我让杜娟收拾你……"话还没说完，已被人封了口。唉，这个不知羞耻、厚脸皮的老公啊，这种亲密的事情岂能是在大庭广众之下做的!

耳边有起哄声，有鼓掌声，我恨不得找个地缝钻进去。

"看，李哥和嫂子结婚这么多年了，都三个孩子了，还这么恩爱，真让人羡慕!"

"李哥真够勤快、体贴的，嫂子好福气!"

"能娶到你嫂子才是我的福气! 老婆，你辛苦了!"老公回应道。我眼眶有些湿润，忙转过身去。

老公发现我的异样，忙说："别闹了，菜都上来了，时间也不早了，大家快开始吃吧!"

"蜡烛还没点呢!"有人提醒。

老公点燃了蜡烛，大家唱起了《生日快乐》的歌曲，在烛光的摇曳下，在大家的祝福声中，我许下了自己的愿望：一愿父母平安身康健，二愿夫妻同心家和睦，三愿孩儿苗壮成长把事懂!

在吃饭过程中，大家情绪高涨、气氛热烈，天南海北地闲聊，很是开心快乐。向来情感不外露的我也被这帮兄弟姐妹们所感染，话也多了起来……

老公又是忙着做饭菜，又是忙着招呼客人，但脸上始终带着笑意。待吃过饭，一切收拾停当，又送走了这些朋友，老公坐在沙发上直喘气。我走过去，坐在他身边，拉起他的手对他说："老公，谢谢你，你辛苦了!"

没想到，他突然伸出手臂，拥我入怀，又很快把我抱坐在他的腿上满脸真诚地说："老婆，家里最辛苦的人是你呀! 有时我说话粗鲁，你别和我计较，要不，真的会把你气坏的……我也想改变自己，可你得给我时间……"我捂住了他的嘴："你别说了，累了一天了，还不准备睡觉吗?"

"睡，睡，现在就睡觉去!"说着，便把我打横抱起，向卧室走去。

窗外寒风肆虐，冬雨嘀嗒，屋内温暖如春，浓情蜜意。啊，真是一个难忘的夜晚，一个温暖的冬夜!

漫漫长路

——我的舅舅"老师"

随着一声响亮的啼哭，三十多年前的一天夜晚，我来到了人世间，从此开始了漫漫人生路。在这条初始懵懂、渐次明晰的路上，除了爸爸妈妈，还有一个人，给了我极大的鼓舞和有力的引导，他就是我的舅舅。

不知道其他孩子是不是也和我一样，似乎我从小就没有好好仔细"品味"过父爱。或许是年岁差别不算太大的原因吧，自小和舅舅在一起的每一天，总是那么的自在。就在我坐下来认真思考对我影响深远的人时，我总会不自觉地想到舅舅这个在我很小就用全部心血培育我的"老师"，这个对待每个学生都亲如子女的老师，这个为了教育事业而日夜辛苦，不断思考、不断实践、不断改进的教育者。

在我依稀记事的时光里，舅舅用他自己的言传身教，培育我成长，用他刚毅坚韧的个性，引导我长大。在我的生命里，他是我最敬重、最爱戴的人。

小时候舅舅特别疼爱我。他对我的学习要求很严，但他从不打骂我，有时候我在学习上没有达到他的要求，他总是耐心地帮我分析原因，找准努力方向，指导我如何有效提高学习成绩。在我失意气馁的时候，他总是鼓励我、引导我，重新鼓起勇气去面对。人生的道路不是笔直的，不知要拐多少弯儿，而舅舅总是在拐弯处当我的扶手。为了我的成长，他付出了很多。

不知不觉中，我已是成年人了，不知道什么时候他的鬓发已经斑白，英俊的脸上也有了一道道皱纹，没有改变的只有双眼，依旧炯炯有神。他是一位普普通通的教育工作者，但他用自己独特的人格魅力感染着身边的每个人，用笔耕耘实现着自己的人生梯田，同时也收获了丰硕的事业果实。舅舅擅长写作，二十多年来，写出了四十多万字的成果。这与他平时喜欢看书，而且爱钻研有很大关系。写论文，写党建研究、调查报告，写信息、总结，只要是与他的生活、工作有关系的东西，只要能触发他的灵感，在他的笔下，都能成为创作的源泉。

舅舅是位个性刚毅的人。或许是成长环境的艰辛吧，给了他刚强的性格，在他的骨子里储存着一股不服输的东西。由于长期夜以继日地工作和不规律的作息，他得了很严重的胃病，稍不注意就会复发，但我从没有看到他因为生病而颓废。他总是在治病的同时坚持上班，每天照旧精神抖擞地出现在大家面前。工作上还是一如既往兢兢业业地起草文件、写简报、到基层小学调研，给基层组织发送学习材料和学习计划，他总说："工作不是给别人看的，要对得起自己的良心。"舅舅那种对工作、对生活积极乐观的态度，那股不服输的韧劲儿，永远值得我学习。

虽然现在我的工作还算稳定，可是与舅舅的要求还相差很远呢。有位哲人说过，人不一定能使自己伟大，但可以使自己崇高。在我看来，舅舅就是具备这种崇高人格的人。舅舅从事教育事业二十年，爱岗敬业，工作起来废寝忘食，自己钻研创立了一套教育理论和教学方法——"三疑三探"，将其运用于教学实践当中，取得了很好的教学效果，并在全省中小学加以推广。

舅舅常对我说："要把事情做好，更要无愧于心。"他的人格就像一盏灯，照亮了我人生的前进方向。或许是直到我参加了工作，做了一名教师，才似乎真正读懂了舅舅对我的爱护，读懂了他对于教育事业的热爱与忠诚，读懂了舅舅的人生阅历这部大书。

每次望着忙碌的他，在心疼的同时我更意识到我肩上责任重大！我会以舅舅为榜样，我会努力工作，竭诚奉献，为培育下一代健康成长，为教育事业贡献自己的力量。

王桂萍作品 *

剪纸的诗意人生

剪纸，是中国古老的民间艺术，历史悠久，风格独特，深受民间百姓乃至国外人士的喜爱。同时，它也是一种镂空艺术，其在视觉上给人以透空的感觉和艺术享受。剪纸在民间流传极广，历史也很悠久。

剪纸不仅是一种艺术，也是一种工艺品。它的用途十分广泛。可以张贴用，即直接张贴于门窗、墙壁、彩扎之上作为装饰，如窗花、墙花、顶棚花、烟格子、灯笼花、纸扎花、门笺等。也可以摆衬用，即用于点缀礼品、嫁妆、祭品、供品，如喜花、供花、礼花、烛台花、斗香花、重阳旗等。还可以刺绣底样，用于衣饰、鞋帽、枕头，如鞋花、枕头花、帽花、围涎花等。也可以用于印染，即作为蓝印花布的印版，用于衣料，被面、门帘、包袱、围兜、头巾等。

剪纸艺人是有姓名可考的。广州建德县的林文辉，字纲齐，剪纸为字，飞动如龙蛇，人称之曰剪；宋代杨万里的集子里，也曾提到一位"剪字道人"，说他"取义山经年别远公诗，用青纸剪字，什米元章体逼真"。

在这里，我要提到的剪纸艺人，他只是一位孤独的老人，他身边没有什么亲人，唯一的老伴也因为脑中风而离开了他。在晚年的岁月里，他并不显得孤独，因为，他手里那些栩栩如生的剪纸，就是他最好的伙伴。他手艺精良，为人低调。每天并不多言，逢人也只是淡淡地眯起眼睛浅浅地笑，他大部分时间都沉醉在他的艺术世界里，他的作品，没有刻意的雕饰，却有天然的本真，没有市侩的熏染，只有清纯的涌动。他的剪纸，形式多样，色彩清新，俏皮可爱，大气深沉。谁家的女儿出嫁，他就会剪喜字，剪窗花；逢年过节，他会剪上一些灯笼花，礼花，还有供花，送给邻里乡亲，这时候，有的人家为他暖了一杯酒，他就满面红光，笑意荡漾。

---

* 作者简介：王桂萍，黑龙江人，毕业于齐齐哈尔大学，喜欢写作，做过记者，市作协会员，2013年出版综合文学作品集担任主编，在报纸杂志发表过各类散文小说，好心情文学网站签约作者。现就职艺术学校担任宣传策划工作。

不久前，一个来自中国台湾的老板到乡村旅游时，无意中发现了他，老板想以高价雇佣他做剪纸，被他婉言谢绝了。因为，他舍不得这方土地，放不下这份乡情。

他言语不多，除了剪纸之外，总是喜欢一个人背着手慢慢地、安静地行走，默默地吸烟，仿佛在追忆着什么。那些充满灵性的美丽剪纸，仿佛带着艺术的灵魂，一直陪伴在他左右。

在他的记忆深处，在那些逝去的美丽岁月里，应该珍藏着更美好的东西，也许，那是一段美丽的感情，也许，那是一段感人的过往，也许，那里有着更多的舞动的精灵，更美的诗意人生。

盲人歌者的梦

19岁上大学，21岁写诗，24岁开始四处漂泊。幼年时，因患眼病随母亲四处求医，辗转于不同的医院。医院里酒精棉的味道充满了他整个童年。9岁时，彻底失明。留在视觉中的最后画面是动物园里的大象用鼻子吹口琴。

1980年入沈阳盲童学校读书。1989年在天津读高中。1994年毕业于长春大学中文专业。大学期间，最爱的书是米兰·昆德拉的《生命中不能承受之轻》和加缪的《局外人》。这个人，就是周云蓬。他，不是一个孤独的盲者，而是一个智慧的诗人，他，更不是一个被生活抛下的弃儿，而是一个奔放的歌者。

他的歌声如他的诗一样，深厚、苍远、深沉、有力。2009年，他发起了一个帮助贫困盲童的计划。目的是为那些家境贫困的失明孩子购买他们需要的乐器、读书机。他邀请众多民谣歌手无偿录制了一个童谣专辑，专辑名字为《红色推土机》。

"我无法承诺为某个盲童带来一生的幸福，这个计划只是一声遥远的召唤，就像你不能送一个迷路的盲人回家，但可以找一根干净光滑的盲杖，交到他手中，路边的树、垃圾箱、风吹的方向、狗叫声、晚炊的香气，会引导他一路找回家门。"

这就是周云蓬内心深处最真实的告白。

他用那些被染成夜幕一样漆黑的日子，给无数需要关怀的心灵，注入了阳光，还有雨露。

周云蓬，他被称为最具人文的中国民谣音乐代表人物，更是一位杰出的诗人。他说，黑暗不能阻止他想成为一个智慧的人。就如他的诗集《春天责备》，发行于 2004 年。

曾有人这样评论他的诗：诗人闭着双眼涂出来的笔迹，此刻如倒翻的墨水瓶，湿淋淋的开始流淌，一笔一画中，勾勒悲伤，勾勒流年。

我们看到的，听到的周云蓬，他的情绪，都如一种黏稠的液体，在死一样的寂静里、在这世界、这现实阴暗萧冷的沟回中缓缓而动，读的人，听的人，俱陷其中，像看到自己在无边的黑暗中嘶吼与哭泣。

他是如此神奇的艺人，更是如此勇敢的行者，在无边的黑暗里，用他的诗，他的歌，谱写着生命，诠释着精彩。所以，我们有理由轻视卑微，却没有理由轻视生命的高度。

这高度与荣耀富贵无关，更与名利金钱无关。生命的高度，往往取决于它存在的形式与价值。而周云蓬，以他特有的生活方式与生存价值体现了他生命的高度。

周云蓬，这个留有一头长发，戴着黑色墨镜、手扶吉他、有着沧桑浑厚嗓音的 40 岁男子，他饱经风霜，智慧本真，大气磅礴，他的微笑与眼泪，成功与挫败，都那样完美而真实。

在崔永元的现场采访节目里，曾有一位现场观众这样问他，假如给你三天光明，你最想做的是什么？

他只是安静地沉吟了片刻，便幽默地说："我想，我会看阿凡达吧。"

转念一想，三天时间呢，看完阿凡达，剩下的两天，做什么？

他又想了想，继而机智而幽默地说："应该是再看一遍阿凡达吧！"

周云蓬是无比真实的，有观众问他，是什么让他经历这么多挫折，依然保有如此乐观的心态。他真实地回答道，生活中的他，其实也并不是完全都是乐观的状态。但是，在这个舞台，面对喜爱他的人，他依然会把最真的笑容呈现！

这就是周云蓬，一个真实的盲人，更是一个伟大的艺人。相对他的诗，我更喜欢他的歌，而且，并不仅仅只是喜欢他的歌。

魏创杰作品*

故乡的月

今夜皓月当空，繁星点点，如水的月光洒在我栖身的低矮的工棚上，洒在我眼前这片尚未竣工的高楼上。多年的建筑生涯，我自己已记不清这样的高楼装修了多少栋，也说不清心底多少次冒出"月儿弯弯照九州，高楼本是穷人修"的感慨。

多少个有月的夜晚，就会勾起我多少次无尽的乡愁。记得儿时经常在有月的夜晚和伙伴们在月光下玩游戏、捉迷藏。夏天夜晚乘凉时，小伙伴们都聚在老人身边，听老人们讲月宫里的故事。最好奇的是老人们指着月亮中的那团黑影，说是吴刚怎么锯也锯不断那棵桂花树，还有嫦娥姐姐是不是后悔偷吃了本该两个人一起吃的灵药，只能孤寂的思念还在人间的后羿。

长大后，月光下再也没有那神奇的传奇故事。农忙时节，月光是最好的照明，割稻子、打场，很多农活都是在月光下完成的。农闲时，最难忘的是月上柳梢头时，和心仪的女孩在朦胧的月光下漫步乡间小路，谈理想、谈人生。也希望和她举案齐眉，执子之手，与子偕老，缠缠绵绵，直至月影西沉。有月的夜晚不尽然是美好的，也有劳燕分飞时，从此无心爱良夜，任它明月下西楼……

后来，我为了养家糊口，离开了家乡的山水，告别了故乡的明月。每当有月的夜晚，我就会看着月亮发呆，脑海就会浮现家乡的那轮明月，儿时的小伙伴仿佛就在眼前嬉戏玩耍，眼前仿佛看到了我曾经心仪的女孩亭亭玉立、风姿绰约的身影，仿佛看到她的秀发在晚风中飘逸……此时此刻，儿时的伙伴们和曾经心仪的女孩是否和我一样也在看月？

日月如梭，斗转星移，转眼间几十年过去了，尽管身在他乡，故乡的那一钩弯月却如一支弯弯的小船，已然划进了游子的心湖，泛起了阵阵涟漪，故乡如玉盘般的圆月永远定格在游子的心中。

月，还是故乡的最圆。月，还是故乡的最亮，最亮……

---

* 作者简介：魏创杰，喜欢文学，特别喜欢散文，诗歌。

人生需要从容

子在川上曰："逝者如斯夫，不舍昼夜。"时间飞快地流逝，人们也在飞快地追赶财富的脚步。

有人说，我们走得太快，以至于我们的灵魂都跟不上了。是啊，因为我们的生活节奏太快，不仅仅人生路上的风景来不及欣赏、来不及品味，而且我们的身体和灵魂也该在这喧嚣的尘世中清静清静，歇息歇息了；也该对我们已走过的路、所做过的事进行回顾，静下心来仔细思考今后的路如何走了。

清代著名的戏曲家李渔在他的家乡修建了一座亭子，名曰"且停亭"，并在亭子上撰写了一副对联——"名乎利乎道路奔波休碌碌，来者往者溪山清静且停亭"。他的意思是告诉来来往往的人们，在为名利奔波的路上，到了这溪山清静的亭子，不妨停下你的脚步，休息一会儿。其实人生的路上有许多这样的亭子，你可以坐下来喝杯茶，大家说说笑话、讲讲故事；可以领略周围美丽的山水；也可以低头沉思或闭目养神，真正体会人生的一种从容。

现代人脚步太快，以至于享受不到生活的本真和美好，心中总有种失落感和不痛快。我们一日千里，哪能领略沿途的风景，山河的壮观；我们狼吞虎咽，哪能品佳肴在味蕾上的感觉；我们心浮气躁，面对名著，哪能逐字逐句体会书中的千般含义、万种风情呢……

我们何不放慢自己的脚步，更何况"慢"是一种修养，一种境界。我们或驻足花前仔细观赏、感受花的艳丽芬芳；或饮一杯香茗，细细品味他的浓郁或清香；或捧一本名著，和作者来一次心与心的交流；或流连溪水，倾听潺潺流水的音韵；或漫步广袤的田野，感受和风轻拂脸上的惬意……

请放慢我们的脚步吧，让我们的身心得到休息吧！唯有如此，我们的人生才是从容的。

陈厚定作品*

桃林"猴影"

春来了，桃花开了，于是先想到诗，有诗曰："去年今日此门中，人面桃花相映红，人面不知何处去，桃花依旧笑春风"；之后想起桃来，那一日偶见桃，硕大、红润、饱满、透着诱人的光彩，那是家人买了一些放在玻璃盘里，看到后欲吃，忽然电话铃响了，就去接，接了之后却忘了吃桃。翌日晨起，忽然又看见桃才想起之前忘吃，可又要赶着时间出去，也无法品尝，只能望洋兴叹，自己又觉得好笑，笑自己吃桃的欲望不强烈，不然前晚决不会忘记吃桃的！

于是想起小孩子时候了，邻村有一对老年夫妻，家宅让许多桃树包围着，这可是他们家的桃树呢！初夏时蜜桃遍布树上，这桃树弯着腰奉献着累累大桃，我们小孩子身上一文钱也没有，看着桃子干瞪眼。偶尔爸妈高兴给几文钱去买桃，那老太眯着眼哈着腰用小腰篮称几只桃来，拿回家，家里人各分而食，不但不解馋反而激起了馋欲。"要吃拿钱买，不买没得吃。"那老太太说。那树上累累大桃在我们小孩子眼里仿佛向我们炫耀，可望而不可即的心态促使胆大点的孩子们冒险一试——偷！夏日如火，夜色三更，那老两口为了防偷，早就把床安置在户外桃树丛中，好啊，这下高枕无忧！正当他俩呼呼之际，几个人影闪过，不一刻几棵桃树上有晃动，一个时辰光景猴一样的影儿溜下树，各自肩上多了个沉甸甸的大口袋，之后溜之大吉了，可有一个猴影弄出了响声，惊动了床上的老人，他们高喊一声，试图打开蚊帐下床捉贼，可找不到帐门，好一阵才找到帐门，可又不易打开，硬着头皮用手撕开，又污了一手牛屎，哈哈，原来帐门被偷桃贼用牛屎封起来了。等他们出来时，偷桃的早就逃之夭夭啦……

我就读小学时，一次小堂弟随我去玩，走在街上，有个老头在卖大桃。老头我认识，也是邻村的，头大腿短，那头长得像不规则的冬瓜，摇头晃脑，桃

---

* 作者简介：陈厚定，江苏南京人，省诗词协会会员，省楹联研究会会员，从教生涯四十年，作品常见于海内外报纸杂志，有作品编入《中外诗歌散文精品集》，部分散文作品被电台配乐制作成朗诵音频等。

卖得好贵。我就悄悄对小堂弟说："你去拿两个桃来吃，你个矮，他看不见你"，谁知他很顺利地就拿来了，正当我们高兴时被老头发现了，把桃子从堂弟手上夺了，堂弟害怕，指着我对老头说："是他要我拿的，是他要我拿的……"那老头瞪眼看着我，我哈哈大笑着走开了。

多少年过去了，我们也长大成人了，那卖桃的老人们早就离开了人世间，想想我们年少时又太调皮！看，现在吃桃太容易了，可吃桃的欲望却强烈不起来了，为什么呢？不说也知道！

归问旧居

"绿树阴浓夏日长，楼台倒影入池塘。"这是唐代诗人高骈在《山亭夏日》里的诗句，但我那时的旧居倒有点儿这样的意境了：看那阔大的草屋、高高的房顶、屋下圆圆的池塘，环卫着池塘的是榆荫与芦苇，如果立于池塘边，那水平面上的老屋倒影便如海市蜃楼一般，于是常常回梦，时时萦系了。

我儿时就生长在龙潭这块土地上，那是二十世纪六七十年代，老宅屋就立于这长江南岸大堤之上，那时的我时常倚坐在门前大堤上对着大江好奇：看江里船帆点点、机舟成串，申汉客轮楼般豪华，入夜后更是迷人，仿佛江面上移动的灯楼彩阁。那隔对岸就是名叫"仪征""六合"的地方，四季如青的方山、奶山，温柔的山的轮廓清晰可见，看着这一切如醉如痴，于是又常常静夜入梦，梦儿里又是神奇妙境呢。

我那旧居是两厢一堂的结构，中间庭院，土木草屋，祖孙三代分隔而居并不拥挤，其乐融融。尤其每年的除夕，京城姑叔两家齐聚，年夜饭都是拼桌而就的，桌上的美味佳肴如军家布阵，星罗棋布，见此孩儿们都兴奋异常，拍手欢腾。

旧居旁一池塘，甚圆，夏日水满，周围榆树茁壮，芦荻苍苍，水色澄澄，莲草蕤蕤；那鱼族悠然乎，它们神龙见首不见尾，我常潜行芦苇间垂钓，钓上的大鲫鱼显古铜色，又肥又亮，真真可爱又惬意；忽而草鱼腾跃出水，溅起涟漪，倒映水面的老屋舞影游动，甚是迷人。

不过有时也会有所顾忌，就是身后那旧居老屋墙里，听母亲说里面藏着一条大长虫①呢，足有好几米长，它也时常游到这小池塘来。村里人说，它就如

---

① 长虫，指蛇。

家养的宠物一般，不伤人畜，而且是家的"保护神"。事实的确如此，我们从未见过家禽家畜被伤，也视它如宠物，还给它取名为"小龙"。

20世纪70年代初期，由于塌江，我家搬迁了……如今尽管那江畔的旧居没有了，可是旧址仍在，这里已经成了龙潭国际中转港，旧址就在港内的龙门吊址旁。如今这里成了一片乐土，一派欣欣向荣的景象。最近我回乡，江边看江的老乡神秘地告诉我，那条小龙还时常出来，有时就出现在旧居附近的江面上，甚至是江畔圩塘的埂堤上……

我长大成人后便离开了这片生我养我的土地，不过我也时常回来。我伫立在旧居旧址旁，眺望着大江南北，滚滚东流水，魏魏青龙山！不禁心潮涌起，随自度一曲《忆秦娥·归问江上旧居》："青梅发，澄江放眼歌三叠，歌三叠，从篁留梦，绕床时节；风清老屋灯明灭，云烟旧事凭谁说，凭谁说，渡头月近，村醅初热。"

是的，生活除了眼前的苟且，还有诗与远方！那逝去之日虽遥远，却总是挣不断、挂结记忆的那根丝。

千华古村行

长廊翠蔓旋轻烟，小桥流波杨柳泉。
仓苔旧石苍松影，屋宇新山蜜桃园。
林深不见鸡犬响，溪浅但识鱼鹭眠。
宝刹隆昌烟火盛，千华古村万千年。

赏农野

户外田园大，池塘雨后平。
鱼欢微浪细，柳绿小风清。
野花有盛时，幽鸟无闲音。
悠人观雅景，遂辍采花行。

杨泽心作品 *

广州的春天

北方的春天，看似柔和的风中却带着一丝冬的味道，太阳有点懒——总是不冷不热的，小草偷偷地从土里钻出来，鹅黄的绿在不经意间已爬满枝头，柳絮漫天飞舞，蝴蝶在金黄的油菜花丛中来回穿梭，桃花也对着人笑，但人们在着装上还是不敢有一丝的懈怠，一不留神就有可能着凉，让人几天不舒服。冬天在撤离时，有时也有些不甘心，撒下一片银白，让北方的春天又增添了几分韵味和欣赏的观景。

广州的春天，太阳总暖一些，但有时也会闹一些小情绪，让人有些反应不过来。春蕴在广州尤其明显，绿是一直有的，却让人找到秋的感觉。昨天小区的地面上还干干净净的，晨起却让你一片惊讶。地上堆起一层层的黄叶，走上去软绵绵的。抬起头，一不留神，一片落叶吻在了脸上，轻轻地，柔柔的。是秋的意，还是春的情，竟有些模糊，反正柔情是有的。木棉树，昨天枝头还光秃秃的，晨起上班路过花园酒店时，猛然发现，酒店前，丝雨中，已一树粉红。经过一夜风吹雨打，木棉花落了挺多，地上一片粉红。一个小姑娘弯下腰，捡起一朵，放在鼻子间闻了闻，稍微凝了凝神，似乎有一些陶醉。风显然也柔了些，少了点北方的雅峻；雨具有北方的温柔，但少一点春寒的料峭。

广州的春天每年都会给人不一样的感觉，风景很别致，意韵也很别致。

---

* 作者简介：师范专科毕业，历史学教育专业。自幼演习书法，擅长篆、隶、楷等，具有丰富的书法理论和实践知识。锦绣华夏书画协会会员。高级书法培训教师，多次在全国书画大赛中获奖。

家乡的河

几天前
因父亲生病
回老家一趟
抽空又去看了一眼
家乡的河——洪汝河！

河水现在很干净
水面上冒着水汽
小小的野鸭凫在水面上
不时地把头钻进水里
甚是可爱

河的西岸
远远望去，绿意盎然
岸上已是一望无际绿油油的麦田
麦子已经出落得很高
已经开始吐穗了
有的麦穗已长出了
长长的 翠翠的 尖尖的
似银针一样的麦芒
有的还在努力地往外挤
煞是好看，返回时
我蹲在麦田边端详了许久

河的东岸
金黄的油菜花铺满河滩
蝴蝶与油菜之间，竟是如此的暧昧

好似一对对热恋情人忘情地亲吻
一阵风过
蝴蝶不情不愿地飞了起来

站在河坝上
向东展望
那是一片绿的海洋
席间点缀着片片金黄

桃园里
桃树才刚刚吐绿
叶子如皮钱一样大小
如果到了花期
我想一定会有这样的美
十里桃花春带雨
万里绿波一点红

我家所在的村落
恰是绿海中的
一座小岛
周边树环绕
油菜花也很聪明
在外围默默地绽放着
好似孔雀开屏
看到这一切
我简直陶醉了

陈罗琼作品 *

我的外婆

元旦那日回乡下看望外婆，去的时候她正在楼上探出身子晾晒冬食，我叫了一声外婆，从头顶传来她的回应，她喊着我的乳名。于是我连忙准备上楼帮她忙，外婆年迈，时常耳背，我持续不断地敲门之后才听到木制地板上传来急匆匆的脚步声。外婆似乎是踏着小碎步，门一开我就看到外婆满脸雀跃地端着竹编筐，她很高兴我来了，我也很欣慰她老着老着，反倒越来越像个孩子。

临走前外婆递给我五斤红糖，说是村里面原汁原味的老手艺，母亲说那就是她小时候尝过的味道。走出老街，正值日落时分，晚风从衣襟滑落，河面被染得金黄，夕阳下的浣衣妈妈，鹧鸪喊着"归家、归家"。外婆仍在巷口目送，身影佝偻静悄悄地老去，扁担再也挑不起生活的粮仓，初秋的稻穗。

外婆一生信仰基督教，甚至几近迷信，她说耶稣将她从劫难中救赎，涤荡了她前半生命途多舛的躁戾。想来迷信也有迷信的道理，信仰是逐梦者坚实的筑壁，也是未亡人最后一口呼吸。行走于世总要怀揣一份对爱的执着才能活得更通透，守一处静谧，得一寸欢喜，长夜里会响起安宁的祝福。若世界吻我以歌，唱断繁华独留我，我将掬一抔黄土，撒向天边的银河。

---

* 作者简介：陈罗琼，浙江温州人，文学爱好者。

暗 恋

藤蔓在长垣短堞上攀爬，
静默秘而不宣，
鼓噪是不透风的墙。
思念满溢的时候，
你有没有在桑榆下噙满泪珠。
云在此刻，游弋搁浅不定，

你在此刻，忽然杳无音信了。
埋葬大地的喟然叹息，
十月会怜惜被俘虏的菩提。
等到撇开莺歌燕舞的忸怩，
我要在你掌心刻下曾经供你耳目
刹那的欢娱。

凛冬过后

山色是毫无波澜的承诺，
月光自酿玫瑰，
万籁俱寂之时万物生长。
盼到来年春天，
镌刻一段临冬独白，
它们会在暖阳的深情凝视中醒来。
凄清是有痕迹的，
这痕迹不似雪虐风饕那般唇竭
齿寒，
但我如今的确在奔赴一场盛世

长筵。
我记得她的痕迹，
至今仍落在眼里，
落在风里，落在每个荒芜凋敝的
夜里。
大雪初停，风雨已过，
岛屿会吹起号角，布谷一路高歌。
听过太多的不真实的吟咏，
也从不为水的轻柔构筑海市蜃楼。

徐太文作品*

探春梅家嘴小游园

闻道梅家嘴小游园风景如画，今日得见，果然名不虚传。

小游园位于沙洲大桥一侧。西邻碧桂园别墅区，北倚我们的母亲河——淦河，一边是万家灯火的滋味人间，一边是碧水长流的生生不息。

沙洲桥头西侧有一条用赭色瓷砖铺就的精致小道，前行 300 米即是小游园了。小道左边是几幢在建的高楼，右边即是碧波荡漾的河流。这个时令正是草长莺飞的二月，河堤两岸已是碧草如丝，百花竞放。放眼望去，母亲河犹如一条五彩丝带明媚了这二月的春光。

不一会儿我们便到了小游园。小游园其实是一个方圆数亩大的小山坡，山坡上是一片栽种整齐的人工林。有桂花、樱花、野李等，虽说不上枝繁叶茂，但也显得生机勃勃。最媚眼醉心的是山坡上长满了水灵灵的三叶草。它们如一张偌大的绿色毯子将山坡遮盖得严严实实，间或有许多野花点缀其中，宛如夏夜碧蓝的夜空缀满闪烁的星星。

沿着蜿蜒的石阶我们来到坡顶，坡顶建有一亭子，名曰"听风亭"。这是一个很诗意的名字，让人想到亭子建造者的巧手与匠心。伫立亭内环眺，四周景色尽收眼底。云水苍茫，天比树低。倘若远观这亭子，它像极了一只展翅欲飞的大鸟，让你的胸中油然跳出"大鹏一日同风起，扶摇直上九万里"的诗句。

小游园山腰有一观景台，这大约是小游园的点睛之笔了。它背倚杂花欲燃的山坡，下临碧绿如蓝的淦河。高远的天，悠悠的云，青青的树，灿灿的花，碧碧的草，还有亭台楼阁甚至小城生活的喧闹声都倒映和浸润在这蓝翡翠般的河水里。活脱脱一幅流动的画，一首美轮美奂的诗。

下了山坡我们沿路返回，还不时回望，因为我们的心还在那儿，情还在那

* 作者简介：徐太文，男，1959 年出生，汉语言文学专业，本科。深圳市优秀教师。深圳大学特聘教师。曾有六十余万字文学作品公开发表。

儿，魂也还在那儿。小游园，你真的太美了！

本文为我的作文教学范文

2021 年 3 月 28 日写于咸安碧桂园

自救的勇气

"月朦胧，鸟朦胧，萤火照夜空……"一首怀旧的经典飘出谁家的窗，轻落在我的心上，几分忧伤……

夜色苍茫，今夜没有星星，没有月亮，我的心空也一片苍茫，看不见诗和远方……

五月，不堪回首的五月，那次月考将我炙烤成伤，从峰顶跌入深渊，从学霸沦为学渣。黑色的五月，你让我彻底迷失了方向，丢掉了前行的勇气和力量。记不清多少次，我下学回来，只能躲进自己的房间，书桌前，小床上，或坐或卧，任两行清泪肆意流淌。

六月，我是家校两点一线之间的提线木偶，没了理想，没了目标，没了信念，没了勇气。我只是在两点一线之间，如机械般运行着。对读书没了热度、温度，甚至没了态度。

那些日子，爸妈没少关心我，但浓浓的亲情也没能融化我内心的坚冰。学校老师也来过，可老师的劝慰开导仅仅在我心中激起丝丝波澜，过后我心依旧寂灭如初。

小区保安杨大爷来串门了，得知我的情况后，他嘿嘿一笑，轻描淡写地说："人生靠自救而不是靠他救，能自救的人一定是有血性的能成大事的，而总是靠他救的人一定是无志向的，这样的人不救也罢。"真没想到杨大爷的几句话当时就在我的心里溅起漫天星光……

那一夜，我没睡，一万遍咀嚼杨大爷说的话，那夜，天边挂着一轮蓝月亮。

第二天，我早早起床了，背着书包去上学，出门用一个微笑向爸妈告别！

晨光初吐，晨风新鲜，经一夜甘露滋润的花草树木更加明艳。

跨进校门那一刻，霞光已红透东天，我的心、我的整个灵魂已被点燃。

张梦雨作品 *

村庄的记忆

村里的天空总是湛蓝湛蓝的，就像是不懂世故的史官一般，公正无私地记录着这个村庄多年的风云变幻。而生活在这片湛蓝天空下的我，既像是一个见证者，也像是一个传承者，本能地热爱着这片带给我生命，教会我成长的土地。

童年的电影幕布是曲曲弯弯的老街上最亮丽的风景线，没等天黑，村里的爷爷奶奶们早已搬好了凳子，占好了座位，而那些不谙世事的小孩子才不会安安静静地看电影呢，总是在本就不怎么宽敞的街道上追逐打闹。一时间，电影的放映声，老人们的欢笑声，孩子们的嬉戏声，总是在光影交错中诉说着乡村人的质朴和纯粹。

不知道时间过去了多久，老街的电影幕布就像是完成了自己的使命一般，渐渐消失在匆忙奔流的岁月长河里。村子里又修通了好几条更加宽敞、更加平坦的马路，在新建的主干道上，"文化广场"四个大字异常醒目地镌刻在一块边角匀称的大理石上。夜晚的时候，小孩子们依旧吵吵闹闹，老人们依旧会在"消夏晚会"上演的时候早早搬着凳子等候节目开场，母亲有时候会去看着别人矫健地跳着广场舞，却因为害羞从不肯加入其中……而我则淡淡地注视着眼前的一切，总会在五颜六色的霓虹灯中看到乡村人对生活的那份知足。

暑假回家，夜晚的时候，母亲总爱拉着我行走在村里的每一条小道上，我不经意间问起母亲为什么以前不怎么爱出门，母亲笑笑说："以前的时候忙了一天，回到家天都黑了，又没有路灯，出来不得摔跟头？"听着母亲的话，我望着这一路的灯火通明，才发现外出的这些年，我好像错过了很多关于这个村庄的变迁。

许是夜晚的凉风吹走了浮躁，很多小时候的记忆悄悄地涌现心间："我还记得小时候你和爸爸推着小平车去公社送粮食呢！"母亲听着我的话，满脸惊讶地

---

* 作者简介：张梦雨，生于 1993 年，山西省高平市人，2016 年毕业于湖南科技大学汉语言文学专业，2018 年成为一名语文教师。

问道："你那时候才多大，怎么会记得这些？"是啊，连我自己都不清楚自己怎么会记得这些，但是那斑驳的车辙，那粗糙的麻布袋，那一前一后弯腰前行的背影，却是真实而又模糊地存在于我脑海中的深刻画面啊！

一路走，一路看，不知不觉间来到了村里仅剩的一座大磨盘前面。母亲笑着问："还记得小时候磨米你非要坐在木梁上玩吗？"我自然是记得的，磨盘的左右两边各有一根木梁，磨米的时候两边各一人，围着磨盘不停转圈便可以让谷子脱壳成米。磨盘对于大人们而言是劳作的工具，但是对于小孩儿来说则是玩乐的天堂，我们总是会捣乱地坐在上面或是挂在木梁上，享受着被大人们一圈一圈"推运"的乐趣。借着母亲的提问，我悠悠说道："好像现在用磨盘的机会越来越少了吧！"母亲爽朗地说："现在打谷都有机器了，谁还来费这力气呀，这个磨盘留着也就是逢年过节用来上上香吧！"

绕过磨盘往北走，不出一百米，就是家里的老房子，每次来到老房子这边，母亲总是感慨万千，她说自己从来没有想到能够住上现在的房子，我好像能够理解母亲的内心感受，但是又好像没有办法完全懂得她曾经的心酸。在这座小小的三间瓦房里，我们一起经历过"外面下大雨，屋内下小雨"的岁月，也一起看着周边的邻居一个个或是搬离了这里住进了小区，或是赶上了村里规划，建成了自己的新房。我清楚地记得搬家的那天，母亲兴奋地一晚上都没有睡着，第二天还是合不拢嘴地对我们说："总感觉自己像在做梦一样！"而一旁作为资深党员的父亲则故作淡然地回应："国家都说了到2020年要全面建成小康社会，怎么可能会让你一直住在那三间破瓦房里？"父亲虽然嘴上这么说，但我们都知道对他而言，老房子就是他的根，就像母亲常常对我们姐妹两个说，无论以后我们在哪谋生，新房永远是我们的根。

老房子的岁月很苦，却像是咖啡一般让人回味无穷。母亲结婚的时候陪嫁了一台彩电，当时是周边人家里为数不多的一台彩电，每到晚上八点黄金档的时候，总会有三五个邻居来家里"蹭电视"。慢慢地，来"蹭电视"的人越来越少了，邻居的祖爷爷被儿子接走后，我们家的彩电便送走了他最后一位外来的客人。

在老房子的角落里，停着一辆早就不能骑的自行车，这辆自行车是爷爷以前的出行工具，他虽然不会骑，但就是靠推着这辆自行车把秋收的果子一车车拉到城里卖了出去。现在村里的果树没了，但是城乡公交却通了，如果爷爷还健在的话，坐着公交去逛城，于他而言也是人生中一件简单而又快乐的事情吧。

现在的我，常常会愈发眷恋在村里生活的时光，看看那里的天空，自己的心仿佛就能澄澈很多。或许她对新生事物的感知会比城市慢很多，但这缓慢的变迁却真实地刻画着我们国家最彻骨的变化，而我对这里的热爱，决然不同于对城市生活中灯红酒绿的迷恋，而是源于一种本能。

家乡的天空很蓝，生命终结的那一天，我愿自己能成为一片白云，与此融为一体，默默注视着这个村庄没有终结的变迁……

教书，这件事儿

关于教书这件事儿，我最早的记忆来源于母亲。母亲的学历并不高，但是在她们那个年代，对于农村人来说能够接受高中教育也是一件顶了不起的事。依稀记得小的时候，村子里不知道是村长还是小学校长曾经来过家里，问母亲能不能去临时代一段时间课，母亲犹豫再三，最终还是推脱了此事。后来说起这件事，我们都说如果当时母亲应承下来，可能现在就会有另一番光景了，但是母亲却说："教书，不同于其他事，做不好就是误人子弟！"所以，从母亲那里，我第一次明白了教师不仅仅是一份职业，更意味着一种责任和信仰。

最开始，我的初心并不是成为一名教师，小时候，我心心念念的职业是作家，我太羡慕那些能够用文字去肆意挥洒人生的人，可是随着一天天长大，小时候的天马行空早就被学习渐渐取代，对于写作，我也没有那么多的精力和热情了，倒是语文课的成绩常常排名不错，所以语文课代表的名号，便一直从初一顶到了高三，而就在这个过程中，我迎来了人生中的第一课。

在我的整个学习生涯中，高中语文老师对我的影响是最大的，她的个头不高，脸色偏黄，嘴唇也时常泛白，可就是这样一个人，每次上课都是精神饱满、神采飞扬。高二的时候，语文老师发出一个提议，让我们自己讲授三篇选读课文，我作为语文课代表，毋庸置疑，成了同学们心中的首要人选，当拿到《项链》这篇文章时，我第一次真正走进了玛蒂尔德的世界，她美丽动人却生活穷困，她贪慕虚荣却敢于担当，她追求物质却更懂得诚信，当我第一次克服内心的紧张走上讲台向同学们讲述我心目中的玛蒂尔德时，那一刻我突然意识到教书，教的是书，学的却是做人，在这个过程中，老师不仅仅是知识的讲授者，更是人格的塑造者，所谓"医者医病，师者医心"大概就是这个道理吧。

高考结束，我顺理成章地选择了师范类汉语言文学专业，并幸运地顺利升入大学开始了系统的学习。大四我迎来了毕业实习，实习开始前，带队老师给我们上了严厉的一课，他说："讲台下没有进行过 3 次以上的练习，上了讲台那就是瞎讲、胡讲、乱讲，你们不要试图以为我会对你们很仁慈，达不到我的要求，你们一个都别想顺利通过教育实习！"那个时候，为了"应付"老师，我们小组开始了一轮又一轮的备课、讲课、评课、改课、反复练习之后，我迎来了自己人生中的第二课——《就英法联军远征中国给巴特勒上尉的信》，当我和学生一起慨叹昔日富丽堂皇的圆明园却被付之一炬时，当我和学生一起对于英法联军的行为深恶痛绝时，当我和学生一起高呼落后就要挨打时，那一刻我突然明白，万物皆有根基，而一个人的根基是国，如果说爱是我们所希望的人生主画卷，那爱国就理应成为其中最浓墨重彩的篇章。

的确，我们教书育人，为的是让学生从小树立远大理想，长大为社会做贡献，虽然不能做到人人为国争光，但是至少要教会学生成为一个堂堂正正的中国人，而那些用文字写下的中华民族上千年的历史，值得每一个中国人去阅读、去领会、去体悟，其中蕴含着的有屈原为国投江的无奈，文天祥"人生自古谁无死，留取丹心照汗青"的赤诚，王昌龄"黄金百战穿金甲，不破楼兰终不还"的决心……历史可以鉴世，文学可以润心，教书二字，总是言浅意深，但是至少要让学生明白何为国家，何谓爱国。

再后来，实习结束，临走前班里有一个孩子对我说："老师，我真的很喜欢你！"那一刻我突然意识到教师这份职业的神圣与伟大，带着对教师行业的崇尚，也有着对未来的不确信，毕业后我来到一所中学担任临时语文教师，两个月的时间里，除了备课上课，为了能有一份稳定的工作，我还必须要四处参加考试，可就是在我看来没有全心投入教学的这两个月里，临走时孩子们却依旧给了我最大的善意，他们哭着对我唱着我第一次听到的歌："我欲乘风破浪，踏遍黄沙海洋，与其误会一场，也要不负勇往。"当我怀疑自己到底能不能胜任教师这份职业时，这些孩子们用他们的单纯和善良告诉我一旦有了初心，便要始终坚守，《师说》有云："弟子不必不如师，师不必贤于弟子"，我想好的师生关系一定是互相学习、互相成就的，而我便从这些孩子身上学到了永葆纯真，坚守初心。

最终，我等到了属于我的机会，如愿成为一名正式的人民教师，初入职场，我并没有感到太多的欣喜，反而多了一份畏惧，母亲曾经说过的话一次次出现在我的脑海里，"教书，这件事儿，做不好就是误人子弟"。我该怎么样才能真正成为一名合格的教师，我现在的知识储备能不能满足于日常的教学，我所说的每一句话是否能够对学生起到正面的引导作用，这些问题终日萦绕在我的脑海里。

　　带着忐忑与疑问，我迎来了人生中的第三节课——新晋教师公开课，这一次我选择了鲁迅先生的《拿来主义》，文章里鲁迅先生痛斥了国民政府崇洋媚外、出卖民族文化遗产的投降主义；也批判了革命文艺阵线内部隔断历史、全盘否定的"左倾"错误和拜倒在洋人脚下、全盘吸收的右倾错误；嬉笑怒骂间流露出的是他对国家命运的关切、对民族文化的担忧。在互联网普及的当今时代，学生接收信息的途径大大拓展，在鱼龙混杂的文化市场中让学生学会辨别优劣、取长补短或许也是教育应该担负起的责任。

　　未来的我，还会有很多的课堂，而每一个课堂都将是我和学生共同成长、互相成就的全新体验，在这个过程中，除了课前的精心准备，课上的滔滔不绝，课后的时常反思之外，我想得更多的还是坚守初心的那份踏实和坦然，人生可以做的事情有很多，但我想，我最想做好的事情应该就是教书这件事儿吧！

王英波作品 *

海的那边

金灿灿的太阳，在一点一点沉落。慢慢地，只露出橘黄色的半个笑脸，三三两两的白鹭映着火红色云霞，悠悠地，拍着翅膀，向着海的那边飞去……

海面上漂着夕阳的影子。

欢快的水鸟，紧贴起伏的水面放声歌唱。

水天一色的远方，有悄悄行走的梦，轻若云烟……

五彩云霞在泛着微光的水面像极了睡梦中露出笑脸的婴儿，听不到水波游走的声音，只看到薄如轻纱的彩霞，随波远去……

我幻想着，那些缥缈散淡的云烟去到了哪里，是不是躲藏到了海天相接的银河岸边，去倾听海的声音，那儿是不是还有比梦里更加美妙的故事……

那些嬉戏在海面的白鹭，不知何时失去了踪迹，我想，大概是追逐夕阳的影子，去到了海的那边，那是她们栖息的暖巢，是编织梦想的天堂。

终于，夕阳完全沉落在海的远方……

天空，是一轮圆圆的明月。

明月的影子在水面上晃动，温柔地起伏，已不是圆圆的满月的模样。

我不知道，是游走的水波揉碎了圆月，还是明月扰乱了水的宁静。

但我知道，这圆圆的明月，终会湮灭在海的那边，我看不到的远方……

尽管很美，很美……

---

* 作者简介：王英波，1972 年生于潍坊昌邑，现专职厨师，1993 年开始写作散文和诗歌，自娱自乐，至今。

当我们老了

如果有一天，我们匆匆老去，是不是还会记得年少时唱过的歌，是不是还会记得牵手走过金色麦田，夕阳下奔跑的快乐时光？

岁月是有温度的。是一条看不见、摸不着的涓涓细流，她的声音在暗夜里会发光，流淌过的地方会有爱的足迹……

温柔的风，轻轻抚过我们的脸庞，我知道，那是春天的温暖在我们心间播种秋天的希望……

在充满激情和希望的季节里，我们收获了满满的喜悦，也珍藏了沉甸甸的故事。

当我们匆匆老去的时候，你是否还记得茫茫雪原里那棵孤独的老榆树，在夕阳下远远地看着我们。

我记得，我们正是年华如蔻。

天空，有鸟儿飞过的痕迹。雪的远方，有我们走过的深深的脚印……

当我们匆匆老去的时候，我会牵着你的手，在回忆的雪原里，在那棵老榆树下，听你娓娓诉说，你在幸福时光里捡拾零落的故事……

我会牵着你的手，在阳光微落的黄昏，看你甜蜜的笑容慢慢点燃爱的晚霞……

贾伟杰作品[*]

佳　酿

尘封的记忆里，总会有那么一个"小盒子"，它就像是姥姥珍藏多年的嫁妆首饰，不会轻易拿出来示人，却在某个不经意的午后跟你分享年代久远的故事……

在我心底的深处，存着我酿的最美的"酒"。我不敢奢望拿出来"醉饮"，生怕自己熟悉了"味道"后，"美酒"脱离了最初的"甘甜"。只能时不时小酌，时不时细品，时不时回味。只能一个人，不能分享！

打小，我跟着姥姥生活。

姥姥家的门前，紧挨着的是一株参天大槐。大槐树的树荫伸进了不大的院落里，郁郁葱葱，遮住了狭小天空的一半。它像一位忠诚的士兵，为我们的小家站岗放哨、遮风挡雨，平日里多添了几分依靠和心安。

晴朗的日子里，大槐树的树荫，是我们院里乘凉的好地方。每当斜阳日暮，姥姥就会搬来小桌小凳，拿来瓜果凉茶，招呼我们坐下来，听她讲青年时代的故事。故事的内容有苦、有笑、有甜、有闹，就像是姥姥额头上的皱纹，舒展，紧皱，有"轻辙"，也有"沟壑"。年少的我们自是不理解故事里的人情冷暖，沧海桑田，但那却是我心中最暖的场景。

下雨的时候，雨水落到树梢上，经过树叶的传递，砸在屋顶的瓦片上，再由瓦片运输，从屋檐处滴落下来，或打在青砖上，抑或倾倒进屋檐下的大瓦瓮里。看吧，雨水都是经过层层"过滤"的。我最爱听的，就是这美妙的嘀嗒声，这也是我一直以来喜欢下雨天的原因。

秋天一来，那便是让人头疼的季节了。冷风吹着黄叶，多半是落进了小院里，姥姥是天天扫，时时扫，扫的笤帚也"瘦了"，姥姥的背也弯了。姥姥不止一次地开玩笑说："背靠大树好乘凉，有了这棵树，夏天有树荫热不着，秋冬有

---

* 作者简介：贾伟杰，笔名"曷维"，一个"85 后"写作爱好者，内心充满童趣的大叔，趟不过世俗的大河，希望寄托文字的溪流展示自己丰富的内心世界。

落叶练身体。"嚯！好一个乐天派。

那时的村里，晚上经常停电。深秋的傍晚，冷风吹着木窗上糊的旧报纸，不间断地哗哗响。昏昏弱弱的烛光下，屋里所有的物件都跟随着颤动的火苗在跳舞，晃的人眼花。埋头写作业的我，看着本上歪歪扭扭的笔画，它似乎也在跳舞。我总是歪着身体，寻找烛光和铅笔的最佳角度，才不至于用铅笔写出来的笔画在手的阴影里消散……

姥姥在纳千层底布鞋。印象里，姥姥总是在不间断地纳鞋底，似乎那是她一辈子的工作。家里的小孩子都穿过姥姥做的布鞋，女孩子就做红色带碎花的鞋面，男孩子就做深蓝色素面，夏天穿的，冬天穿的，从不间断。那也是我穿的最踏实的鞋子，只是下雨天有点愁人，千层底布鞋总是最先湿掉。

姥姥穿针引线时，总保持着一个姿势。满头银发的她，纳累了就歇一会儿，倒碗水喝。纳累了就歇一会儿，去个茅房。纳累了就歇一会儿，铺好被褥。再纳累了，就收好未完成的作品，哄我睡觉。

姥姥说是哄我睡觉，倒像是我哄姥姥睡觉。因为姥姥一躺下，总是让我帮她挠背，每晚每晚，从不间断。我能清晰地记得我的手，伸出被窝，穿过冰冷的空气，再伸进姥姥的被窝。不一会儿，姥姥的鼾声就起来了，留我一人清醒，然后我收回酸麻的手臂，掖好被角。瞪大着双眼，听听风吹动木窗纸的响声，听听大老鼠搬运粮食的声音，再听听姥姥的鼾声，然后再沉沉睡去。

姥姥家的清晨，爽朗清亮，不带有一丝丝的混浊。阳光透过老旧报纸糊过的木窗，照亮空气中的浮尘，送来了第一缕温暖。窗台上，偶尔有一只肥大的"近视眼"苍蝇，时不时地碰撞着玻璃，发出"嗡嗡"的响声。紧接着，定过时的布谷鸟叫声，打破清晨的宁静，把我从睡梦中叫醒。我喜欢赖在床上，看着浮尘在阳光下"跳舞"，他们就如同浩瀚宇宙里的星辰，分散再分散，碰撞再碰撞。如果没有姥姥的催促，我想，我会躺在被窝里看上一上午。

生活在世俗里的人，总有一个毛病，那便是不珍惜当下。就像歌词里写得那样——"得不到的永远在骚动，被偏爱的都有恃无恐"。成年后的我，总是后悔没有多陪陪姥姥。美好的时光，就这么短暂地过去了。家庭的原因，也有姥姥身体的原因，在我稍微长大一些的时候，就跟父母一起住了，只是偶尔要给姥姥送饭。姥姥的年纪已经非常大了，长时间不在一起的缘故，姥姥看我的眼神有些复杂，似乎藏了很多要说的话。但由于已经很久没了交流，我总是故意躲避着她的眼神，生怕她看穿一切。姥姥也不说什么，每次去她那里，她总是让我等一下，颤抖的手从怀里掏出手帕包好的一沓票子，抽出一张，或五元，或十元，递给我，只是简单地说一句："给，拿着。"

这钱对于我来说，是笔巨款，我拿它买过彩笔，因为我喜欢画画。

再后来，我上小学三年级的一天，姥姥去世了。我不知道她是什么时间去世的，我只知道，在她起灵的那一刻，我哇哇大哭，想停都停不下来地哭……

再后来，姥姥就成了我的精神支柱，我总想着她在天堂看着我，一直看着我。当我碰到困难时，我会念叨姥姥保佑我。我也曾一个人偷偷地跑到她的墓地，给她烧纸，给她磕头，给她讲心事，给她烧我写的日记……

"喝"完我的"陈酿"，我早已热泪盈眶，我总想提笔记录下来，因为断断续续的片段甚为久远。想想也可怕，已经是二十八年前的事情了，再不记录的话，只怕失去的，就永远失去了。

二 爷

幽暗的巷子深处，藏着儿时的记忆。我能清楚地记得那浑褐的土墙下墨绿的苔，生红的对联下铁青的砖，以及灰蒙蒙的时空里，那活生生的，深深刻在我脑海中的人。

二爷的家，就在巷子的尽头。巷子不深，却总也看不到尽头。老旧厚实的木门上，稀疏的爬着几颗锈门钉。带着"红围巾"的门环瞪大了眼睛看着我，似乎想把它所经历的往事都一股脑儿倒给我，怎奈他没有嘴，只能干瞪着。我像是考古学家，拿着细细的毛刷，轻轻拂去藏在这个"巷子"里的晨雾，直到——发掘……

这里有人家，有故事，有家长里短，也有生离死别。我拿它当茶品，当酒饮，甚是香，甚是醉。每每夜晚闭眼，我的思绪总要在巷子里走一遭……

对于二爷的印象，仅是停留在我儿时的记忆里。依稀记得，他个子不高，讲话吱哩哇啦的，标准的公鸭嗓，声音还是直逼你耳膜的那种，很有特点。印象里，他穿一条厚厚的、深青色绑着脚脖子口的那种大裆棉裤。长长的旱烟杆是标配，一口大黄牙是多少旱烟丝的艺术杰作我已无从知晓，只知道"未见其人，先闻其味"。给我的感觉，就是清朝的遗老遗少，根本没有现代感可言。

因为要上学，平时我们是见不到二爷的，只有过年一大家子团聚时，我们才去他家，给二爷拜年，顺带着讨个压岁钱。（说是顺带，还不如说是主要目的，小孩子嘛）

二爷的一只眼睛有问题，每每说上一句话，眼睛都会眨三眨。为此我们私下里还叫过他"独眼龙"。看到我们来，二爷就眨着眼睛，笑眯眯地对我们小孩子说："来来来，让二爷先'提个葫芦'，提完葫芦，再磕头领压岁钱。"话还没说完，长烟杆已别到腰后，伸出焦黄又粗糙的大手，端起我的小脸就往上提，直到把我整个人提到半米高的空中，反复几次。这个被二爷戏称为"提葫芦"的活动，我们小孩子都甚是喜欢，争先恐后地排队。这也是我印象中二爷最开心的时候，因为提我们的时候，我总能看到他的大黄牙，特别黄。

二爷有一个儿子，叫新民，独苗。由于当时农村思想极为落后，二爷为了守住家业，做了这辈子最最错误的决定，就是让我新民叔娶了我堂姑奶奶的女儿秀叶。在我长大后，我一直以为近亲结婚这种事情是不可能发生在我们的周边，然而就确确实实发生了。

好在秀叶婶生的两个儿子（晓娃和眼娃）身体都没有明显缺陷，只有弟弟眼娃的一只眼睛跟二爷的毛病一模一样。

这就是为什么命运这东西，冥冥之中自有定数，前面种什么因，后面结什么果。日子过得飞快，大儿子晓娃和二儿子眼娃相继结了婚，生了娃。我们跟二爷的相见时间也由大年初一变成了雨纷纷的清明节。只是，他在里头，我们在外头。依旧是磕头。只是，二爷永远给我们发不了压岁钱了，变成了我们给他烧冥钱。

接下来的日子，每到清明，二爷的坟头前，我们才能见到新民叔和秀叶婶，带领着儿子们、孙子们，早早等待着我们，一起来祭拜二爷。

晓娃和眼娃，虽然不是特能干的人，但都是巷里特别好的年轻娃，逢人必叫，叔姨不离口。每每别人家里过事，热心的兄弟俩总是抬桌子、搬凳子、爬梯子、端盘子、贴对子，比自家活儿还要上心。巷里人提起这兄弟俩，都赞不绝口，纷纷竖起大拇指。大家都说新民和秀叶有福。

只是，后来的清明节，变成了我们给二爷和他的儿子新民烧冥钱。农忙时节，俩儿子开着三轮车载着新民回家。俩儿子坐在前面，新民坐在后面，一路颠簸，回家后，不见了新民。由于没抓牢，新民叔从三轮车上摔下来，没过几天，便撒手人寰。由于我当时在外地念书，新民叔去世我是不知道的，清明祭祖的时候才听母亲说到。

坟前，秀叶婶哭了，我们见到她的时候，她早已眼圈通红，依旧跟我的父亲谈论着农事，眼睛红得那么自然，红得让人心疼。那是一种只有农民才有的坚强，也是只有农民才有的无奈。

新民叔过世后，兄弟俩分了家。成了邻居，巷子的一边，深褐色的土墙上，就开出个黝黑的小门，低低的，窄窄的。

再后来，我们也给晓娃和眼娃上坟，晓娃的死是因为生病，绝症。华佗再世也不行，基因有问题。然后，晓娃的媳妇，就丢下孩子改嫁了。眼娃的死，是因为跟媳妇吵架，喝药自杀了。兄弟俩一前一后，让人不得不相信冥冥之中天注定，命运轮回自有安排。

清明时节，我害怕见到秀叶婶，害怕看到她眼里的那一抹红越发的红。依旧谈论着农事，声音沙哑，听着感觉无助、无奈、无肠可断。一切都在减少，多的只是坟头和厚厚的冥钱。

再后来，这个家就彻底没人了，秀叶婶改嫁到隔壁村。眼娃的媳妇也改嫁到隔壁村。直到某一天，母亲打电话，让我回村去参加眼娃媳妇的葬礼，说是后嫁的老公听说她得病了，就不要她了，由于她是青海人，在这边无依无靠，只能回到她跟眼娃的家。在这里，她过完了剩下的日子。举行葬礼的时候，我回去了，我见她小小的躺在棺木里，脸是被遮住的。正值深秋，破败的屋里，空气冷冷的，我的心，也凉凉的。

二爷一家的老一辈就剩下秀叶婶一个人，可能她已麻木了，已习惯了。就这么为活着而活着了……

那天晚上，我把余华的《活着》又看了一遍，我是哭了又哭，没承想小说里的情节，就活生生地出现在我的生活里。……很长一段时间二爷一家人的面容在我脑海里浮现，死去的人，天堂相见，活着的人，继续坚强……

愿人世间所有的疾苦都随风而逝，愿天堂里美好的祈祷都变成现实。

杨彬作品 *

古镇余晖

一座城市，它的不远处是需要古镇的，就如同一个家庭，它的不远处，是住着爷爷和奶奶一样。人类是有情感的，多数人是有情怀的，古镇的保存，就是人类记忆的存留和情感的滋生和蔓延。

罗目，这个在峨眉城市边缘的古镇，在姿态不一的年代、不一样的用材、很不协调的修缮和重建中歪歪斜斜、颤颤巍巍的凌乱着，让我感受到她一息尚存的古意，还有那行将远去的记忆……

老街上几代传承的铁匠铺，一对年已七十的老夫妻用煤炭、风箱、铁锤、火钳、铁墩、淬火池操持着祖传的家业，他们挥臂捶出的镰刀、锄头、砍刀、铁镐、钉耙、菜刀供应着农事的需求，但是随着农村机械化程度的提高，化肥的使用，更多是因为土地的征用，年轻一代农民从土地上的剥离，对于这种原始农具的需求越来越少。老夫妻看见我在仔细观察他们生产的农具，很热情地给我做介绍，同时又流露出一些伤感，他们说现在很多煤矿关闭了，煤的价格节节攀升，成本提高了但农具价格不敢提高，否则对于省俭的老农来说就不愿问津了。因此老夫妻的铁匠铺也愈加难以维系。老妇说，我现在也捶不动二火锤了，只有老夫一人慢慢捶打，子女都不愿意继承祖业。虽然公家给他们买了社保，有基本生活保障，但他们还是舍不下祖辈留下的手艺，自己干了一辈子的铁匠活，现在想的就是能干一天算一天，干不动就彻底歇业了。我总是喜欢一炉火红的燃烧，这和丰收、喜悦有关，只是这样的燃烧将逐渐成为一种温暖的记忆。

窄窄的街面上，还有品种繁多的竹编实用工具，有撮箕、筲箕、簸箕、网筛、蒸笼盖、斗笠、鱼篓、提篮、背篼，同一作品尺寸有大有小，可供选择，

* 作者简介：杨彬，女，四川成都市人，1963 年 5 月出生，大学本科毕业，有散文、诗歌及其他类文章 280 余篇发表于市级以上多种报纸杂志。系中国通俗文艺研究会会员、四川省散文学会会员、四川省通俗文艺研究会副会长。

工艺是绝对的精湛，样式是绝对的美观，既是家庭生活日用品，又可以作为摆件、挂件等可观赏的工艺品。店铺主人说，做竹编手工的人都是老年人，恐怕再等十年，我们再也没有竹编的用品卖了，当然代替她的就是塑料制品。我就想，不管塑料制品如何的色彩艳丽、款式繁多、轻便美观，但它是在冰冷的生产线上运转出来的，而竹编的每一件成品，都有着竹子不同阶段的生长过程，经历了不同季节的洗礼，有着设计者非同凡响的创意、独特的内涵和工匠精神。

再拐进一个小巷，看见一家小小的院落，门前上方"龙目书院"和两边"读万卷书，行万里路"的木刻对联格外醒目。生活用具一应俱全，而且还繁花似锦，斑驳的木头房柱上，梳子、镜子、绳子、帽子、铁钩子等凡是能挂的都在上面。房柱，不仅充当着顶梁柱的角色，也充当着女人梳妆台的角色，同时还担任着杂物间的角色。阳光，从破漏的瓦房上斜射进来，照在百岁老妇祥和的脸上，她还在硬朗的剥着胡豆荚，平静而从容地给我们讲述自己的过往……

院落中曲径通幽处，又是一座小小的院落，里面住着教书先生，虽不知姓甚名谁，却独自创办了书院，门楣处，有对联，墙壁上有书法作品，内容都和国学有关，这是古镇洒落的文化光辉。书院内的过道张贴着孔孟之道、四壁张挂着道释、子曰、佛说等具体释义和"孝悌忠信，礼义廉耻"，还有"家和万事兴"家庭成员的相处之道。一提名为"忧乐庭"的书屋，两旁的对联是范仲淹的"先天下之忧而忧，后天下之乐而乐"，可见一小小古镇一小小书院却孕育着含远山、吞长江的宽广胸怀和江山社稷的忧思。在一处显耀的木板壁上，从这个小镇走出去的中国刑法学泰斗伍柳春，文学翻译家、社会活动家金满城，著名报界前辈王达菲等名人的生平简介跃然入目，这是一种读书人的骄傲，也是一种精神传承。尽管书院破败不堪，所有的文字贴纸已经褪色和剥落，也没有学生在此修学，尽管这或许只是那位老先生的个人理想。但我坚信，有书院，就有千古遗风，有书院就有道理，有书院就有礼节，有书院就有文明，有书院就能预见未来！在此，我要致敬所有用最平和的生活态度，最简单的生活方式坚守古镇的人！致敬所有坚持自己的理想而甘于寂寞独守自己精神家园的人！致敬所有给我们传递平实淳厚的民风民俗的人！正因为有这些人的坚守和坚持，我们至今还能看到古镇余晖，感受古镇温度，让我们在忙碌之后，在闲暇之余，有归去来兮的向往，有浓浓的乡情淡淡的乡愁，才有最稀缺的诗和远方……

古镇在，人生尚有来处。古镇不在，人生再也没有归途……

眺望群山

大都市的节奏很快，快餐式的生活，走马灯似的变换着行业和职业，压力山大、机械麻木、疲于奔命，自己当初最纯真的追寻，根本就不复存在。每天都遭遇着人流拥挤、交通堵塞、天空雾霾、噪音喧嚣的排挤和伤害，不仅如此，更为严重的还是那种貌似热情的高楼大厦、貌似文明的现代科技，闪烁的五彩斑斓的诱惑、不可预知的算计，诡异而迷茫……

于是，人们开始怀念和向往山中的岁月或者景象，总是在各个能够可以自由安排的时间里，乐此不疲地大规模集结向山中挺进。有的人可能在攀登之中重新找回希望和梦想，有的人可能再次凝聚前行的力量和勇气，有的人可能生出感悟，忘却烦恼、淡泊欲望，有的人可能领受到大山的诗情画意，自己的心灵从此飘逸浪漫……

山是那么的富有魅力抑或魔力，是那样的与我们的精神和心灵相关。其实，人是属于山的。在远古，人都是在山里代代繁衍，又代代从山里走出，去开创未来的。山是人的依靠，山是力量的源泉。尤其在环境极度恶化、空气极度污染、人心极度浮躁的今天，山更显示出了它母亲般的温馨和故土情怀。

其实山是亘古不变的，变的只是覆盖着山的天空、围绕着山的云雾，正是这样的变化，让你对山充满敬意，因为山有着巨大的蕴藏量和吞吐量，它泰然自若地涵养着自己的浩然大气。当人们感觉力量不足时，走近群山，登高望远，疲惫瞬间消散，心灵瞬间放松，力量瞬间充盈，感觉又可以春风激荡、又可以举杯邀月了。

喜欢群山，群山和河流不同。河流柔情母性，愁肠百结；而群山刚强雄劲，蕴藏力量，传递勇气。

喜欢群山，群山和平原不同。平原宽阔坦白，一览无余；而群山含蓄深沉，透迤神秘。

喜欢群山，群山和城市不同；城市热闹却不热情，群山冷峻却不冷漠。

喜欢群山，群山和凡尘不同；凡尘是山却充满仙气，山是神仙却很凡尘。

眺望群山，山才是人类的春风家园，是我们应该皈依的信仰。

一支不同凡响的乐队

在城市的中心，抑或在城市的边缘，在人群聚集的地方，偶尔会游离着这样一支乐队。三个盲人，一个跛子，个个身材矮小瘦弱，面部蜡黄粗陋，衣裳破旧。每个盲人的嘴上功夫至少有两套，除了正用着的，脖子上还分别挂着笛子、箫、葫芦丝等备用的；最难能可贵的是行在中间的跛子，他身材更加矮小，跛得厉害。他肚子上吊着一排响什，皮的、竹的、木的、金属的，根据曲子的内容和节奏敲出不同的响声，同时用身体紧靠两边，以微妙的动作提醒着他们前进的速度和步伐一致，必要时还要做路障的清理，他的脖子上挂着一个小纸箱，却甩在后背，也不管别人给不给钱，给多少钱。

每一支曲子，由一个乐手吹奏主旋律，另两名乐手分二声部吹奏和弦，他们变换着主旋律的配器，或者笛子、箫、唢呐、葫芦丝，和弦一般用芦笙。而每个人既可以吹奏主旋律又可以伴和弦。在正规场合，我从未看到过这样的乐器组合，而他们却以最不可思议的方法将每一支曲子演绎得那么新奇、那么默契、那么深情、那么动听。

这是一支配合最默契的乐队，他们并排行进着，走得缓慢，却从容整齐。在曲子的配器上，在听觉效果的和谐上，在演奏的技术、技巧上，我不知道他们做了多少尝试，经过多少失败，下了多少常人不可想象的工夫，而外出演奏时，他们的音乐令人震撼。

这是一支流浪的乐队，我不知道他们是怎样天南地北地走在了一起，是因为音乐的彼此吸引，还是残疾人的同病相怜。我不知他们从哪里来，又到哪里去。而他们演奏的乐曲又都是和他们生活处境和思想情感有关的，如《流浪歌》《游子吟》《三百六十五里路》《故乡的云》等，无不牵动着人们内心深处最脆、最柔的那根情丝。

这是一支非同凡响的乐队，他们不是高贵的，但绝不敢轻贱；他们的音乐不是高雅的，但绝不媚俗；他们的场面虽不宏大，但足以令人震撼。是啊，在家家都有电视音响，人人都有手机的今天，我们越结越厚的疮痂却被这样的乐队所流出的清泉跌宕滑落，心灵瞬间变得清亮而柔软，善良而美好。我看到在乞丐面前无动于衷的人们情不自禁地翻找着零钱，拨开人群送去他们的同情和惊叹，更送去他们的感谢和祝愿。

这是一支传播乡愁的乐队，他们不是故乡人，但他们的音乐却是故乡的呼唤。在经济大潮的今天，除了老人和儿童，更多的人都在异乡奋力打拼。悠悠扬扬的笛子声和芦笙声撩拨起我们心底埋藏已久的思念，门前的小草正在发芽，家中的老母正在翘望……它让我们突然想不顾一切，奔回故乡，奔回家中。

这是我所见到的一支世界上绝无仅有的乐队，他们用蹒跚的脚步、不屈的精神，探索着自己的生活道路，表达着自己的思想情感，也演绎着自己的人生传奇。

吕赛作品[*]

我可爱的麻村

在九曲十八弯的黄河转弯处，有座东西百里的中条山。山下有白茫茫的银海盐池。这里曾是远古时期蚩尤的部落。蚩尤、炎帝、黄帝曾经在这里征战几十年，后来炎黄二帝联手打败了蚩尤，蚩尤虽败犹荣。这个地方古时就是华夏，最早人称"河东"，现在人叫运城。运城西边四十里地有个解州古镇，天下最大的武庙"解州关帝庙"就坐落在这里。海内外游客如云，这里成了旅游胜地。

解州北边十里之地有条人造河，蜿蜒曲折、由东向西地横躺在这块黄土平原上。官方叫它"姚暹渠"。老百姓都叫它"大堰"。在大堰北有一个村庄叫麻村，我的祖上就居住在这个村落里。

村庄不大，从我记事时也就二三百人的样子。至于它为什么叫麻村，村人们都解释不出来，历史上也无从考证。我曾询问了好多老人们，包括我的父亲和爷爷，但他们似乎也难以弄懂，不知道这个麻村的来历。有的村人们就半开玩笑地说："是'妈村'吧，后来叫成麻村了。"姑且不追究它的来源，经过我查找史料并和有关专家探讨后，均认为远古时这里曾是置麻采桑之地。那时这块土地上的麻秆粗壮，远近闻名，因而人们就叫它麻村了。现在许多百姓的家里还可找到各种原始的搓麻绳的老工具。这足以说明搓麻制绳是这里古老的传统手艺。

麻村这个村落南边低洼，北边高坡，是个卧龙藏凤的宝地，古时又叫凤凰村。村子西南低洼有波池方圆百米，是村里下雨泄洪时的雨水集聚之地。岸边长满参天高的老白杨树，棵棵树都有腰那么粗，上面巴掌大的杨树叶正哗哗啦啦地随风拍动，响声震耳欲聋，整个村子都听得到。池水里有野鸭家鹅们在戏水欢斗，争抢鱼虫吃食。干净的水边是妇女们洗衣服的地方，十几块光亮洁净

---

* 作者简介：吕赛，男，笔名"雨村人"，1951 年生人，大学文化，北京退休，祖籍山西运城麻村人，爱好文学，报纸杂志发表过上百篇文章。得过一些奖项。现居住北京，退休后偶写些文章，发表于网络平台。热爱人生，热爱祖国，目前幸福快乐地享受着晚年退休生活。

的青石板散铺在池水边，女人们散坐在那里在石板上揉搓着自家的衣物。一边嘻嘻哈哈地东家长西家短地扯着闲话，时不时地还互相笑着吵骂几句，借一借对方的棒槌使劲地锤打起衣物来。人们不时地抬头朝杨树顶上的乌鸦、喜鹊挥挥手，嘴里呜呜地驱赶着这些讨人厌的鸟儿们。不然这些鸟屎会从天降落到她们头上，"该死的鸟儿"她们心里在骂着。波池的另一边飘着树叶杂物，是牛羊骡马饮水的地方，牛屎羊粪满地皆是，水边的空气中满是粪草味儿，村人们闻着这味儿还觉得是一种得天独厚的享受，蹲在一旁抽烟唠嗑满不在乎。有的村汉一边吃着馍馍，一边就着大葱吃的香喷喷的。这种幸福享受的感觉现代人是体会不到的。

到了夏天，波池水就成了孩子们的天地了。嬉水游泳把家鹅野鸭都赶到芦苇丛里。正晌午时太阳烤的池水里冒起了雾水般的热气，人们都回家歇凉了。这时的青蛙叫声此起彼落，和树上的蝉鸣交织在一起，蚂蚱鸟儿在互相叫着，整个波池变成了人间最美好的交响乐曲，好听极了。

村子北边是高土地，有两条土道直通北边坡上。一条叫端布（北）沟，一条叫歪布（北）沟。这条歪布（北）沟直通的是早已不存在了的小羊村。也就是大宋皇帝赵匡胤千里送京娘的那个村庄，从太原一路护送到小羊村，可谓结义兄妹情深。后来赵匡胤做了皇帝，封了他义妹好多财物，小羊村也就搬到了大羊村，也就是现在离麻村二里地东边的羊村。

麻村西头有座关帝庙，高大雄伟的庙堂庄严神圣。庙门前两副对联千古传诵，上联是：赤面并赤心骑追风赤兔马忠义千古。下联是：青灯观青史持青龙偃月刀横行天下。庙堂内三进院落，两边厢房供着周仓关平的站像，关公的座像是楠木雕刻的，英武雄伟。一柄青龙偃月刀足有百十斤，两个精壮小伙抬着都费劲儿。每年四月八解州庙会的时候，都要把关公神像扶到马上，到解州关帝庙请神归位。这场社火活动热闹得很。两边各十二个马骊，都是挑的十八二十的精壮小伙（这些小伙的人家，大多是有病多难，因而许愿关圣爷，前来马前充当马骊）。个个红衣黑裤黄巾扎头，英雄带束腰脚蹬黑缎飞云靴，个个神气英武背插精钢双月刀。每人两腮帮横穿银杵一根（流传叫上马角）让人瞧着敬畏胆寒。一路走着一路摔着声如炮仗的响马鞭。如此英武也只有关公大帝的兵马才相配。

村北坡上有一座龙王庙，高大的庙堂阴森寒人，胆小的人大白天也不敢进去。传说村里有个叫张大胆的人，在村里吹天吹地说自己晚上一个人去过龙王庙，还摸了摸老龙王的三尺胡须。这事让一个人知道了，和他打赌说你晚上端碗米饭，把饭喂进判官嘴里我付你白银一两。两人说好后，晚上张大胆端碗米饭一边掌灯一边进了庙堂，到了判官面前把米饭抹进判官那血盆大嘴里，哪承想那判官竟然一张嘴把米饭全吃了，这下张大胆傻了，吓得是腿软脚麻，大脑一片空白，心里想，妈呀这真有鬼呀，他一激灵顺手把碗摔向了判官头上，嘴里嚷道："我叫你吃饭，老子不伺候你了。"说完撒腿就跑出了大庙，谁料想那判官捂着头，一边追着张大胆一边嚷嚷着喊："是我！是我呀！"原来这人就是打赌之人假扮的判官。他的头上被碗砸了个大口子，一路跑着鲜血流了一路，后来在家养了一个月才好。那个张大胆也没得到银子，拉了一个月稀后再也不在别人前吹大胆了。

麻村村子不大，方圆也就三里六分地，却是儒善人家颇多的村庄，村里没出高官却也是举人秀才层出不绝，军武将官服役于各路诸侯，从军者比比皆是。后来是有军有匪，有的功成名就光宗耀祖，也有的遗憾终生老死背个不孝之名。

村里有座学堂，是富有人家捐献的。学堂门前有棵千年古槐，粗围五人合抱不拢，树枝杆下遮阴凉处可摆茶座十余，不管夏日冬日树下始终围坐着好多村民，扯闲的、聊天的、听书的、看相的、五花八门样样齐全，甚至就近的住户吃饭时也端着大碗来到树下，一边吃着一边聊着，其乐无穷也。这便是我的故乡麻村，一个普普通通的乡村，我爱我的家乡，更爱家乡的父老乡亲。我的血液里有他的精神，我的思想里有他的志向。麻村啊麻村，一个名不见经传的小村庄。今天前进在实现"中国梦"的社会主义大道上。不远的将来它会走向全国、走向全世界。一个辉煌灿烂的新生麻村就要展现在祖国的版图上。前进！我可爱的麻村。前进！我可爱的故乡。

写于 2019 年 7 月 22 日

我梦中的拖配厂

拖配厂最辉煌的年代应该是生产柴油机的年月。那时一个省里下放的大干部彭华任工厂总书记兼厂长。此人据说是"五四"北大时期的共产潮流的激进分子，而且颇有思想见解，是一个睿智豁达的老知识分子。

那个年月，农村最盛行的是手扶拖拉机，浇地、磨面粉、碎饲料都离不开柴油机的传动。这个老头做了很详细的农村现状调查。看准了农民急需的生产资料大市场。启动了生产农用小型 12 马力的内燃柴油机器。这个英明的决定使当时的农机大修厂一下子红红火火地由修理行业跨进了生产企业的大改变。

厂里当时成立了一个柴油机研发车间，我记得当时的主任好像是王德鹿师傅，书记是吕建杰师傅。我因为是学木工模型的，也和师傅们一块儿被编制进来。我们主要做柴油机上的铸造模型，然后由铸工车间的工人再铸造出实际毛坯来，再由机加工车间刨铣钻车床工程的一条龙的精准生产。最后总装车间的老师傅们把它很精细地研磨修理后再装配起来。

记得刚装好的两台柴油机，披着红绸摆放在车间时，全厂的工人师傅们都来参观了，有的高兴得手舞足蹈地想摸摸机器，都被旁边守护的装配师傅给挡了回去。有的女师傅们激动地一个劲儿地抹眼泪，就好像自己的闺女生下了儿子似的高兴。

试车的那几天，全车间的人都试着摇几下发动轮，有的连半圈都摇不动，新的机器看来不经磨合是很难发动的。车间里有个叫李认真的师傅，是个修内燃机器的高手。他一个人抓紧摇把用力地猛摇了几十圈，这个顽劣的机器终于吐出了浓浓的黑烟雾，一下子车间里像是布满了黑云似的，柴油的煳味也呛得人们跑出了车间，大口大口地喘着气儿，然后猛吸几口新鲜的空气，才回过神来。这时车间里像是变魔术似的，先是咚咚咚几声吼叫，紧接着咚锵咚锵地柴油内燃机器欢快地吼叫起来。那黑色的烟雾也一下子变成了蓝色的云彩，随着机器的吼叫声不断地震耳欲聋地欢叫着，那蓝色的烟雾也渐渐地变成了白色的淡淡青烟，柴油机发动起来了。人们欢呼起来了，彭华老头儿得到喜讯，高兴地一拐一拐地来到车间里，把每个在场的工人师傅都拥抱了一下。这老头儿太兴奋了，也只有经过无产阶级革命洗礼的知识分子的革命豪情才可以让不可能变成了可能的理想实现。

经过几个月的试生产，柴油机厂的牌子也挂在了大修厂的旁边。生产柴油机走上了正式轨道。这拖配厂也红遍了山西省，报纸上也报道出产品正式发行的消息。打那以后在山西省内乃至全国各地都能看到我们运城柴油机厂的柴油机器。每当在农田、在道旁、在村子里只要看见我们大修厂生产的柴油机，我都会情不自禁地走上前去，轻轻地抚摸一下欢跳着的柴油机，然后像小孩子似手舞足蹈地在一旁欣赏这顽皮又可爱的机器。我太爱我们生产的产品了，我爱我的拖配厂，更爱拖配厂这几十年层层迭代不断更换着的年轻的及年老的男女师傅们。我的大修厂，我梦中的拖配厂，我为您骄傲，我为您自豪。

写于 2019 年 5 月 18 日

我的十五班

记得三年级时，我从解州北关小学转到了运城西南二校。这是个"烂烂洋鼓烂烂号"的小学，在当时的镇里应该是最差的学校了。破烂的围墙，破烂的教室，偌大的操场上没有任何体育器材，每天学生上体育课就是跑圈圈，学校的茅厕是用碎砖头垒起来的，茅坑小的连只脚都踩不下去，学校没有通水管，学生们喝的水是一个老头每天用小平车上面放着个大油桶拉来的，然后倒进厨房里一个用水泥做的一人深二米见方的大池子，炊事员大爷用这池里的水每天烧几大锅开水，连做饭加上让学生喝水。炊事员大爷叫淮映海，是运城北边村子的人。一头细丝白发，下巴光秃秃的不长胡子，白净瘦削的细长脸，身材矮小瘦弱，学校老师学生都唤他淮师。和人说话细声细语，有时看他还真像个老太婆。也难怪，听说淮师年轻时学的是裁缝，给大户人家姑娘、媳妇、老太太专做婚服寿衣之类的细活。日本人来时，他在外国人办的福音堂做饭。里边全是修女牧师，还有收留寄养的流浪男童女婴，约有百十号人。每天都是大锅面汤，稠糊糊的面条菜叶合子饭。很少能吃到馍馍、米饭之类的硬食饭。不过淮师说牧师修女们对孩子们可好了。经常给他们分发些糖果巧克力的甜食。教孩子们唱歌跳舞，带他们到街上去募捐。然后把钱送给街上要饭的逃难灾民们。这也算是一种慈善机构吧。

新中国成立后淮师到了学校做厨师，被分到了西南二小，他说学校最差，待遇也最低。没办法他年纪大了，只能给人家做做饭了。

有时候我们说天上掉馅饼是无稽之谈，可这个世界他偏偏就让可怜之人获得福音善果。当时学校有一男教员姓郑，是西边农村出来的青年学生。经常和淮帅聊天。一天说到淮师老了没人管时，这个郑老师就说："别发愁，好人会有好报的。我给你当儿子，这样行不行。"

淮师没想到世上还有这等好事，俩人一说即成。郑老师当即跪下磕头八拜，认了父子关系。淮师老汉本来是孤独老人的，但一下子有了家庭了，他高兴得不得了。郑老师生有一女一男，女孩叫仙娃，男孩叫什么不记得了。淮师老汉从小把这两个孙女孙子养大，既是爷爷又是奶奶，真的是菩萨善心肠，这一家人虽不是一个姓，但人家把日子过得和睦，生活很幸福。

我和淮师结缘得从一次到灶房喝水说起。那时学生都不带喝水碗的，统一用的是灶房里一把白铁皮的水瓢，你来了用，他来了也用，这就是公用的时代。没有现在人讲究。

我舀了一瓢水，嫌太热就又到池子里兑了点凉水，这样半瓢就变成了一瓢。喝不了了，然后我把半瓢水又泼进了池子里，一扭身就要往教室跑去，快到门口时被淮师一把拉住我的衣服，当时可把我吓坏了，心里想，坏了，我泼进池子里的水被他看见了。千条万条遇事跑了是第一条。于是我扭头猛扯淮师的手，想转身逃掉。谁知又被淮师拉得紧紧地，一边拉住我一边说："这娃，这娃，你跑啥哩，衣服破了也不补补，来，我给你缝几针。"一边说着一边把我拉进了他住的房间。

在淮师给我缝补的过程中，他知道了我和母亲俩人生活在工厂里。母亲因为上班忙。根本顾不上缝补我的衣服。我穿的也不知是哪个大人衣服改的，又宽又大，像件小棉袍似的，划破的衣服布片飘飘，里面的烂棉花套一撮一撮的都露了出来，像个叫花子似的。我倒是不在意这些，从小就穿破衣服长大的孩子，根本不关心别人的眼光是怎么看待自己的。

从那以后我就和淮师成了老少忘年交的爷孙俩。他对我特别好。有时喝水时他会塞给我一个热腾腾的馍馍，里边夹的是白菜心用红辣子泼的凉菜，好吃极了，一直到现在我也经常吃油泼辣子白菜心。这是我忘不了的恩情菜。我也忘不了这个让我刻骨铭心的好老人。

我转到这个学校时，刚好是三年级升四年级的学期开始。记得是潘玉润老师刚离开我们，新来的男老师叫侯运祥，永济人。这是个刚从师专毕业的新老师。胖乎乎的国字脸，个子不高，脾气好得很，讲课时一口永济腔的塑料普通话。却是一字一句地在教我们。朗读课文时声音时高时低，节奏感很强。他读课文时似乎角色进入得很深，在三尺讲台上一边走一边读，根本不管下边同学听不听。读完了课本，他会叫上一两个同学再重读一遍。这时他会站到教室的最后边。一边听一边看着同学们的各种表现。临下课时他会把上课时不认真听讲、玩小动作的同学叫到他宿舍，开个小灶教惩一下。我的语文水平就是得益于这个老师的教授。我忘不了侯运祥，我的语文启蒙老师。但知恩泽深，难得报师恩。

我刚到十五班时，个子很矮的，是坐在最前排的，一个学期不到我便坐到了教室的最后，这段日子身高长得太快了，同学们都叫我麻秆儿。我的十五班生活学习开始了……

写于 2019 年 5 月 21 日

段玉作品*

人间·烟火

羊肉汤揪片子

　　这是一家开了十几年的老店。路人会迎着冬日的寒风，携着归家时的期待风尘仆仆地走进这家店铺。小店的菜单简单，羊肉汤揪片子、羊肉小笼包、素包子、糖蒜和咸鸭蛋仅此几样，却总让归心似箭的人们驻足。

　　玻璃门上爬满了水蒸气，推开门走进，一股热浪扑来，将寒冷的世界关在了门外。

　　照例来一碗热气腾腾的揪片子、一屉羊肉小笼包。端上桌时，总让人禁不住心花怒放，充满期待。揪片子用了最朴素的烹饪方法，汤面上浮着胡萝卜丁、土豆丁、洋葱丁和红艳艳的辣椒片，放一勺在嘴里，让酸辣的味道在嘴里慢慢化开，我看到品尝者脸颊上荡漾开的笑容。

　　回忆连篇，那时的我十六七岁，在市里读高中，印象最深的是有一日身体不适，格外想家。父母知晓后驾车几十公里来校看我，将我带去这家小店，一屉羊肉小笼包、一碗揪片子，说来神奇，我一扫而光之后竟不剩丝毫的难受了。

　　我环视四周，人人脸上洋溢着满足，正如十六七岁的我那般，似乎忘了一日的难耐、疲惫和不堪。

　　人间至味是清欢。

---

　　* 作者简介：瑾萱，文字爱好者，上班族，喜怒哀乐时都喜欢用文字表达，认为文字是生命中的一部分。在这个偌大的世界，文字与生活摩擦出的微弱火花，依然可以温暖人心。

保温杯里的"黄金"土豆

五岁的儿子没能扛住流感的侵袭，连续几日高烧后，还是没能逃过住院的结局。病房里的陪护只我一人，真是难挨的日子哪！深夜医院的走廊里唯有我来回走动的脚步声，悠长而焦灼。物理降温、询问医生，不得消停。

第二天一大早，母亲的电话就打来了，急匆匆询问孩子的病情。听闻儿子深夜高烧不退，话音里满是哭腔。母亲潸然泪下，前夜的担忧和疲惫，也将我击得溃不成军。一日的时间，母亲打来了好几通电话，最担心的还是儿子的胃口，她不停地喃喃着："孩子得瘦多少啊！"她每一次都让儿子接听电话，询问他想吃些啥，电话那头，是母亲充满希望的等待，期待儿子嘴里说出某一种食物。直到三日后儿子说出黄金小土豆。母亲像孩子般惊喜，连连答应"好，好，姥姥做给你吃！"

母亲忙完已是傍晚，她快马加鞭地赶来，见到了几日未见的外孙，一把抱住，眼里泛着泪光，连声询问我和儿子，说着还不忘从大包小包中掏出一个保温杯，瓶盖拧得很紧，怕凉了。她一边用力拧着，一边说道："家里的保温桶装了饭菜，我怕出锅的小土豆凉了，就放进了保温杯，快尝尝！"说罢，一颗颗金灿灿的小土豆就滚了儿子的嘴里。儿子一扫脸上的阴霾，恢复了从前的活泼。

我看见母亲的脸上滑过层层叠叠的微笑。

那保温杯里升腾的热气，是母亲对孩子及孩子的孩子永不停息的爱……

那热气，让人若临秋水，如沐春风！

"煲"

连续几日的失眠，让她要么暴饮暴食，要么滴水不进，不管怎样，都味如嚼蜡，食不知味。前几日，她刚刚结束维系了三年的婚姻。现在她便是那装在套子里的人，夜晚把自己封闭在狭小的卧室里浮想联翩，白日走在大街上，总觉阳光刺眼。哪怕路遇陌生人，也要强行挤出一丝微笑，怕让人窥探出她心底的秘密。多日不曾响铃的手机突然唱起歌来，让她一时慌乱，不知所措。话筒那边是好友欢愉的大嗓门："好久没见了，聚聚啊！"她一时语塞，也许是待在暗处太久，面对如此明亮的语调，她一时忘了自己是谁。"嗯！"她答应了，不曾想自己如此爽快。

好友三人，半夜一聚，不曾想自己已换了身份。面对多日不见，依旧亲密的好友，她瞬间有了表达欲，却战战兢兢，无从提起。

好友张罗了午饭，摆在桌子中央的是一盆热油滚烫的牛肉煲，红的肉、白的莲、绿的芹、红的椒，时不时冒出逼人的气味，对多日毫无胃口的她竟有无穷的诱惑。她抄起筷子，大口大口吃起来，辛辣刺激了味蕾，好友顺势放了几瓶啤酒在桌上，一大口下肚，冰凉涤荡了口腔，强烈的味道呛出了眼泪，她的眼眶红了……

"我……离婚了"这句话本想有千钧重，会狠狠砸在地上，此刻却轻飘飘地闪过。

"没事，咱还能遇见更好的。"好友云淡风轻。

她一惊，她原以为……耳边仍旧是好友爽朗的笑声，不动声色的抚慰。

那一晚，她从未觉得饭菜那么香。走在回家的路上，晚风拂面，撩乱发丝，她的内心却从容坚定。

那一夜，她没有失眠，睡得很沉。

恰是烟火之气，最抚凡人之心。

人间·姑娘

黑姑娘

黑姑娘并不黑，她身材高挑，皮肤白皙，声音柔软，与人和善。

平时的大多时候，她的一颦一笑都可以开出花来。黑姑娘可以跟任何一个人在任何地方嬉笑嗔怒，也可以跟任何一个人在任何地方嘶吼，这让人有些难以捉摸。不知道黑姑娘的笑是饱含深意还是单纯开心。

黑姑娘说自己抵不过大社会人际关系的波涛涌动，却在小社会的大浪里游刃有余，没有人知道，她的哪一句话是真心关切，哪一句又是暗暗嘲讽。她用眼泪告诉旁人她的委屈，同时放射出种种危险的信号。黑姑娘给自己标榜着不曾包装的标签，又在无人的时候，精心装点着自己的外表和心灵。

在她的包装下，她纯良无害，皮肤白皙。

她像一只瘦弱的地鼠，隐藏自己的孤独，同时努力地挖着坑，等着每一个掉进坑的人去填充她的孤独。

黑姑娘，就白皙的活着。因为她有黑白颠倒的本事。

游姑娘

游姑娘不姓游，也不会游泳，之所以叫她游姑娘，是因为她让人捉摸不透，像水滑的鱼尾，抓得住鳞片，却抓不实躯体。她擅长反转，总能争夺有利地位，然后局势便扭转了。

游姑娘的背景无从考察，没人听她说起过。不过游姑娘喜欢为大家奉上热气腾腾的八卦新闻，这些新鲜出炉的号外，却没有一件是关于她的。

当然，为了更多人的靠近，游姑娘会为自己浓墨重彩地画自画像，编纂自传，在一些人眼里，游姑娘热心，充满了人情味。尽管大家并不了解她。

她喜欢窃窃私语，或者含糊其词，也喜欢夸大其词。

她喜欢做老好人。譬如，有人深陷泥潭，旁人全力施救，正巧游姑娘手捻稻草走过，只是用稻草挑拨了一下，深陷泥潭的人在旁人的全力施救下脱离险境，游姑娘可以将手中稻草的作用夸大到定海神针。她将人情卖弄到每个人身上，让大家有着如沐春风的感觉。

大家好像都喜爱她。因为她有新鲜出炉的八卦，包裹着好心的劝诫，自我牺牲的委屈，还有貌似无害的笑脸寒暄。没有人了解她，这样在人情里游刃有余的，她没被识破，便一直这样送着人情。

爽姑娘

爽姑娘从不觉得说错话这种事会发生在自己身上，在爽姑娘的字典里，没有管住嘴这几个字。所以爽姑娘活得很爽，她从不必为做什么、说什么而煞费苦心。因为她就是自己的主宰者。

爽姑娘不会让自己受委屈，因为别人给予她的她会加倍还击，不过也并非每次如此，大多时候她并不知道是谁向她投放了暗箭。

爽姑娘容易轻信每一个人，别人对她好的每一分爽姑娘都会偿还，所以在遭到别人背叛时爽姑娘自然哭得很爽。

爽姑娘擅长吃，在餐桌上她也是个主宰者，没有人比她更会吃了，爽姑娘有成为美食家的潜质。

爽姑娘没心没肺，没有心事，睡眠质量居高不下。不知道这样的爽姑娘会不会有不爽的时候。

软姑娘

软姑娘最不会的就是拒绝。

别人不合时宜的好意，别人暗流涌动的诡计，软姑娘总是用好心来化解。别人不合理的要求，足以让软姑娘懵好一会。等软姑娘回过神来已物是人非，所以痛下决心，要活得硬朗一些。

软姑娘不会放狠话，有时被驴踢到了脑袋，她也会投放唇枪舌剑，不过这足以让软姑娘心惊肉跳了。

软姑娘不说让别人尴尬的话，她最怕麻烦别人，所以只好麻烦自己，纵使她身后千层波万层浪，她都淡然一句"没关系"。

世人皆爱软姑娘。

不过软姑娘，不怎么爱自己。

神经姑娘

神经姑娘锁上门之后又回过头去拉门，她想确认门到底锁了没有，神经姑娘用了吃奶的力气，不过她还是不能确定，所以她又用了推的方式，她觉得用这么大的劲去推，就算没锁上也该推上了。

一恍惚，神经姑娘觉得门一定锁上了，她心情轻松愉悦，转身离开，不过她刚迈出步子，就又想起到底锁了没有呢？神经姑娘的一天就在锁了和没锁之间开始了。

神经姑娘要把浏览过的所有网页，敲出的字，写过字的稿纸都用相机照下来。不过照片她从来都不翻。

神经姑娘觉得自己有轻度的人格分裂。她会怀疑自己做过的所有事。

神经姑娘太珍惜生命了，导致她认为空气中都弥漫着数不清的细菌，迎面走来的人，她要屏住呼吸。

神经姑娘有时很痛苦，她不知道自己是怎么了。她本应活得大条些的。

后来，神经姑娘从别人那里听说，这是强迫症，要治。

人间姑娘，不改纯真，保持善良，就是好姑娘。

王善忠作品*

最近的一次哭泣

无论今天太古里多么的富丽堂皇，多么的人声鼎沸，硬是"喔唷"得不得了，但昔日纱帽街的旧迹，才是我少年时代中最幸福的回忆。每当我回想起少年时代的幸福回忆时，都会情不自禁地泪流满面。

这得从水开始说起。记得那时的自来水，整条街只有百分之一二的"贵族"家里才能用得起，老百姓只有靠整条街唯一的"水桩点"去买水，"水桩点"生意做得红火，2分钱三挑。家有劳力的自然没问题，但这对家里没劳力的或是缺劳力的孤寡老人来说就恼火了，总不可能让个别太婆们用锅儿一锅一锅的去端噻。于是，就应运而生有了靠挑水为生的"专业户"。纱帽街就有一个唯一的专业户姓蒋，人们都叫他蒋师。身强力壮时，是他一人为整个纱帽街服务，后来年老体弱的他就带着他那略有残疾的儿子一起干了，价格是3分钱两挑。

我是我们家挑水的"专业户"。于是，蒋师就成了我的"死"对头。我想，他要是"讲师"该多好啊，何来这个对手呢。所以，我每天放学后第一件事就是挑水，一月下来总会为家里节约几个铜板。但老妈偏偏心疼我，又要读书，还要帮老爸拉车，晚上还要帮她锁扣眼。于是，妈总常常背着我请蒋师给我们家挑水，这让我很不爽。一来我抠得很，一分钱恨不得分成五份花；二来"地主家也没余粮"，我家也不富裕，老妈没工作，靠给百货大楼锁扣眼，熬更守夜一月下来就挣十元钱左右，那手从来就没消过肿，我也心疼她；还有个原因，那就是你没看到邻居们见我每天挑水时总在夸我孝顺、说我懂事、能干吗！老妈，你让蒋师这么一挑，却挑走了我所有的颜面啊。

为水而战！我与老妈之间常常为此闹得不可开交，我放学回家，首先跑进厨房一看，水缸是满的，一股无名火就上来，对老妈就是一顿数落，老妈也点

* 作者简介：王善忠，四川人，高中毕业下乡务农，1981年退伍后，求学于四川广播电视大学，勤学苦啃汉语语言专业。自幼内向，腼腆少语，待考入成都电视台后，性格有变。导演期间，唯恐落后于时代，故学而孜孜不倦，就爱创意策划，喜欢爬格子。无不感恩生活赐我成长之道。

头说下次再不叫蒋师挑水了，为此，我看见她转过身去抹过多少次泪水。夜晚，趁我和妈一起锁扣眼的时间，我给妈道歉。但如今想起来那哪里是道歉，又是一顿数落，只是态度缓和些了。老妈的点头让我信以为真，哪晓得娘爱儿的方式不是浪子回头幡然悔悟那般，母爱是彻头彻尾的。

母亲用她的慈爱方式，继续和我"战斗"。为了不让我发现，她让蒋师不把水缸挑满，让水缸总是缺一两挑就可以了。刚开始我以为是家里用水少了，每天回来一挑水就解决问题了，其实我也累，但这样的感觉很爽。

一天下午，学校提前放学，我跑回家先想把水挑了，晚上去"斗鸡"。哪晓得回家一看，蒋师正在往我们家水缸里倒水，我不客气地问蒋师"哪个喊你挑水的？你是不是觉得我们家没男人了？"蒋师像做错了什么，使劲说："是你妈叫的，你妈喊的。"望着那憨厚因常年挑水而略显驼背的背影，我没再说什么。但一见到买菜回家的妈，我就瞪着双眼，妈苦笑着说："我以为你今天要去为你爸拉车，所以就……""我为爸拉车是二、四、六，今天是星期一，你不识数哇？"

妈赶紧说忘啰忘啰，看着妈的样子，我没再数落她了。

蒋师为别人家挑水收费记账的方式很特别，那就是用粉笔在厨房的门框上画"正"字，画满五个收费一次。但也有些家里经常画满十个二十个才结账的，收费后便擦去。所以，每当我看着我家门框上画满的"正"字，那个气喔，北方话叫"气不打一处来"！妈发现我最近不跟她吵了，但看我每次挑完水总是气呼呼的，而且一声不吭，妈便知道自己又"闯祸"了。但老天爷才不管你吵与不吵，岁月就这样静静地过着。

一天，我挑完水后，习惯性地看了一眼门框，见只有稀稀拉拉几个"正"字。正在窃喜老妈有"悔改表现"时，见蒋师又挑着水进门来。我问"最近还在为我家挑水吗？"他不作声只是点点头，"那门上的字如何解释？""喔，你妈已经结了上两月的账了"。我明白这是妈的另一招数。那夜，我气得睡不着时想起了一个狠招。

数天后，我挑完水悄悄地擦去了两个"正"字，心想，你蒋师不是想和我对着干吗，那就让你白干吧，你发现了就会觉得我家不落教（不讲诚信），既然是不落教的家庭，何必还要为他家白干活呢？这不正合我心意吗？我看妈拿我怎么办？殊不知一月后，家里既然平安地度过了没吵闹的日子。我望着依旧稀稀拉拉的几个"正"字，百思不得其解。

一天，我放学回家赶紧去挑着水时，见蒋师的儿子"蒋老二"正一走一颠簸地挑着水过来，便问他"你爸最近没给我家挑水啦？""挑啦，是我在挑，爸的老病犯啰！""那你忘了写正字啰？""没有，你妈说以后改给现钱了！"那天，我挑着水想了很多很多，连肩上一挑水的重量都没感觉到，竟把水不知不觉地挑到了东风电影院门口。

晚上，又和妈一起锁扣眼，我第一次温和地与妈说起了挑水的事，妈也第一次地慢慢抬起头，用慈爱的眼神看着我，轻声地说道："蒋师一家也不容易啊，他长年的风湿病，现在就靠残疾老二替别人挑水挣钱养家，我找他挑水，也算是照顾他家的生意了。"母亲的一番话，让我无言以对，想起纱帽街整整一条街，如果不是那么多的人家找蒋家挑水，蒋家何以养家糊口？难道纱帽街那些人家真是缺乏劳动力吗？再次默默地望着母亲，我哭了，我错了，我真的错了。请妈妈原谅我！

从那以后，每当二、四、六替老爸拉车回来后，就会去揭开水缸，看到那满满的水，心里会涌起莫名的欣慰。而一、三、五依然属于我的"专业"。后来家家安上了自来水，但关于水的记忆，一滴也没少过。

今天，我想我妈妈了，特别地想她，那悄悄地只挑半缸水，那悄悄擦去的"正"字，那悄悄地现金支付，不正是伟大母爱的见证吗！母亲虽不识字，但如何对待那个"正"字，不正是她一生正直、善良的见证吗？想到这我哭了。这就是我最近一次，痛彻心扉地哭泣。

纱帽街！我永远的回忆！

那个河南班长

> 我从那一刻起，记下了罗曼·罗兰的话："只要能生死相共，便是痛苦也成为欢乐了。"

我这一生最要感谢的贵人，那便是在部队救过我命的河南班长付迎海。

当过兵的都知道，班长是部队中最小的一级"官"，但是当兵的就没有一个不怕他的。特别是新兵，那简直更不用提了。

我刚从司令部下连队锻炼时，被分配在一个河南班长的手下。他一米八几的个子，黑黑的皮肤，标准的国字脸，声音又大又洪亮，对着新兵一吼，就像是老虎眼瞪着小绵羊一样。他的表情始终是严肃的，难得一笑。对我们这些新兵总是吼叫，蚊帐没拉平，他就说我弄得像女人的大肚子那样。被子没叠好，他说我又蠢又笨，一辈子没见过豆腐干。这种叫骂的方式，我刚开始不习惯，便多少有一些与他对着干的举动。他"收拾"我的方法，就是让我站在他面前，用左手把我抓起来，再交到右手放下，可见他的力气有多大。一天下来，不管我对错总要被他抓那么三四次，这简直就像《水浒传》里面那种"杀威棒"，把我收拾得服服帖帖。

时间一久，我习惯了他这种方式，并发现他高兴时也会来抓我。每次到工地上干活时，他总是嫌我慢，就不许我动手，便让我跟在他后面看他干活，他走到哪儿都让我跟着他。有一次扛水泥包，他左右开弓，腋下一边夹一包，这足有两百多斤。这时他见我吃力地背着一包走过来，便吼叫着我把水泥包放在他背上，我当然不肯，但我又知道他"杀威棒"的厉害和胳膊拧不过大腿的道理。就这样他迈着沉重的脚步慢慢地向前走，我只好跟在后面，一边走一边悄悄地落泪。

班长也有特别高兴的时候，那便是她女朋友来信的时候。记得自从我到他班上后，他未婚妻的信，总是让我拆开，念给他听。刚开始时，我很老实，一字不差的念给他听。他一边听，一边微闭着眼，他那神态，真让人羡慕极了。后来我就添油加醋的多说些"亲爱的，我想你，我一直沉浸在你拥抱我的那一瞬间等"，刚开始他还信以为真，觉得女朋友的信，写得比原来好了。可到后来，由于我的火候没掌握好，什么"深深地吻你"这样的话，让他一听就觉得不对，于是他又耍起了他那"杀威棒"，而我呢，只好认罚。他就是这么耿直的一个男人，他懂得把自己的快乐和幸福和穷兄弟们去分享。

有一年中秋节的夜晚，那天正好皓月当空。夜里我和班长披着月光，静静地坐在水库边，我听他讲述了许多他和未婚妻及家里的事。他和未婚妻是同学，当他们谈及要结婚时，女方家庭突然变卦，说他一无钱二无权，无论如何都不同意他们的婚事。所以他同她商量只有去当兵，好好表现，争取提干。这是一条不花钱，但得玩命的路，同时也是一条唯一的出路。未婚妻送他走的前一天晚上，也是月牙儿高高挂在天空，偷偷地看着那一对难以割舍的有情人和那难舍难分的场面……说到此，我第一次看见班长含着眼泪，说他此时特别想她。我说了许多的好话去安慰他，相信他在部队能完成自己的心愿。

我和班长的关系越来越亲密，和他的交流也越来越多了。有一次班长和我谈心说："我从来就没把你当成我班的正式兵，你是下连队来锻炼的高贵兵，迟早是要走的，希望你不要把自己的专业丢了，抽空多练一练专业的东西。"我非常感谢班长的提醒和平日里多方面的关照。难怪平时当我抢着干活时，总会遭到他的大吼。

记得有一次，我们在洞库施工时遇上了塌方。我和班长由于站的位子是最靠前，也是最危险的位置，所以被土石埋到了腰部。其他战友均及时跑到了洞外，只有我和班长被困在里边。我想喊，但根本无法出声。我此时只觉得浑身的血往上涌，仿佛血管快要爆炸了一样，且浑身无力。就在这危险时刻，只见班长奋力挣脱自己，向我爬过来，并将他那有力的大手，一下插进土石里，一把抓住我的腰带用力往上提，终于把我拉了出来。只见他那满是鲜血的双手，不断地把我往洞外方向推，我俩就这样艰难地跑了出来。班长顾不得他的伤，又带领战友们奋力抢险，终于制止了更大的塌方。

事后在评功会上，因班长的耿直和平日的一些牢骚，没有被评上奖，而我却得了一个嘉奖，这让我很过意不去。

不久我就回到司令部去了，但我时常想念着连队。一有空，我就跑到班长那儿去玩，班长每次见到我来也特别高兴。

一天，班长打电话告诉我一个非常吃惊的消息，说他已准备好了退伍回家。当时我在电话里还想劝他多干几年，说不定还有机会的。班长电话那头却沉默无声。退伍的这天到了，我到一连去给班长送行，并把我新领到的衬衣、军装和胶鞋都送给了班长，他什么话都没说，在我给他戴大红花的那一瞬间，我分明看到了他眼里含着泪水。他低着头悄悄递过一张纸条给我，上面只是写道：别忘了我，河南省淮阳县，付迎海（太遗憾没问清详细地址）。

班长退伍走了，他回家后与他心上的人结婚吗？他现在还好吗？日子真快，一眨眼四十多年就过去了，2015 年我给当地的武装部写过信，也给河南电视台寻人栏目写过信，也在网上发表过回忆的文章，就是想寻找到老班长。但想了很多办法均石沉大海。他与我在一起的岁月，直到今天还总像电影一样，一幕幕地浮现在我眼前。

"吹牛"的后果

"吹牛"在四川话里叫"摆悬龙门阵"。"吹牛"一词原只是为渡河，靠近黄河一带水流湍急，木船常被碰坏。所以当地就有人用整只羊皮晒干后再漆上油漆，吹进气使它鼓起来，再把几只鼓起来的羊皮捆在一起，就可以渡河了。

因羊皮筏子较小，人们用嘴把它吹鼓起来比较容易。有个人就说他不仅会吹羊皮筏，而且还能吹起牛皮筏来，于是，有人真的将牛皮拿给那人去吹，因牛皮太大太厚，那人咋个吹也吹不起来。从此以后，人们就用"吹牛皮"来形容爱说大话的人。

生活中，哪个敢说自己从来就没有吹过牛皮！但是，因"吹牛"给自己带来的麻烦，反把自己弄得来瓜眉瓜眼的尴尬，甚至是付出大的代价，这就各有"千秋"了。只是大家不太愿意把自己这些哈戳戳的事（糗事）拿来讲而已。今天，我忍不住就来聊聊我自己当兵时"吹牛"的后果。

在司令部工作了一段时间后，就被下放到老连队去锻炼。刚到连队时总会遇到一些莫名其妙的"回头率"，弄得差点怀疑自己的人生。后来才晓得这些"优越感"来自连队领导们嘴里那句"文化兵"。胡说，一个高中生就成"文化兵"了吗？不急嘛，要晓得那二年的高中生相当于现在的本科，在这儿我就真的不敢再吹牛了，我没说相当于现在的研究生嘛！

冬季里的一个星期天，正在晒太阳，指导员过来和我摆龙门阵，一阵家常的寒暄后，他问："你们高中学过无线电没？"我想，难道是好事来了？要把我调到通讯单位去？那时的连队生活真让人受不了喔，整天在山洞里爆破、出渣，完全没有了白昼之分。歌词里唱的"白天不懂夜的黑"，而我们却是"昼夜不分"。如能离开施工连队，那相当于躲过一"劫"。于是我马上回答："无线电学过啊，不就是葱葱蒜苗儿嘛！"指导员："怎么讲？""小菜嘛！我不是给你吹牛，我物理考试，回回满分。"我想，自己真敢吹喔，回回满分不可能，回回不及格我倒是可以保证。指导员高兴地一个大巴掌拍在我的克西头儿（膝盖）上："我就说嘛，一个文化兵连无线电都搞不定，咋可能嘛。那我的问题就解决了！"我忙问"啥事？""我那个离不开的半导体收音机，昨晚突然不响了，这事儿，交给你了！"说着从旧军大衣里掏出了那个又脏、外壳又破又难看的半导体。顿时，我脑袋"嗡"的一声，赶紧搜索推辞的理由，因为，无线电对于我来说真是擀面杖吹火——一窍不通。什么串联、并联、二极管这些基本的东西都搞不撑抖（不清楚），"我，我，我没时间修啊！""不出工，给你三天行了吧，你娃赚了！"指导员说完，把那玩意儿甩给我转头就走了。剩下我站在原地，憋口水流起多长地望着他雄起起的背影。

回到班里，开始呆呆地看着这个玩意儿，就像狗咬刺猬找不到下口处。班长问："你拿指导员的收音机干啥呢？""不是我拿的，是他拿给我帮他修的。"此言一出，一帮人一窝蜂就围了过来："王老兵好厉害，还会修这个！""这个是有科技含量的！"一个初中生假老练地帮腔。七嘴八舌地神说，我一句也没听清楚，脑袋头只有不断重复的三个字："咋个办，咋个办？"

思路一，找人帮忙修，不行，要是传出去不是我修的，那弥天大谎就穿帮了；思路二，大不了就说他这个坏得简直不值得修了，买一个新的给他。不行，每月才6元的津贴，难道从此就当上乞丐了？思路三，拖时间，拖死他娃头儿。不行，这样对待他的心肝宝贝，可能他吃我的心都有了，还会放我回机关吗？思路四，是不是电池没电了，我就像发现了新大陆那么兴奋，以百米冲刺的速度跑到团部小卖部。回来后，气还没喘匀赶紧换上，还双手合十祷告，换上电池打开开关的那一瞬间，我就像在点炸药包一样的紧张，结果，我还双手合十，我就是把双手扭成麻花儿也不抵用哈。就这样稀里糊涂地到了晚上。

烫手的山芋还在我面前摆起，想着想着我突然想起一个很笨的办法，虽笨，但起码是一个办法噻。我会画画，不如把它全部拆光，拆一步画一步，再按图纸重新装起来，虽说我对无线电一窍不通，但什么脱焊、虚焊还是晓得一点点。一阵莫名的窃喜，准备好笔纸，提心吊胆地开始"手术"了。

快十点时，班长和几个小兵回来了，见我床上摆满了玩意，个个目瞪口呆："原来修个收音机这么麻烦啊！""这个是啥？"我忙阻止："别动别动！"我是怕动乱一点我都无法还原。班长："不要打扰王老兵，今晚不熄灯了，睡觉！"我心想，不管修得好和修不好，我努力在修的证人是有了。便静下心来按图纸重新组装还原，还真发现一个虚焊的地方，处理完这一切后，换上新电池，怕吵着大家，其实更是怕丢脸，便用被子把我整个人盖起来，在被窝里再次双手合十，然后颤颤巍巍地把手伸向了开关。突然听到了收音机里发出的杂音，天啦！这是我有生以来听到的最美妙、最感人的杂音。

明明给了我三天的假，我就是一个蘸花儿（爱出风头），哈戳戳（笨人笨脑、傻乎乎）地第二天就去拿给指导员了。一见我，指导员吃惊地上下打量，好像从不认识我一样："这么快就修好啦！我说文化兵就是厉害，居然还有人……""这有啥子嘛，多大个事，不就一个收音机嘛。"说完这话，我真想扇自己一个嘴巴，难道这个收音机咋个撞大运的你自己不清楚吗，但来不及了。指导员听后大悦："我就说文化兵就是厉害，这个，小王啊，营长的那个大收音机已经坏了两个月了，我这就去抱回来，你马……"还没等他说完，我两腿一软靠着门瘫在地上，但我顺势连滚带爬地跑了，跑得无影无踪，指导员看得一头雾水。

从此以后，我再也不敢说大话了！

黄黎作品 *

扳虾悠悠

五岁那年，云帆的父亲死于一场突来的矿难，原本指望赔偿来挽救这个支离破碎的家，无良的矿主却扔下挖空的矿洞，连夜携款逃走了。

据村里人讲，云帆的母亲是被人贩子骗到这里来的，他那个一直打着光棍的父亲，用全部积蓄把她母亲领进了家门。在一个雷雨之夜，当云帆惊慌失措地醒来时，母亲已经走了，连一张字条都没有留下。

母亲走后，云帆跟爷爷奶奶生活在一起，爷爷以前是村里的教书先生，地里的农活儿不太精通，再加上常年咳血，家里的日子愈加困顿了。奶奶常摸着云帆瘦弱的胳膊，对着饭桌上抹了点儿油星的咸菜叹气："可怜我苦命的娃吆！"一年夏天，村里有位大伯去河渠中网鱼，拎回来半筐寸余长的鲫鱼，云帆眼馋得要命，跟着他一路小跑，等他关上了大门仍贴着门缝使劲往里看。这情景刚好让寻找云帆吃饭的奶奶瞧见，她一把拽过他，对着屁股就是几巴掌，边打边抹眼泪。

第二天，半夜时分，云帆听到一阵撕布声，迷迷糊糊中还听见奶奶嘟囔："你都撕了，这个夏天咋整？"爷爷干咳了两声说："怕啥，我皮老肉硬叮不透。"早晨起来，奶奶在点火做饭，云帆去打水洗脸，这时爷爷从外面回来了，他扛着一捆虾罾，高高提起一个水筲，对云帆喊："快看，爷爷给你捞的啥？"云帆飞奔过去，一把拽过来水筲，天哪，好多活蹦乱跳的小虾！奶奶把小虾淘了两遍，用清水煮熟，再搁上一点儿盐巴，云帆吃得津津有味，问爷爷从哪里弄来的虾罾？爷爷笑而不答，奶奶用指头点了一下云帆的脑门，你呀，你看咱家少了啥？云帆环顾四周，猛然间发现，爷爷小床上的蚊帐没了。

蚊帐？虾罾？云帆跑出屋门拿起虾罾一看，可不是吗，这一块块纱布分明

---

* 作者简介：女，1982 年生，重庆人，拥有中学教师、汽车行业运营、外贸等从业经历，现为自主创业者。热爱文学创作，并擅长散文类、小说类题材的写作。历经千帆，立志做永远的文艺女青年！

是用爷爷的蚊帐裁成的！他这时也才发现，爷爷的样子狼狈不堪，卷起的裤脚上尽是泥水，前襟后背湿了一大片，头发也乱糟糟的。爷爷见云帆发愣，笑着逗他，还不快来吃，再不来我可全吃了啊。事实上，整个夏天，云帆都没见爷爷奶奶尝过哪怕一个小虾。

虾罾，是用略小于一个平方的纱布，四角呈十字形绑上两根劈开的竹片，再系到另外一根长竹竿上，一顶蚊帐大概能做成十余个。后来，爷爷常在半夜起床，拿着一个灯光昏黄的手电筒，扛着虾罾去扳虾，每次或多或少都有点儿收获。但附近的河渠已经扳不到虾了，只能穿越几个村庄，一次比一次走更远的路，寻找有虾子的坑洼水塘。有次，云帆半夜醒来，缠着爷爷带他去扳虾，爷爷起初不答应，说天黑路远，还有密密麻麻的蚊子，云帆却不依，非要跟着不可，他最终点点头应允了，

路的确很远，在夜幕下仿佛没有尽头。云帆打着手电筒，扯住爷爷的衣角，行走在坑坑洼洼的小道上，直到汗水从爷爷的脸颊，顺着汗衫浸透他紧攥的小手，才终于找到一个小水坑。爷爷卸下肩头的虾罾、水筲，站在坑边，往纱布中间放上一块石子和诱饵，然后将虾罾沉入水中，只留一根长杆架在坑沿上。隔五六步再沉一个，等到依次固定好，十余个虾罾差不多把水坑围了一圈。接着，爷爷就开始顺着坑沿把最先沉的虾罾起上来，云帆边用手扇蚊子，边拿手电筒照，呀，果真有三两个小虾在纱布上乱蹦。他兴奋地捏起来，把它们放进水筲，爷爷把虾罾又重新沉进水里。

等到爷爷把虾罾起了一遍时，云帆犯困了，爷爷把汗衫铺在地上，又找来几根树枝围在四周，将两个虾罾倒过来盖在上面，再用土块压住边角，一个怪模怪样的小蚊帐就诞生了。云帆蜷缩在里面，睡得十分香甜，还做了一个美滋滋的梦。等他醒来时，爷爷正在给他用手扇着蚊子，旁边是已经捆好了的虾罾，见他醒了，便扛起虾罾，弯腰抱起云帆，又艰难地提起水筲。

云帆终生难忘那个黎明：一个喘着粗气的老头儿，肩上扛着沉重的虾罾，怀里抱着他最爱的孙子，手里提着盛满希望的水筲，弓着身子向家的方向一步步前行，脚步疲惫而又坚定。

茶 心

四季轮回，时光流转，适才惜别迷人的春意，便不觉间迈入炎炎夏日。这热情奔放的夏姑娘，毫不吝啬她的"烈焰红唇"，肆无忌惮地席卷而来，空气中到处弥漫着闷燥的暑气，热得让人心烦意乱，焦恼不堪。古语道：心静自然凉。在我看来，心静的最佳办法，便是在午后泡上一壶茶，望着窗外的绿树红花，握杯慢品，个中滋味自是比贾平凹先生的消暑一绝"以唾液沾双乳上，便有凉风通体"来的舒爽惬意。

我虽非深谙茶道之人，却尤喜氤氲茶香之间，弥漫的那种沁入心扉的情愫。水在杯中清鲜透彻，生机盎然，茶在水里回旋翻飞、自如舒展，恰似美人曼妙的舞姿，正如北宋大才子苏东坡所言"从来佳茗似佳人"，况且还有浓浓的人情味藏在里面。古人虽无现代化的降温器物，却早已洞察到了饮食避暑的功效，据成书于南朝梁代的《荆楚岁时记》所载："伏日进汤饼，名为消恶。""汤饼"是一种煮熟的面食，本身并非清凉之食，然而若喝上热气腾腾的一大碗，通过出一身汗可以带走体内大量热能，恰似于夏日饮热茶。唐人卢仝，更是在《七碗茶诗》中，对品茗消暑的方法不尽溢美之词，他写道："一碗喉吻润，两碗破孤闷；三碗搜枯肠，唯有文字五千卷；四碗发轻汗，平生不平事，尽向毛孔散；五碗肌骨清，六碗通仙灵，七碗吃不得也，唯觉两腋习习清风生。"

夏日饮茶，饮具宜用大碗，泡好的茶水自壶中飞倾而下，浇上满满当当一大碗，倒茶溅起的细珠洒落在桌面上，自不必去管它。此时，你只需敞开衣襟，扬起脖子，"咕咚咕咚"畅饮一番，浑身的毛孔刹那间"张大了嘴巴"，由内到外不由自主地爽快，难以言表的惬意，好一个淋漓尽致！北宋梅尧臣在《中伏日妙觉寺避暑》一诗中写道："高树秋声早，长廊暑气微。不须河中饮，煮茗自忘归。"此乃"识得此中滋味，觅来无限清凉"之人也。在燥热的夏日，携三五好友，觅一片古树参天、宁静清幽之处，以清茗润喉，或话桑麻或论春秋，真可谓消暑纳凉之至境。

除却清香怡人的感官享受，茶还饱含养生保健之道。黑茶减肥降压，绿茶延缓衰老，红茶预防流感，花茶缓解抑郁，常饮茶还能降低癌症的发生。夏日多饮茶水，更有助于我们的身心健康，祛燥败火，清心明目，提神解乏，生津止渴，益处良多。特别是，如今无论在工作中，还是在日常生活里，我们都已离不开电脑，电脑辐射对人体有一定的危害而茶叶含有防辐射物质，对电脑辐射能起到一定的防护作用。

与其蜗缩在空调屋里，饱受凉气透体的袭击，不如端坐于凉亭树下，用热茶引来清凉伴夏。清澈亮白的水中，搁上几片碧螺春，撒上几朵杭白菊、几颗枸杞，淡黄中隐隐发红，黄红之间又透出一缕浅绿。茶在杯中起伏舞动，人在茶里沉寂苏醒，有了茶香相伴，抬眼望去，整个夏季都是碧绿的、都是清爽的、都是凉风习习的。

被阳光吻过的蝴蝶

走出去的时候，发现外面又下雨了。

一片枯黄的叶子，一截陷在泥泞里，一截露在冬日的湿冷中。

没带伞的行人疾色匆匆，重重地踏上一脚，溅起水花，于是这片枯黄的叶子浸了一大半在小洼地面的浑水里，突起的叶脉似乎在悄悄一抽一抽地试图恢复着原来的形态。

每天都在天桥街角卖烤红薯的大爷，今天没来。每天都来买烤红薯的姑娘没带伞，她也不喜欢带伞，带伞让她觉得累赘，这应该是个喜欢像风一样自由，但是不喜欢淋雨的姑娘。她把白色羽绒服厚厚的帽子拉上来，遮住头发，帽檐黑色的毛圈领，把姑娘的脸衬得特别清瘦。

隐约有喃喃的低语声，带着些刻意压抑着的哭腔……电话那头是姑娘爱着的人，因为工作远在外地，工作繁忙且辛苦，日复一日，年复一年，肩上扛着这世间关于家庭、事业、社会所有该有的责任，觉得疲惫但又坚定。这是一个非常热爱工作，内心充满能量的男人，带着些许大男子主义，会带着姑娘越过山川溪流，看星河落月，也会带着姑娘一起帮助徒步负重的老人，一起帮助路边陷入洼地无法前行的车子……

他心底的善良和柔软，是姑娘最想永远停留憩息的地方……

可这世间最苦的，是情爱。

所有的浅尝、深陷、眷恋、离别，都会被时间掰成碎片，然后被洒落和遗忘。

电话这头的姑娘眼里噙着泪水，鼻头发着酸，一边心疼着爱人的忙碌劳累，一边委屈着这太少的陪伴，不忍心苛责，不舍得分离，不愿意放下……

原来这世间，有这么多无奈和无能为力。

原来这些情爱，都是一个又一个伤而不哀的故事。

雨下得小了，枯黄的叶子躺在水洼里，静静地看着、感受着经过它的一切。那些被风吹走的记忆，那些正在被经历的日子以及那些被猜度的未来，没有开始，也没有结束……

被母亲牵着小手走路的小女孩，突然停下来，挣脱母亲的手，俯身捡起水洼里这片枯黄的叶子，兴奋童稚的声音穿过微风细雨，穿过泥瓦钢筋，穿过沧桑无奈，在天空里不断回响……

"妈妈，你看这片叶子真好看，它真像一只蝴蝶。"

嗯，是的，这世间所有的故事，都猜不着结局……

嗯，是的，这应该是一只，曾经被阳光吻过的蝴蝶……

梁女蚩作品*

我曾踏月而来，采撷一朵红花

哪个少女的情怀不是诗呢，哪个孩子的南柯没有梦呢，儿时的梦里，是有一朵红花的。

它，是西周的镐京，和子牙一同披云见苍生；是东汉末年的雍州，看尽了痞奸枭雄七分真假三分仁诚；更是长安，襦裙胡服，坊市里巷，月色酒香映着捣衣声。大概是我少年时为赋新词强说愁的假文艺腔调，对它总是带着有色的憧憬，也成了红花梦中的惊鸿一瞥。

每个人的人生里，都会有那最艰苦的一年，为人生添色，可能我仓促的高三算不得艰苦，但不得不说那决定了我未来路途的落脚。我算是个生命伊始便饮着海河水长大的天津人，是人生无常，也是人事之常，即使父亲认为幼女初长成，那个宫商角徵羽的天津卫便是我最好的去处，无奈我天生不是一个追求安逸的人，那朵屹立在悬崖边的红花，使我在此留下了遒根盘绕的情结，于是，我选择了西安，那是我从未谋面的故乡。有的人生来安逸，有的人甘愿流离，有的人理想是离乡，孰是孰非，谁又说的清，所以我愿从杳杳温室迤逦而来，奔赴这场久别重逢。

行至朝暮里，坠入云幕间，机翼悄然下弯的那一刻，我好似故地重游般打望周围，即使我从未到过西安，也把此行当作一场寻梦，梦里虽无太白抱月入怀，少了贵妃的云鬓花颜，但亦可一晌贪欢。所到几日，与父母匆匆一览了西安。所谓历史，不过是枪与玫瑰磨成的灰烬，但灰烬深处仍有余温。"慈恩寺下行人过，不为寻花为寻僧"，人们自古是不爱相信人定胜天的，便加了悟空白龙化作玄奘的心猿意马，添了八戒沙僧只为他多一层贪厌痴嗔。朝代炬火，毁了阿房，荒了未央，大明琼楼不见，可怜焦土！凭吊长陵黄土，茂陵秋风，昭陵落日，王侯将相宁有种乎，千年拂过俱黄土。刹那间，忘却今夕何夕……西安

---

* 作者简介：梁女蚩，本名梁钟卉，女，20岁，籍贯天津市宁河区，陕西中医药大学本科在读生，陕西省未央区作家协会会员，省级刊物《斯塾文萃》副主编。

倒也不是秦砖唐韵的复制品，市中心商场密布，大厦高楼，珠光宝气，市井坊间也布满了烟火气息，晚间的夜市让脂肪浮出脸面，让肌肤更加充盈，那就更别提各具特色的面麻馍食，但愿他日遇故友，不被晒笑便好——当年的古巷随着时光的描绘日渐霓裳，圆了人们在云端跳舞的渴望，可是还会有那么一群人行走在地上。

庚子年九月二十六日（2020年9月26日）来到的也是快，那日，家人的脚步戛然而止，他们看着，看着我的背影，好像龙应台的那句不必追的主体互换的恰当描述。

所谓"半吊子"其实处境比什么都尴尬，略知一二，稍有经纶，它往往会让你自以为窥得天光，所以你要终身跟那些很优秀的尤物相碰撞，可大概我初到大学时是不懂得这个道理的，难挨带来了庸庸碌碌、停滞不前，幼稚的玻璃世界也就随之坍塌了。女孩子的感性世界复杂得多，恰巧那几日天阴，空气也算潮湿，少年听歌雨楼上，用在这里也是讽刺。我本身还是太软弱了，缺了些杀伐决断的勇气，少了骨子里的韧劲，其实是很难与世俗取得大和解的，当卑由骨里生时，也就显得万般不如人了。于是我开始把文字写的隐晦难懂，尽量人前收一收不成体统的戾气，人后从心过活。

任公先生是我敬慕的人，正如他讲，太阳虽好，总要诸君亲自去晒，旁人却替你晒不来。不错的，正如我与西安的故事，梦中总以为那是盈月光饮，可总要我亲自去讲时，才知道书中的长安与我无关，红花承诺的月亮未有出现，但我却甘愿继续寻梦，只因这留下了月色曾拂过的遗迹，即使有些沧桑，有些迷糊，可披览篇章，每一笔勾勒，皆运载着千年的羁绊，回溯过往，无愧自诩"万古第一狂"。而我在西安的日子，即使没有红花承诺的岁月静好，纯净快乐，但扪心自问，再回首，我还会选择那滚烫的生活，再回首，我还是会伸手捞向水中的碎月，最后踏月而来。

我勉为其难地收了笔，那就最后，让我为西安写一封寄不出的信罢：

小女子初来乍到，要在阁下的怀里踽踽独行四年，如有不周，请君原谅我的乳臭未干。在我与阁下的未来故事中，我要在兵荒马乱中孤军奋战，在剧烈斗争中野蛮生长，我会永远生猛下去，大约会在此碰壁，坐观成败，若我坚不可摧，望给予我一朵真切的红花，我向南山低下了头，请向我开炮。亦请阁下谨记，不论四年之后小女子是化蝶飞去还是泯然众人，我都将携着我们的故事，慢品人间烟火色，闲观万事岁月长，以阁下为歌，以阁下为叙，再多看我一眼吧，多看一眼。

此致，敬西安，也敬我眼里有光更认为前路有光的时刻。

宗师，即众生

只听风如拔山怒，只看雨如决河倾，只见叶先生几拳轰出，雨夜中形成道道拳影，以一敌百，各路高手亦摩拳擦掌，纷纷出手，而又随着一阵全身骨节"辟卜"连响，纷纷倒下，而他一褂，一帽，雨中伫立，影片开头一横一竖的功夫道理也便在于此。

说起王家卫，那无疑是后现代主义中的格调天才，斑驳在错落的光影之间，点绛唇，绕指柔，用八年的时间刻画出了种种传奇，更塑造了属于他自己的武林。而纵观古今中外，俯览芸芸众生，你见到的或许是武林宗师的快意恩仇，他领悟的可能是天地众生的天下道义，而我感知的，却是种种可悲可叹的人生悲剧。

老猿挂印回首望，关隘不在挂印，而是回头，其一是武功招数，二为规劝从良，三乃说天道无常，勿忘身后名。可马三哪里懂得，最终，宫老用命演示了何为老猿挂印，攻中有防，可他到底是没懂。徒弟受了重伤终身不得习武，手下留情的马三被一手叶底藏花彻底败了，女儿奉了道，不婚嫁、不留后、不传艺，宫二赢了宫家的体统颜面，却也落下顽疾。形意与八卦烟消云散，到底是灭了灯，离了众生，那是一种自我写就的悲剧。

在那儿纸醉金迷，千金散尽，在那儿英雄汇聚，试手切磋，金楼是个销魂处，更是座英雄池。叶先生与其中切磋讨教，从而引得了宫老的出场，南拳北腿过招，时隔二十五年，一步一擂台，凭一口气点一盏灯，念念不忘必有回想，灯在人就在，宫老如是教导，就如同叶问当初师父的告诫，一条腰带一口气。所谓"见自己，见天地，见众生"。在整部影片中，宫老也是少数通透此间含义的人。见自己，在寂灭之处，回光返照，方才大死大活。老猿挂印重在回头。见天地，南北国家，天下英雄，宫羽让位，重在一和。见众生，明因果，见缘起，在一代代传承中融万家之长，源远流长，绵绵不绝。可惜了宫二到底是辜负了宫老的告诫，江湖与她无关，平安即是尽孝，如她供佛前的灯，忽明忽暗。最后，宫老的期盼终是成了泡影，那是一种目断魂销的悲剧。

那日暗香弥漫，为容易颓废的感情详撰，那段宫先生与叶问的对白无疑把影片情节推向高潮，宫二对叶先生说："若拧着性子，学了唱戏，我在台上唱，你在台下看，想想那样的相遇，也是怪有意思的。可人生也没有假设。在最好的时候遇见你，是我的运气。可惜我没时间了，想想，说人生无悔，都是赌气的话，人生若无悔，那该多无趣。"不错的，人生如棋，落子无悔，有人喜欢妖娆的尤物，有人喜欢有趣的灵魂，有人喜欢里，有人喜欢面，宫二喜欢的是那个拳打江湖的叶问，叶问喜欢的是身怀六十四手的宫二，可宫二的六十四手已经放下，叶问亦不复当年勇。宫二一生坦然，"喜欢一个人不犯法"令人哑然又可悲，那是个太过压抑的时代了。所爱隔山海，山海不可平，只得寥寥数语以封缄遗憾，也让六十四手永远停留在那年，那是一种呜呼悲哉的时代悲剧。

可回望正片，它当然不是一部只会让人感时伤怀的悲情电影，所谓"一代宗师"，何谓一代，何为宗师。会讲故事的王家卫这次讲的不是故事，而是整整一代人的武林，他们中有人震烁古今，享誉武林；有人爱恨分明，坚守道义；有人革故鼎新，推陈造势；有人撑着面子，守着里子；有人生从尘埃，溺毙人海，葬于理想高台。孰是孰非，又有谁说得清，可在一个时代中，总会有那么几个宗师，凭一口气点一盏灯，就像宫二最后讲的那般，这条路我没走完，希望你走下去。在那个时代上，有人已经成活，有人还在仰望，有人守着宗师的道，有人护着江湖的网，你问我谁是宗师，我到底认为那是参与到那个时代的每一个人。

最后，王家卫颤巍巍地回头，深深鞠了一躬：

"走了啊，我的江湖。"

李发强作品 *

沉默的父亲　深深的爱

风，呼呼地刮着。今天，天气真的好冷……

我是一个普普通通的农村孩子，我的父母都是农民，收入也不多，他们把所有的希望都寄托在我的身上，希望我能进入一所好的高中。我没有辜负他们的期望，当录取通知书送到家里时，母亲笑得合不拢嘴。父亲是个不爱说话的人，在我看来，他一直是个严厉的父亲。但这一次，我能感受到他嘴角微微上扬的弧度。

在初中时，每次回到家，母亲都会唠叨一番："在学校好好读书啊""不要和别人打架啊"……而父亲在一旁总是一言不发。

今天，是我踏入高中的第二周。像往常一样，我收拾好东西准备上学，跟父母打声招呼："爸妈，我去上学了。"出人意料的是，这一次竟然是父亲回答我的，而且要主动送我上学。

"不用了，爸，我自己去就可以了。"

"到车站还要等车，不要耽误上学，还是我送你去吧。"

我内心一暖，便不再劝阻父亲。父亲是骑电动车送我的，风呼呼地刮着，真的好冷，坐在后座的我不禁哆嗦了一下。父亲察觉到我的异样，便放慢了车速。我跟父亲说："爸，没事的，你骑吧。""骑那么快干吗，容易出事！"我想，父亲真的是怕出事吗？

车缓缓地骑着，我抬头看父亲的背影，忽然内心一颤。父亲的头上什么时候多了几根白头发，我竟然一点儿也不知道。此时，我不知道该说些什么，做些什么。只是呆呆地看着那几根白头发。眼前忽然出现了好多画面：我看到父亲面朝黄土背朝天的情景，我看到父亲在工厂里汗流浃背的情景……我轻轻地把头靠在父亲的背上，心里好暖好暖。

---

* 作者简介：李发强，笔名"瑾靓"。毕业于安徽师范大学汉语言文学专业，写作爱好者，坚持笔耕多年，喜欢用文字记录生活点滴。

　　一路上，父亲不再说话。到站后，我跟父亲说："爸，你回去吧，我走了。"父亲只是淡淡"嗯"了一声。我径直走上公交车，车子启动了我本以为父亲已经走了，透过朦胧的玻璃回头一看，我的泪水已不受控制。父亲还站在风里，一直看着我离开的方向，犹如一座雕塑。那双眼睛里透出来的光只有我才能读懂。我真的好想对他说一句："爸爸，我爱你!"

　　风仍在呼呼地刮着，不怕，不冷，不冷……

少年志

时光匆匆几多载，
寒窗十年，莫非只为寸田尺宅?
待到芙蕖重开日，
龙腾七月，少年有心，志在未来。

后　记

　　本书由感人至深的亲情故事、难以忘怀的人生经历、念兹在兹的山河游历、独一无二的风土人情、诚恳真挚的祖国礼赞等内容组成，作者的遣词造句中，真挚的情感跃然于纸上。本书的内容未经浓墨重彩的渲染，源于生活，融于生活，于细微处见真情。

　　本书是由一篇篇文章形成的书稿，文章的作者在平凡中用笔记录人生的点点滴滴，他们并不是作家或专业的写手或作家，他们热爱书写，在平凡中用真心、真情、真意的文字记录人生的点点滴滴，表达他们对生活的热爱和礼赞。书中的作者是一群可敬的文字书写者、文学爱好者、勇于追梦者，故在文稿的编辑中我们保留了作者淳朴的文风，没有刻意追求语言的精练和华丽。本次文章征集的初心是"平凡中的我们用文字来礼赞我们的生活和我们所生活的美好时代"，在编辑本书的过程中我们删去了很多虽文字优美但表达另类的文章，在此也想向这些作者致歉。本书的出版得到了很多投稿作者的热情支持，特别是文章收录"好文章书系"的作者们，没有你们的鼎力相助，以及那份对文学的孜孜以求与无限热爱，便没有本书的出版，在此，向你们鞠躬致谢！在此还要感谢那些为本书的出版付出辛勤劳动的编辑和工作人员。

　　"文化兴国运兴，文化强民族强。"在提倡文化强国的今天，新时代需要平凡普通人用自己的语言和手中的笔去感染我们身边的人和事书写不平凡的人生，用正义的声音去传播正能量。编委会总想把"好文章书系"出好，不辜负作者和读者们的殷切期望，但考虑的事情众多诸事繁杂，且书中作者大多出于自身对文字的热爱，非专业作家，书中不足之处在所难免，我们怀着虔诚的心请求读者朋友在欣赏本书时，宽容待见，批评指正。

"中国好文章"大赛编委会